Ce bouleversant désir

BRENDA NOVAK

Ce bouleversant désir

éditions Harlequin

Titre original : STRANGER IN TOWN

Traduction française de MICHEL MAUSSIERE

HARLEQUIN®
est une marque déposée par le Groupe Harlequin

PRÉLUD'®
est une marque déposée par Harlequin S.A.

Photos de couverture

Paysage : © ABLESTOCK / ROYALTY FREE / JUPITER IMAGES
Couple : © EMELY / ZEFA / CORBIS

83/85 boulevard Vincent-Auriol 75646 PARIS CEDEX 13.
Service Lectrices — Tél. : 01 45 82 47 47

ISBN 978-2-2808-3925-9 — ISSN 1950-277X

Prologue

La chaussée était couverte de verglas. Penchée sur le volant, Hannah Price redoubla d'attention pour déjouer les pièges de la route étroite qui se déroulait devant elle, mais la lumière des phares avait du mal à percer la neige qui tourbillonnait en tous sens. Remarquant qu'elle crispait les mains sur le volant, elle prit une bonne inspiration pour essayer de se calmer.

Russ n'était sans doute plus très loin, se dit-elle. Elle finirait bien par le rattraper.

L'idée que son ex-mari s'était esquivé avec leurs deux fils sans sa permission l'irritait tant qu'Hannah amorça un virage trop rapidement. Le train arrière de sa voiture chassa et faillit heurter le rail de sécurité qui séparait la route du ravin. Mais elle reprit aussitôt le contrôle du véhicule et, se concentrant sur sa conduite, appuya sur l'accélérateur. Selon son voisin, M. McDermott, Russ n'avait que cinq minutes d'avance sur elle. Si elle conservait cette vitesse, elle pouvait combler l'écart.

Jingle bells, jingle bells…

La radio diffusait des chants de Noël, mais Hannah n'y

prêtait guère attention. Elle ne songeait qu'à rattraper son ex-mari. D'après M. McDermott, il avait rempli son coffre de bière et avait manifestement déjà bu. Son voisin avait précisé que trois amis de Russ le suivaient dans une seconde voiture. A n'en pas douter, ils allaient s'amuser comme des fous, au chalet qu'ils avaient loué. Hannah connaissait leur passe-temps favori : se soûler et tirer sur tout ce qui bougeait. C'était dangereux pour les garçons. Et Brent et Kenny étaient censés passer les vacances chez elle ; le jugement de divorce le spécifiait en toutes lettres.

Hannah attaquait maintenant la partie la plus périlleuse du trajet entre Dundee, où elle habitait, et Boise, la capitale de l'Idaho. Elle parvint à négocier sans problème les premiers virages serrés, puis elle tomba derrière un pick-up qui avançait comme un escargot.

Pestant sourdement, Hannah ralentit. A cette allure, Russ allait la semer. Si cela se produisait, elle ne retrouverait ses garçons que lorsque son ex se serait lassé d'eux et daignerait les ramener chez elle. A condition qu'ils survivent jusque-là.

Cela n'était même pas envisageable. Elle devait les ramener ce soir avec elle. Avant qu'il n'y ait un nouvel incident comme celui de l'an dernier, quand l'un des amis de Russ avait posé la lame d'un couteau sur la gorge de Kenny.

Oh what fun it is to ride…

Les paroles de la chanson paraissaient la narguer. Oh, oui ! Quel plaisir, vraiment de se retrouver coincée derrière ce pick-up ! ragea-t-elle. Elle empiéta sur la double ligne jaune pour voir si elle pouvait le dépasser, mais ce n'était pas possible, les virages étaient trop rapprochés.

Au comble de l'angoisse, elle imagina Russ creusant de plus en plus l'écart à chaque seconde qui passait…

Il avait prétendu que l'histoire du couteau n'était qu'une plaisanterie. Mais Hannah n'avait pas trouvé cela drôle, et Kenny n'avait pas ri non plus. Pour elle, tout ce qui relevait de la farce, en l'occurrence, c'est qu'elle ait été assez bête pour épouser Russ. Si seulement sa mère n'était pas morte quand elle venait juste de finir sa dernière année de lycée, la laissant seule au monde… Si elle ne s'était pas sentie aller à la dérive et qu'elle n'ait pas voulu jeter l'ancre à ce point… Si elle n'avait pas fini par céder aux avances pressantes de Russ, qui l'avait mise enceinte… *Alors*, tout aurait pu être différent.

Mais se complaire dans les regrets ne servait à rien, se reprit-elle. Certes, elle avait commis une erreur colossale, mais elle avait Brent et Kenny. Aujourd'hui, ses fils étaient tout ce qui importait. Et elle ne pouvait permettre à Russ de prendre trop d'avance, car elle ignorait où se trouvait le chalet.

Hannah se déporta de nouveau sur la gauche et observa la route aussi loin que portait son regard. Mais la neige tombait trop drue pour qu'elle s'aventure à doubler.

De guerre lasse, elle donna un coup de Klaxon, espérant que le pick-up se rangerait pour la laisser passer.

Les feux stop s'allumèrent brièvement. Le conducteur du véhicule qui la précédait avait encore ralenti. Elle n'avait fait que l'irriter.

Et dire qu'il restait encore vingt kilomètres de virages !

Hannah était tellement frustrée qu'elle avait envie de se cogner la tête contre le volant. Il fallait absolument qu'elle dépasse ce pick-up. Cela ne lui prendrait que quelques secondes. Un petit coup d'accélérateur, et elle pourrait poursuivre sa route à une vitesse normale.

Une fois encore, elle vérifia qu'aucune voiture n'arrivait dans l'autre sens. Il y avait bien un virage, pas très loin, mais elle devrait avoir le temps de se rabattre avant, si elle y allait franchement.

Le chant de Noël préféré d'Hannah passait sur les ondes au moment où elle enfonça l'accélérateur. Le moteur monta brusquement en régime, et sa voiture bondit en avant.

Silent night, holy night…

Elle parvenait à la hauteur du pick-up, quand des phares apparurent soudain devant elle comme s'ils sortaient du néant.

Hannah appuya sur la pédale des freins, mais ses pneus adhéraient mal sur le verglas. Sa voiture fit une brusque embardée et se mit à chasser ; les phares arrivèrent sur elle, l'aveuglant.

Son hurlement de terreur fut brutalement interrompu par un choc terrible qui la précipita contre le volant. En même temps, l'intolérable grincement du métal broyé lui perça les tympans. Puis elle sentit le goût du sang dans sa bouche, et tout, autour d'elle, se mit à tourner tandis que sa voiture quittait la route et culbutait dans le ravin.

Chapitre 1

Presque trois ans plus tard, au mois d'août.

Gabe Holbrook grimaça en voyant Mike Hill descendre de voiture et se diriger vers le chalet en empruntant l'allée que le soleil tachetait de lumière. Il se doutait que Mike lui rendrait visite. Il s'y attendait depuis le malheur qui avait frappé la famille de son ami, depuis le décès de Larry Hill, qu'il avait accompagné la semaine dernière jusqu'à sa dernière demeure. Mais il ne s'était pas préparé à l'entretien qui s'annonçait. S'il savait ce que Mike venait lui proposer, Gabe ignorait encore quels arguments il allait utiliser pour lui opposer son refus.

Mike frappa à la porte — trois coups fermes et déterminés qui correspondaient bien à son caractère. Lazare, le setter irlandais de Gabe, se dressa d'un bond et se précipita vers la porte en remuant la queue.

Avec un soupir, Gabe laissa retomber le rideau de la fenêtre et entreprit de traverser le salon en poussant sur les roues de son fauteuil roulant. Malheureusement, il ne pouvait pas faire semblant d'être absent. Mike savait très bien que, depuis son accident, il y aurait trois ans à Noël, Gabe sortait très rarement.

Le seul point positif, c'est que Mike était venu sans son épouse. Gabe n'était pas prêt à faire face au problème que lui posait Lucy…

Comme à l'accoutumée, l'épaisseur de la moquette ne facilitait pas la manœuvre. Tournant trop tôt, il accrocha accidentellement l'angle de la table. Et parce qu'il avait fait cette table en métal et qu'il n'en avait pas encore terminé les bords, il se coupa l'épaule. Il lâcha une bordée de jurons, et Lazare gémit sa désapprobation.

Quand Gabe ouvrit la porte, Mike perdit aussitôt son air sombre.

— Mais tu saignes ! s'alarma-t-il.

— C'est juste une égratignure, répondit Gabe en reculant pour laisser le passage à son ami. Entre, je t'en prie.

Mike ôta son Stetson et pénétra dans le chalet.

— Comment t'es-tu fait ça ?

Gabe regarda sa coupure. Il était en train de faire des haltères quand il avait entendu une voiture arriver. S'il avait porté autre chose qu'un débardeur, il ne se serait sans doute pas blessé.

— C'est à cause de cette fichue moquette, répondit-il en haussant les épaules.

— Pourquoi ne l'enlèves-tu pas ? Cela te faciliterait la vie.

Parce qu'il ne faisait aucune concession à son handicap, se dit Gabe. Le moindre compromis l'affaiblirait. D'ailleurs, il ne comptait pas passer sa vie dans un fauteuil roulant. Tôt ou tard, il était sûr qu'il remarcherait.

Cependant, comme il ne tenait pas à s'attirer une remarque condescendante, il n'en dit rien à Mike. Car personne ne croyait qu'il recouvrerait sa motricité, son ami pas plus que les autres. Caressant distraitement son chien, il afficha le sourire insouciant qu'il utilisait pour se soustraire aux questions gênantes, et rétorqua :

— Tu veux rire ! Cette moquette est en pure laine vierge. Elle m'a coûté une fortune.

Mais ses trucs fonctionnaient moins bien avec Mike qu'avec le commun des mortels. La façon dont ce dernier haussa les sourcils montra clairement qu'il avait compris que Gabe voulait éluder le vrai problème.

— Et alors ? Ce n'est pas l'argent qui te manque, répliqua Mike.

Gabe n'était pas vraiment désireux de l'interroger sur le motif de sa visite. D'un autre côté, il n'avait pas du tout envie que son ami recommence à le harceler comme il le faisait depuis plusieurs mois avec ce genre de question : « Quand vas-tu cesser de te terrer dans ce chalet pour reprendre une vie normale ? »

Certes, la vie que menait Gabe depuis son accident n'avait rien à voir avec celle qu'il menait auparavant. Il évitait les gens, y compris ses proches, et ne participait qu'à de rares événements. Mais il méditait, entretenait sa musculature, cultivait des légumes et fabriquait des meubles. Mike, évidemment, ne pouvait pas comprendre. Lui n'avait pas perdu l'usage de ses jambes — et, en même temps, le rêve de sa vie — quelques semaines à peine avant la finale. Il n'avait pas été forcé de déclarer forfait et de voir son équipe de football, à la télé, perdre la coupe parce que le joueur vedette qu'était Gabe avait eu la moelle épinière presque entièrement sectionnée. La lésion se situant tout en bas du dos, il avait conservé plus de fonctions que beaucoup de paraplégiques, mais c'était toujours une chose que les médecins ne savaient pas guérir. On lui avait parlé des cellules souches comme d'un traitement possible dans le futur, mais Gabe ne voulait pas se reposer sur un espoir si incertain et si lointain. Voilà pourquoi il avait pris les choses en mains, comptant sur le travail physique et un état d'esprit constructif pour vaincre les effets de l'accident.

— Je suis sûr que tu n'as pas fait tout ce trajet pour me parler de ma moquette, dit-il enfin.

— En effet, reconnut Mike.

Il soutint son regard, et Gabe se répéta qu'il allait lui présenter une demande irréalisable. Mais ils étaient amis depuis trop longtemps pour qu'il n'écoute pas ce que Mike avait à lui dire.

— Assieds-toi, suggéra-t-il en désignant le canapé.

C'était à peu près le seul meuble, dans tout le chalet, qui n'était pas l'œuvre de Gabe. Le fait de travailler le bois — ainsi que d'autres matériaux, plus récemment, tel le métal — lui donnait un but autre que sa guérison. Au fil des mois, il avait accumulé un mélange disparate de meubles, sans que cela, d'ailleurs, le gêne en aucune façon. Il recevait peu de visites. Au début, les camarades de son ex-équipe l'appelaient souvent, lui proposaient de passer le voir, mais il avait refusé avec tant de constance qu'ils avaient fini par se lasser. De toute façon, ses anciens équipiers supportaient mal de voir à quoi était réduit l'ex-meilleur joueur du championnat de football américain, et Gabe était très mal à l'aise en leur présence. Il détestait qu'on ait pitié de lui.

— C'est quoi, cette table ? demanda Mike, alors que Gabe allait prendre une serviette en papier pour essuyer le sang sur son épaule.

Gabe contempla la table qu'il ne tarderait pas à finir. Elle mesurait deux cent quarante centimètres par cent quatre-vingts, était du style hispano-californien de la fin du XVIIIe siècle, mais l'éclat du métal et les gros rivets lui donnaient un petit air branché.

— Je me diversifie, répondit-il.

— C'est… original, se borna à commenter Mike.

Le tact de son ami amusa Gabe. Il regrettait l'époque où ils étaient vraiment très proches. Avant l'accident. Et avant que Mike épouse Lucy.

— Elle n'est pas tout à fait terminée. Nous verrons ce que ça donnera, déclara-t-il.

Revenant au centre du salon, il étudia le visage de Mike. Les cernes qui soulignaient ses yeux témoignaient de son chagrin. Nul ne s'attendait au décès de Larry Hill. La crise cardiaque qui l'avait emporté n'avait pas eu d'antécédent.

— Je suis navré pour ton père, dit-il.

Et il était sincère.

Larry Hill avait eu une influence prépondérante sur sa destinée. Gabe ayant sauté le CM2 et la quatrième, il avait deux ans de moins que ses camarades de classe, ce qui le désavantageait physiquement. C'était Larry Hill, entraîneur principal, qui avait reconnu ses talents et avait empêché les entraîneurs adjoints de l'exclure de l'équipe junior du lycée, en seconde. C'était Larry Hill, également, qui avait pris sur lui de le faire jouer en équipe première. Sans le père de Mike, Gabe n'aurait jamais joué, par la suite, pour l'université de Los Angeles, l'équipe où il s'était vraiment affirmé en tant qu'attaquant et futur professionnel.

— Merci d'être venu aux obsèques, dit Mike en cachant mal son émotion. La plupart des gens qui y assistaient ne t'avaient pas vu depuis fort longtemps.

Gabe ne réagit pas à cette remarque. Il était en train de se demander ce qu'il aurait ressenti si c'était son père qui avait disparu. Il lui avait à peine adressé la parole depuis le jour de l'an dernier où ce dernier — Garth Holbrook, sénateur local — avait compromis à jamais son rêve d'accéder un jour au Congrès fédéral en dévoilant publiquement qu'il avait eu une fille hors mariage vingt-quatre ans auparavant. Une fille prénommée Lucy…

Il écarta ce souvenir pénible et revint au présent.

— Alors, Mike…, que puis-je pour toi ?

— Je crois que tu le sais déjà.

Gabe se passa la main dans les cheveux en un geste las.

— Et, moi, je crois que tu connais déjà ma réponse.

— Ce serait bien pour toi, Gabe.

Ces mots le firent tiquer. Apparemment, tout le monde était persuadé d'avoir la recette de son bonheur.

— Je n'aime pas qu'on me dise ce qui est bien pour moi, Mike, maugréa-t-il.

— Alors, fais-le pour Dundee. La saison de football débute dans deux semaines, et le conseil d'administration du lycée ne sait toujours pas par qui remplacer mon père.

Si tu proposais ta candidature, je suis sûr qu'elle serait aussitôt acceptée.

— Mais *je ne veux pas* entraîner l'équipe du lycée, martela Gabe.

S'il voulait travailler, ce n'étaient pas les propositions qui manquaient. Sports Channel, par exemple, le relançait régulièrement pour qu'il anime l'émission dominicale de la chaîne consacrée au football. Et Gabe refusait tout aussi régulièrement.

— L'un des entraîneurs adjoints pourrait très bien prendre la suite de ton père, observa-t-il.

— Qui ? Dave Owens ?

— Non. Son arthrite a encore empiré.

— Donc, tu suggères Melvin Blaine ?

Le ton provocateur de Mike n'échappa pas à Gabe. Il répondit d'une voix neutre :

— Je suppose que oui, s'il n'y a personne d'autre.

— C'est lui que le conseil d'administration choisira si tu ne te présentes pas, convint Mike. Mais tu as joué dans l'équipe du lycée, Gabe. Tu connais le caractère de Blaine. Je ne voudrais pas qu'il ait plus d'ascendant sur nos gars que ce qu'il a déjà. Et mon père aurait été d'accord avec moi.

— Mais je n'ai aucune expérience en tant qu'entraîneur, fit valoir Gabe.

— Tu connais le football mieux que quiconque, rétorqua son ami.

— Je connais les tactiques de jeu, en effet. Mais un bon entraîneur doit avant tout être capable de faire en sorte qu'un groupe d'individus collaborent en parfait accord. Il doit pouvoir inspirer un esprit d'équipe.

— C'est tout à fait à ta portée, Gabe. La plupart de ces gamins t'admirent déjà, nom d'un chien ! Pour eux, tu es un héros.

Gabe se massa les tempes. Il commençait à avoir mal au crâne.

— Ils admirent l'homme que j'étais, marmonna-t-il.

— Tu es toujours le même, répliqua Mike.

Gabe secoua la tête. Son ami se trompait : il n'était plus du tout le même homme. L'accident lui avait coûté plus que sa capacité à jouer. Il l'avait dépouillé de son identité. Il ne savait même plus, aujourd'hui, sur quelles valeurs s'appuyer. Il avait cru pouvoir compter sur sa famille, jusqu'à ce qu'il apprenne la duplicité de son père. S'il voulait retrouver son équilibre, il devait absolument se reconstruire. Ce travail d'entraîneur lui ferait perdre du temps.

— C'est une tâche insurmontable, argua-t-il. Chaque entraîneur a son propre style, et dans la mesure où il ne reste que deux semaines avant le premier match…

— Je suis sûr que tu t'en sortirais, coupa Mike.

Peut-être, admit Gabe à part soi. Mais il refusait de se laisser distraire de son but. Et il y avait un autre problème…

— Kenny Price ne doit-il pas jouer en équipe première, à la rentrée ?

Mike eut l'air enfin moins sûr de lui.

— Eh bien…, hésita-t-il, il n'y a aucune obligation. Il n'a encore que seize ans.

— Mais c'est un bon joueur, nota Gabe.

Il le savait parce qu'il avait vu le gamin sur le terrain. Pendant la saison, en effet, et malgré ce que cela lui rappelait de souvenirs doux-amers, il ne pouvait s'empêcher de se rendre au stade, de temps à autre, pour assister à un match. En dehors du supermarché, c'était l'un des rares endroits où Gabe prenait encore la peine d'aller.

— Je me doute de ce que tu dois éprouver envers la mère de Kenny, déclara Mike. Si tu préfères ne pas l'avoir dans ton équipe, ça n'a pas une grande importance. Il peut rester chez les juniors une année de plus.

Ce qu'il éprouvait envers Hannah Price était une autre histoire, se dit Gabe. Cela ne changeait rien au fait que Kenny était un attaquant plus doué que Jonathan Greer ou Buck Weaver, pourtant tous deux ses aînés.

— Le talent est un meilleur critère que l'âge, répondit-il. Et, d'après ce que j'ai vu, laisser Kenny chez les juniors serait injuste aussi bien pour lui que pour l'équipe.

— Allons, insista Mike, accepte ce boulot. C'est toi ou Melvin Blaine.

Gabe n'entendait pas se laisser influencer par ce genre d'argument.

— Alors, disons que ce sera une année perdue, repartit-il. Vous n'aurez qu'à remplacer Blaine à la fin de la saison. D'ici là, vous aurez bien trouvé quelqu'un qui correspond mieux à la tâche que lui.

Mike le considéra comme s'il avait perdu la tête.

— Une année perdue ? Tu crois que ce serait juste pour nos gars ? Est-ce que ça t'aurait plu, à toi, de t'investir à cent pour cent dans une équipe battue d'avance ?

Gabe ne répondit pas. Son ami savait bien que non.

— D'ailleurs, poursuivit Mike, ce ne serait pas si simple que ça de remplacer Blaine. Il faudrait qu'il commette une faute professionnelle, et on ne peut pas compter sur cela. Encore une fois, il n'y a que toi pour lui barrer la route.

Gabe fit une boule avec la serviette en papier dont il s'était servi pour essuyer le sang de son épaule et la lança d'un geste adroit dans la poubelle de la cuisine.

— J'aimais ton père, Mike, dit-il ensuite. Je lui dois beaucoup, mais…

— Alors, fais-le pour lui, Gabe.

Brusquement, les souvenirs que Gabe avait refoulés jusqu'ici surgirent dans sa conscience, et il revit Larry Hill venir lui parler au début de son année de première, juste après que Gabe avait été pris en train de sécher les cours. Parce qu'il avait deux ans de moins que ses camarades de classe, il avait voulu faire ses preuves, ce qui voulait dire, à cet âge, négliger le travail scolaire et les règles en général. Il n'aurait jamais cru que l'entraîneur principal s'intéresserait aux frasques d'un gamin de quatorze ans et demi.

Et pourtant… Un jour, en fin d'après-midi, Larry était venu le trouver dans les vestiaires, et, une fois les autres partis, lui avait parlé les yeux dans les yeux. Il lui avait expliqué qu'il y avait deux sortes d'hommes : ceux qui étaient déterminés, qui restaient fidèles à leurs valeurs quoi qu'il advienne, et ceux qui étaient faibles, qui se laissaient facilement détourner du droit chemin et qui finissaient par oublier ce qu'ils auraient pu être. Larry Hill avait conclu en lui disant qu'il ne voulait dans son équipe que des hommes déterminés, et que c'était à Gabe de choisir son camp. A partir de ce jour, plutôt que de chercher à plaire aux autres, Gabe avait mis toute son énergie à être le meilleur. Il avait brillamment terminé le lycée et, grâce à ses dons de footballeur, avait obtenu une bourse pour l'université de Los Angeles.

Bien sûr, il ignorait comment les choses auraient tourné si Larry Hill ne s'était pas intéressé à lui. Son propre père avait essayé de le motiver par d'autres moyens. Mais, quelque part, c'était Larry qui avait convaincu Gabe.

— Alors, Gabe ? le pressa Mike.

Gabe se passa une main sur le visage, puis fronça les sourcils quand Lazare vint poser le museau sur ses genoux et le fixa de ses bons yeux, comme s'il plaidait la cause de Mike.

Gabe soupira. Eu égard à ce que Larry Hill représentait pour lui, il ne pouvait pas moralement rejeter la demande de Mike. Il céda enfin.

— C'est d'accord. Mais seulement pour cette année. Le conseil d'administration doit d'ores et déjà se mettre en quête de la personne qui me remplacera à l'issue de la saison.

Reprenant son chapeau, Mike se leva et lui serra la main.

— Merci, Gabe. Je n'en attendais pas moins de toi, assura-t-il.

Sur ce, il se dirigea vers la porte, mais, parvenu sur le seuil, hésita puis se retourna.

— Je suppose qu'il est inutile de t'inviter à dîner à la maison avec Lucy et moi, un de ces soirs ?

Gabe se raidit. Il aurait dû s'y attendre : Mike l'invitait à dîner chez lui presque chaque fois qu'ils se voyaient.

Cela étant, il ne lui en voulait pas. Mike étant amoureux de sa femme, il était normal qu'il fasse son possible pour exaucer ses vœux. Et depuis que le père de Gabe avait reconnu Lucy, celle-ci ne cachait pas qu'elle souhaitait se rapprocher de cette famille qu'elle s'était récemment découverte.

— J'y réfléchirai, répondit-il.

— Et tu me rappelleras, c'est bien ça ? fit Mike en secouant la tête.

— Ecoute, tu m'as convaincu d'entraîner l'équipe. Ce n'est déjà pas si mal, n'est-ce pas ?

— En effet, convint Mike. J'en suis très heureux.

Au sourire soudain qu'arborait son ami, Gabe comprit qu'il se félicitait secrètement. Il avait non seulement trouvé le remplaçant de son père, mais aussi le moyen de faire sortir Gabe de son trou.

Enfin…, Gabe ne regrettait rien, du moins pour l'instant. Il devait à Larry Hill d'accepter. Et il exécrait purement et simplement Melvin Blaine.

La porte d'entrée se referma en claquant, et la voix de Kenny retentit, lourde d'un désarroi inhabituel.

— M'man, où es-tu ?

— Dans mon bureau, répondit Hannah Price en posant le cadre qu'elle était en train d'examiner.

Tandis que son aîné montait les marches quatre à quatre, elle se demanda avec appréhension ce qui était encore arrivé. La semaine avait déjà été assez difficile.

Kenny entra en trombe dans la pièce sans avoir pris la

peine de quitter ses chaussures à crampons couvertes de boue. A l'évidence, il arrivait directement de son entraînement, mais quand elle vit la mine qu'il faisait, Hannah n'eut pas le cœur de le gronder pour les traces qu'il laissait sur le parquet.

— Que se passe-t-il, mon grand ?

Kenny s'assit lourdement sur le tabouret qu'elle utilisait pour atteindre les étagères supérieures du placard, et, pour la centième fois, sans doute, de l'été, Hannah remarqua à quel point il avait grandi. Plus jeune, il était plutôt potelé — comme Brent, son fils de sept ans, qui était arrivé par surprise longtemps après qu'elle eut décidé de ne plus avoir d'enfants. Mais en deux ou trois ans, à mesure qu'il gagnait en taille, son corps s'était affiné. Avec ses épais cheveux bruns et ses yeux noirs, il lui ressemblait tellement que, parfois, il le supportait mal. On lui disait trop qu'il était presque aussi joli que sa mère.

— Pourquoi a-t-il fallu que Larry Hill meure ? demanda-t-il d'un ton qui rappelait plus le petit garçon qu'il avait été que l'homme qu'il était en train de devenir.

— Il te manque, n'est-ce pas ? dit Hannah avec un triste sourire.

La nouvelle du décès avait ému son fils jusqu'aux larmes, et il n'avait pas été le seul. Pendant les obsèques, tous les membres de l'équipe de football avaient pleuré leur entraîneur. Hannah aussi avait le cœur gros. En tant que mère qui élevait seule ses enfants, elle était infiniment reconnaissante à Larry de l'intérêt qu'il avait porté à Kenny, et du modèle qu'il représentait pour lui. D'autant que le studio de photographe qu'elle avait aménagé chez elle lui prenait une partie du temps qu'elle aurait préféré consacrer à ses fils.

— Mes copains disent que je risque fort de ne pas jouer, cette année, lui apprit Kenny.

Hannah faillit lui dire de ne pas s'en faire, que ce n'était qu'un jeu, mais elle se retint. Russ prenait plus à cœur l'avenir sportif de leur fils que Kenny lui-même. Les rares fois où elle avait tenté de relativiser les problèmes liés au football, son ex-mari avait balayé ses efforts en un rien de temps. Elle répondit donc :

— Bien sûr que tu joueras. La saison dernière, tu as bien participé à tous les matchs, n'est-ce pas ?

— Mais j'étais chez les juniors, m'man. Hier, Melvin Blaine m'a sélectionné pour jouer dans l'équipe première. Seulement, maintenant que Larry Hill n'est plus là…

— Tu as été sélectionné ? Mais c'est super ! s'exclama Hannah. Et tu as tort de t'inquiéter : la personne qui remplacera Larry ne pourra que reconnaître tes talents.

— Il a déjà un remplaçant, dit Kenny, l'air lugubre.

— Vraiment ? Et qui est-ce ?

— Gabe Holbrook.

A la mention de ce nom, elle eut un sursaut.

— *Quoi ?*

— Tu m'as bien entendu, m'man, marmonna son fils.

Il battit rapidement des paupières, comme s'il était au bord des larmes, et Hannah en comprit la raison. Le souvenir de la collision la hantait toujours. Chaque nuit, dans ses cauchemars, elle revivait le choc, la chute affreuse dans le ravin…

— Les copains ont raison, n'est-ce pas ? reprit Kenny, la tête basse. Gabe Holbrook doit me haïr.

— Mais bien sûr que non ! assura-t-elle.

Mais, au fond de son cœur, elle n'en était pas aussi sûre que cela. Gabe voudrait-il vraiment pousser Kenny à se distinguer dans un sport que lui-même ne pouvait plus pratiquer *à cause d'elle* ?

Si seulement elle pouvait remonter le temps, se dit Hannah. Depuis l'accident, il ne s'était pas passé un jour sans qu'elle regrette amèrement d'être partie à la poursuite de Russ, cette nuit-là.

— Peut-être que tu n'étais pas tout à fait responsable de l'accident, m'man, avança Kenny en l'implorant du regard. Peut-être que Gabe conduisait trop vite, et qu'il…

— Non, c'était entièrement ma faute, coupa-t-elle.

Evidemment, Hannah n'aurait pas été sur la route, à conduire comme une folle, si Russ n'avait pas littéralement kidnappé les enfants. Mais mieux valait ne pas en parler ; cela n'avancerait à rien. La seule chose qui comptait, c'est que c'était elle qui avait heurté Gabe de plein fouet alors qu'il rentrait à Dundee pour passer Noël en famille.

Kenny écarta les cheveux de son front, et remarqua :

— J'ai entendu ce que disaient les gens, à propos de l'accident, mais, toi, tu ne m'en as jamais parlé. Comment est-ce arrivé, m'man ?

Hannah secoua lentement la tête. Elle ne pouvait pas lui donner de détails. Les conséquences de cette nuit tragique la déprimaient trop. Gabe et elle se connaissaient bien. Avant l'accident, c'était un garçon plein de vie, talentueux, charismatique… Bref, il avait tout pour lui.

En quelques secondes, elle avait bouleverser l'existence de Gabe. Le Gabe d'aujourd'hui dissimulait un monde de douleur au fond de ses yeux bleus. Il s'était replié sur lui-même et s'aventurait rarement en public. Mais il était toujours aussi beau. Outre ses yeux, profonds comme l'océan, il avait les cheveux bruns, ondulés, un visage mince aux traits virils et un corps aux muscles d'acier.

— Le Gabe que je connais ne t'en voudrait pas pour ce que j'ai fait, finit-elle par dire.

— Comment le sais-tu ? répliqua Kenny. Il ne peut même plus marcher à cause de toi.

Repliant les genoux, il posa le menton sur ses bras.

— Est-ce que tu lui as demandé pardon ?

— Bien entendu.

— Et t'a-t-il pardonné ?

— Je le pense, répondit Hannah.

Mais de cela non plus elle ne pouvait être sûre. Le visage de Gabe était devenu un masque impénétrable. Elle ne savait pas quelles émotions il cachait. Quand elle essayait de lui dire à quel point elle était navrée, soit il feignait de ne pas entendre, soit il lui décochait un sourire charmant et lui répondait que c'était le destin.

Son attitude magnanime ne faisait qu'aggraver la mauvaise conscience d'Hannah. Voilà quelques mois, ils s'étaient rencontrés par hasard au supermarché Finley, et comme elle s'était encore excusée, il lui avait envoyé un bref message, le lendemain, pour lui demander de cesser de lui demander pardon, et de cesser, même, de penser à lui.

Hannah aurait bien aimé oublier Gabe Holbrook, mais

c'était impossible : elle se sentait beaucoup trop coupable envers lui. De plus, dans une localité aussi petite que Dundee, le nom de l'ex-star du football surgissait souvent dans les conversations. Elle savait très bien qu'elle était plus connue, maintenant, pour avoir brisé la carrière de l'unique héros de la ville que pour ses photographies.

La voix de son fils la tira de ses pensées.

— Je ne crois pas que Melvin Blaine soit très heureux, lui non plus, que ce soit Gabe qui succède à Larry.

— Et pourquoi donc ?

— Il briguait le poste. Cet après-midi, quand Mike Hill est venu annoncer que Gabe était notre nouvel entraîneur principal, M. Blaine est devenu tout rouge. Et je l'ai entendu dire à M. Owens qu'un impotent serait incapable d'entraîner l'équipe et qu'on allait vite s'en rendre compte.

— M. Blaine a traité Gabe d'impotent ? s'offusqua Hannah.

— Ouais.

Hannah sentit son estomac se nouer. Gabe avait déjà une vie assez dure sans qu'on rajoute à ses épreuves derrière son dos.

— Kenny, dit-elle d'un ton ferme, je veux que tu te donnes à fond pour ton nouvel entraîneur, tu m'entends ? Tu fais ce qu'il te dit, et tu évites de te plaindre.

— Et s'il me laisse sur la touche parce que je suis ton fils ?

— Tu prends sur toi, Kenny. Gabe est ton entraîneur principal. Tu lui dois ta loyauté, ton respect et ton soutien.

— Et Melvin Blaine ?

— Quoi, Melvin Blaine ? Tu ne l'as jamais beaucoup aimé, il me semble ?

— Certains de mes copains le trouvent sympa.

— M. Blaine a toujours eu ses favoris et ses boucs émissaires. Et ce n'est pas parce que tu deviendrais l'un de ses favoris que je me mettrais subitement à apprécier ses méthodes. Evite-le autant que faire se peut.

Mais tandis que son fils se levait et sortait, Hannah se demanda s'il lui obéirait. D'autant que Russ, à l'époque, avait perdu sa place en équipe première au profit de Gabe, et qu'il risquait fort de pousser Kenny à soutenir Blaine.

Chapitre 2

C'était la première fois qu'Hannah venait chez Gabe. Parce qu'il menait une vie de reclus, elle s'était imaginé qu'il habitait une baraque branlante avec des herbes folles poussant en liberté jusque sur son palier, un tonneau recueillant l'eau de pluie des gouttières, et un tas de bouteilles de bière vides à côté de l'entrée. Aussi fut-elle surprise, en se garant à côté de son break aménagé, de voir un vaste chalet à étage couleur de miel, précédé d'une pelouse tondue méticuleusement. La cheminée en pierre était couverte de lierre, un hamac se balançait mollement dans la brise, et sous la véranda, au lieu de bouteilles de bière, se trouvait un assortiment de meubles en bois du plus bel effet.

Alors qu'elle descendait de voiture, une agréable odeur d'humus et de pin lui emplit les narines. A cette heure matinale, il faisait encore frais, dans la montagne, et une petite fumée bleuâtre s'échappait de la cheminée.

Visiblement, Gabe était chez lui. Mais à vrai dire, Hannah s'y attendait : l'entraînement ne devait débuter que dans deux heures.

Jouant nerveusement avec ses clés, elle finit par les fourrer dans son sac à main à quelques pas de la maison. Elle se doutait que Gabe n'apprécierait pas sa visite. Le fait qu'il se soit réfugié ici indiquait clairement qu'il ne désirait voir personne. Mais maintenant qu'il avait décidé d'entraîner l'équipe de football du lycée, il fallait absolument qu'elle lui parle.

A l'intérieur de la maison, une station de radio jouait du rock. Pour couvrir la musique, Hannah frappa trois coups vigoureux contre le panneau de la porte. Le chien de Gabe — que tout le monde connaissait, puisqu'il ne venait jamais en ville sans lui — se mit à aboyer, mais son maître ne donna pas signe de vie.

Peut-être était-il en train de travailler derrière le chalet, se dit-elle. Elle avait entendu dire qu'il faisait des meubles, et à en juger par les fauteuils en bois massif qu'elle avait sous les yeux, il se débrouillait comme un vrai professionnel. D'ailleurs, elle devrait lui demander de lui en vendre un. Ce serait idéal pour photographier des enfants.

Hannah frappa de nouveau, sans plus de résultat.

Il y avait un portillon en bois sur le côté droit de la maison. Elle le franchit, et, appelant pour annoncer sa présence, arriva à l'arrière du chalet, où se trouvait une grande terrasse couverte. Une allée en ciment, serpentant à travers un jardin potager impeccable, conduisait à un vaste atelier, dont le portail était ouvert. Hannah s'en approcha et se pencha à l'intérieur.

— Gabe ?

Il n'était pas là, mais son atelier contenait beaucoup de choses intéressantes : une armoire en acajou ornée de sculptures qui n'était pas encore teintée, un dinosaure en métal plus vrai que nature, une horloge à balancier, un coffre de marin et trois fauteuils à bascule de tailles différentes.

Hannah n'avait jamais vu de travail aussi magnifique. Ces fauteuils à bascule étaient de véritables chefs-d'œuvre. Juste au moment où elle en essayait un, la voix de Gabe lui parvint de l'entrée.

— Puis-je faire quelque chose pour toi, Hannah ?

Elle se releva d'un bond tandis qu'il franchissait le seuil dans son fauteuil roulant — et surmonta l'élan qui la poussait à s'enfuir au plus vite. Gabe portait un jean délavé et une chemise blanche qui faisait ressortir son bronzage. Et ses cheveux étaient mouillés.

— Je suis désolée de m'être introduite dans ton atelier, s'excusa-t-elle. Comme tu n'as pas répondu lorsque j'ai frappé, je me suis dit que tu étais peut-être derrière chez toi.

Lazare vint lui souhaiter la bienvenue en lui léchant la main. Elle le caressa entre les oreilles.

— J'étais sous la douche, répondit Gabe.

Hannah leva les yeux vers lui. A contre-jour, elle ne distinguait pas très bien son expression, mais il lui sembla discerner une trace de curiosité dans son regard.

— Tu te demandes sans doute pourquoi je suis ici.

— Je présume que cela a quelque chose à voir avec Kenny.

Lazare la lécha de nouveau, mais quand Gabe le siffla, il alla immédiatement s'asseoir à côté de lui.

— Il sera dans mon équipe cette année, n'est-ce pas ? demanda-t-il.

— Oui.

— D'après ce que j'ai vu, c'est un très bon joueur.

— Le football compte beaucoup pour lui, dit Hannah.

Elle regretta aussitôt ses paroles. Le football avait aussi beaucoup compté pour Gabe, avant l'accident.

Brusquement, elle se sentit stupide d'être venue ici. Gabe avait beau être dans un fauteuil roulant, il avait toujours autant de personnalité. Malgré son handicap, Blaine ne lui poserait sans doute aucun problème.

Mais elle était là, maintenant. Il était trop tard pour reculer.

— En fait, je ne suis pas venue te parler de Kenny. Je voulais simplement t'avertir que Melvin Blaine nourrit du ressentiment à ton égard.

Gabe se frotta le menton.

— Qu'est-ce qui te fait croire ça ?

Pour quelque raison, Hannah se souvint alors que Gabe l'avait embrassée, un soir, à l'occasion d'une fête organisée par le lycée. Elle se rappela le contact de sa bouche, à la fois doux et impérieux, la pression de ses mains sur son dos tandis qu'il la plaquait contre lui. Gabe était la coqueluche des filles, Hannah y comprise. Et elle était rentrée chez elle follement éprise de lui.

— Hannah ?

Elle contemplait le dessin de ses lèvres, qui, tout comme ses yeux, tout comme le reste de son visage, était digne d'admiration.

En entendant son nom, elle se sentit rougir. Que lui avait-il demandé, déjà ? Ah, oui : pourquoi elle pensait que Melvin Blaine…

— C'est Kenny qui m'en a parlé hier, en revenant de l'entraînement, répondit-elle.

— Que t'a-t-il dit ?

— En gros, que Blaine est furieux que tu lui aies ravi le poste qu'il pensait devoir lui échoir.

Gabe ne parut pas impressionné le moins du monde.

— Et alors ? fit-il.

Hannah arrondit les yeux de surprise.

— Eh bien…, je crains qu'il complote contre toi, qu'il tente, d'une manière ou d'une autre, de salir ta réputation.

— Et alors ? répéta-t-il.

— Alors…, je tenais à te dire de surveiller tes arrières.

— Je suis assez grand pour m'occuper de moi-même, Hannah, rétorqua-t-il. Je n'ai pas besoin que tu me protèges.

— Je le sais. Je voulais juste…

Mais elle ne sut que dire. Gabe avait raison. S'il n'était pas dans ce fauteuil roulant, elle n'aurait jamais songé à le prévenir. Elle se serait dit qu'il était de taille à faire face à Blaine sans son aide.

Tous les regrets qu'elle avait accumulés depuis l'accident l'étouffaient. Elle voulait se racheter, effacer sa faute d'une manière ou d'une autre. Mais elle voyait bien que c'était impossible.

— Je suis désolée, murmura-t-elle pour la millième fois.

Les larmes brouillaient sa vision. Elle les ravala et tenta de sortir, mais Gabe lui saisit le poignet avant qu'elle arrive au portail.

— Hannah ?

A son contact, elle sentit une douce chaleur l'envelopper. Elle repensa encore à cette soirée où il l'avait embrassée, il y avait déjà vingt ans de cela. Elle aurait voulu qu'il soit l'homme qu'il était alors, qu'il l'attire contre lui et l'embrasse sans crier gare. Elle s'était tirée de l'accident avec un bras cassé et une entaille au front, mais elle ne se remettrait jamais, sans doute, du remords qui la rongeait.

— Je vais bien, dit-il d'un ton ferme. Tu dois te pardonner, d'accord ?

Il la lâcha, mais Hannah ne bougea pas d'un pouce. Elle avait envie de le serrer dans ses bras pour percevoir les battements de son cœur. Il avait raison : ils devaient tous deux surmonter l'épreuve et aller de l'avant. Seulement, Gabe avait beau dire, il n'allait pas bien. Il avait perdu l'usage de ses jambes, et cela l'avait rendu ombrageux et amer, même s'il faisait son possible pour ne pas imposer son humeur à Hannah.

— Gabe…

— Quoi ?

Elle n'avait pas le droit de lui demander quoi que ce soit, mais la douleur qui lui broyait le cœur l'empêchait de partir. Incapable de trouver ses mots, elle lui effleura la joue de sa main.

Le regard de Gabe se riva aussitôt au sien. Le désir ardent

qu'elle lut dans ses yeux l'étonna tant qu'elle en eut le souffle coupé. Elle ne s'attendait pas à ce qu'il baisse ainsi sa garde. A l'évidence, il était en mal de contact humain, et cela n'avait rien d'étonnant. Il avait tant perdu ! Et ce qu'il n'avait pas perdu, il l'avait repoussé.

Le chien gémit, et le masque d'indifférence que Gabe arborait habituellement se remit brusquement en place.

— Tu veux me faire plaisir ? dit-il d'un ton bourru en s'écartant d'elle. Alors, oublie-moi et poursuis ta vie.

Hannah poussa un lourd soupir.

— Je ne peux pas t'oublier, avoua-t-elle.

Mais avant que Gabe ait eu le temps de répondre, Lazare partit comme une flèche en aboyant, et Mike Hill apparut au bout de l'allée.

S'efforçant de maîtriser les émotions inattendues qui avaient surgi du plus profond de son être, Gabe siffla Lazare et concentra son attention sur Mike, qui venait vers eux. Hannah serait bientôt partie, et il pourrait reprendre son sang-froid. Il suffisait qu'il patiente un moment en faisant fi du désir qui l'avait assailli. C'était une pulsion toute naturelle. Depuis l'accident, il vivait en ermite, si bien qu'il avait du mal à gérer ses rapports avec autrui.

Mike affichait un sourire amène, mais la surprise qu'il recelait n'échappa pas à Gabe. Hannah était bien la dernière personne que son ami s'attendait à trouver ici. Gabe soupira. Il était venu s'installer à quarante kilomètres de Dundee, dans un chalet perdu dans la montagne, mais, décidément, on ne respectait plus sa solitude. Il est vrai que quand Mike lui parlait de football, ou même d'événements familiaux, Gabe ne pouvait se cacher que cette vie normale lui manquait. Et quand Hannah lui avait caressé la joue, il n'avait pu que constater qu'il était dévoré par l'envie de retrouver le parfum, le goût, le corps d'une femme.

Mais cela viendrait un jour, se promit-il. Quand il aurait recouvré l'usage de ses jambes…

— Qu'est-ce qui t'amène encore dans ces parages, Mike ? lança-t-il.

La formule manquait singulièrement de chaleur, mais Mike ne parut pas s'en offusquer.

— Je t'apporte la liste des joueurs potentiels, répondit-il en donnant à Gabe le porte-bloc qu'il tenait à la main.

Puis il souleva légèrement son Stetson pour saluer Hannah.

— Il m'avait bien semblé reconnaître ta Volvo, Hannah. Comment vas-tu ?

— Très bien, merci, dit-elle d'une voix qu'on entendit à peine.

Et Gabe espéra qu'il était le seul à avoir remarqué le rouge qui lui montait aux joues. Il ne tenait pas, en effet, à ce qu'elle trahisse le fait que Mike les avait interrompus au mauvais moment. Son ami devait déjà se poser assez de questions quant à la présence d'Hannah.

— Comment vont les affaires ? demanda Mike à cette dernière.

Gabe n'ignorait pas qu'Hannah travaillait dur pour élever ses deux garçons. Il savait aussi qu'elle n'avait pas le choix, car il était de notoriété publique que Russ Price ne l'aidait guère financièrement. Il ne travaillait pas la moitié du temps.

— Plutôt bien, répondit-elle. Avec l'été qui s'achève, les clients se font moins nombreux, et ce n'est pas plus mal, car je dois préparer Kenny et Brent pour la rentrée.

— Est-ce que Kenny reste dans l'équipe junior, cette année ?

Gabe fronça les sourcils. Cette question ne lui plaisait pas. D'autant qu'il savait très bien pourquoi Mike la posait. Il voulait faire en sorte qu'Hannah n'ait pas trop d'illusions, au cas où Gabe déciderait de ne pas promouvoir Kenny.

— Melvin Blaine l'a sélectionné en équipe première avant-hier, annonça-t-elle.

Mike se tourna vers Gabe, l'air surpris.

— Je l'ignorais.

— Moi aussi, convint Gabe. Mais c'est parfait, puisque je comptais le faire moi-même.

— Kenny sera ravi de l'apprendre, assura Hannah.

Elle ramassa une balle de tennis et la lança à l'intention de Lazare. Puis elle dit :

— J'ai des courses à faire. Il faut que je parte.

Mike la suivit des yeux, mais Gabe tourna son attention vers son chien, qui rapportait la balle. Il ne voyait pas l'intérêt d'admirer la svelte silhouette d'Hannah ni ses longs cheveux bruns. Sa libido était en veilleuse pour une durée indéterminée.

Quand elle eut disparu, Mike s'adressa à lui.

— Que voulait-elle ?

Avant de répondre, Gabe rappela Lazare, qu'un écureuil

avait distrait, et qui aboyait bruyamment au pied d'un arbre.

— Elle est venue me prévenir que Blaine n'était pas très content de ma nomination.

— Comment le sait-elle ?

— Je crois que Kenny l'a entendu se plaindre pendant l'entraînement, répondit Gabe en prenant la balle que son chien venait de déposer sur ses genoux.

Mike secoua la tête d'un air sombre.

— J'ai bien vu que Blaine était furieux, quand je suis allé annoncer la nouvelle à l'équipe.

De le voir aussi inquiet qu'Hannah hérissa Gabe. Il ne supportait pas d'être traité comme un homme diminué.

— Est-ce pour cela que tu as roulé quarante kilomètres, au lieu de me donner la liste des joueurs sur le terrain ? marmonna-t-il en relançant la balle. Pour avertir le pauvre invalide que je suis ?

Le sourire complice de Mike le désarma.

— Je suis désolé d'être arrivé comme un cheveu sur la soupe, Gabe. J'ai bien vu que j'interrompais un moment important entre toi et Hannah.

— Mike…, menaça Gabe.

Son ami fit un geste d'apaisement.

— Je suis heureux que tu ne la condamnes pas, voilà tout. C'est à cause de Russ que l'accident est arrivé.

Sauf que ce n'était pas Russ qui l'avait percuté, se dit Gabe.

— Toute mère digne de ce nom se serait lancée à la poursuite de ses enfants, ajouta Mike.

Parfois, Gabe était d'accord avec cette assertion, et

parfois pas. En règle générale, il essayait de ne pas penser à Hannah — ni, d'ailleurs à quelque autre femme.

— J'ai comme l'impression que tu cherches à me faire passer un message, maugréa-t-il.

Le sourire de Mike s'élargit.

— A vrai dire, j'ai noté la façon dont elle te regardait.

Mike ne manquait jamais de lui faire remarquer que telle ou telle femme s'intéressait à lui, mais Gabe n'avait pas la patience d'écouter son ami.

— Et si nous en revenions au football ? suggéra-t-il.

Mais, manifestement, Mike n'entendait pas en rester là.

— Tu as encore de longues années devant toi, Gabe, insista-t-il. Pourquoi t'enfermerais-tu dans ta solitude ? Si tu le décides, tu n'auras aucun mal à trouver quelqu'un avec qui partager ta vie.

Reenie, la sœur de Gabe, lui tenait le même discours. En fait, tout le monde semblait penser qu'il devrait se contenter de ce qu'il pourrait tirer de la vie dans un fauteuil roulant. Mais il n'avait jamais été homme à se satisfaire d'un pis-aller. Pour l'heure, il n'avait qu'une seule priorité : recouvrer l'usage de ses jambes.

— Au cas où je n'aurais pas été assez clair jusqu'ici, fit-il d'un ton sec, je te répète, Mike, que je n'ai besoin de personne pour me dire ce que j'ai à faire.

Lazare avait rapporté sa balle depuis déjà un petit moment. Il aboya pour que son maître réagisse.

— Va chercher, mon bon chien, lui dit Gabe.

Et il lança la balle de toutes ses forces.

Tandis que Lazare repartait à fond de train, Mike grimpa la rampe que Gabe avait installée devant sa terrasse et s'assit sur un siège suspendu aux chevrons.

— Tout ce que je voulais dire, c'est que tu devrais inviter Hannah à sortir, expliqua-t-il. Je suis persuadé qu'elle accepterait.

Gabe en était tout aussi persuadé. Elle se sentait tellement coupable, à cause de l'accident, qu'elle irait lui décrocher la lune, s'il le lui demandait. Mais exploiter la pitié qu'elle ressentait pour lui ne l'intéressait pas.

— N'y compte pas, répondit-il.

— Allons, Gabe, tu pourrais au moins l'emmener au cinéma. Dieu sait si elle a besoin de se divertir un peu. Elever seule deux garçons n'est pas une sinécure.

— Tout de même… Je doute qu'elle les élève seule.

— C'est pourtant le cas, mon ami. Russ les prend bien, de temps en temps, mais cela ne fait que rendre la tâche plus difficile à son ex-femme.

— Comment le sais-tu ?

— Dundee est une petite ville, Gabe. Tout le monde sait ce qui se passe chez les autres.

Lazare lui rapporta de nouveau la balle, mais ce qu'avait dit Mike à propos de l'impéritie de Russ avait assez piqué sa curiosité pour que Gabe oublie de la relancer. Il manœuvra pour rapprocher son fauteuil de la terrasse, puis demanda :

— Est-ce que Russ lui crée des ennuis ?

— Il en a fait une habitude, confirma Mike. Par exemple, la semaine dernière, alors que les enfants étaient chez lui, Kenny a surpris Brent en train de regarder une vidéo porno.

Gabe fit la grimace.

— Comment l'as-tu appris ?

Lazare aboya. Il lança de nouveau la balle, et le chien courut la chercher.

— Russ en a parlé au bar du Honky Tonk, lundi dernier. Il riait aux larmes en rapportant les questions de Brent à propos du jeu des acteurs.

Gabe secoua la tête de dégoût.

— Quel crétin, marmonna-t-il. Comment Hannah a-t-elle pu épouser un type comme lui ?

Quand il vit Mike se caler confortablement contre le dossier du siège et croiser les mains sous sa nuque, Gabe regretta presque sa question. Manifestement, son ami comptait rester un bon moment, et cela ne l'enchantait pas. Il voulait se préparer mentalement à sa première prestation en tant qu'entraîneur. Il allait rencontrer beaucoup de monde, et, après trois ans de solitude, il devrait faire face à une avalanche de questions et à un assaut de curiosité. Le fait d'être célèbre faisait déjà de lui une attraction. Depuis qu'il était, en plus, invalide, il ne pouvait apparaître en public sans que les regards convergent vers lui et que les conversations se transforment en murmures.

Mais il se doutait que Mike n'ignorait pas qu'il allait affronter une dure journée, et qu'il était venu lui tenir compagnie — probablement pour l'empêcher de se désister. Et tant qu'ils parleraient d'Hannah, Mike ne mettrait pas Lucy sur le tapis.

— Tu ne te souviens pas de ce qui s'est passé entre elle et Russ ? s'étonna son ami.

— Je ne suis pas sûr de l'avoir jamais su, répondit Gabe.

A l'époque, il était trop heureux de réaliser son rêve pour se soucier de ce qui se passait à Dundee.

— Ils se sont mariés quelques mois après qu'Hannah eut quitté le lycée. Elle était enceinte.

Gabe chercha Lazare des yeux et le vit qui poursuivait un autre écureuil.

— Qu'elle ait pu coucher avec Russ me dépasse, déclara-t-il.

Mike haussa les épaules.

— Qui sait comment cela est arrivé ? Elle n'a pas pu aller à l'université comme toi et moi. Elle a dû rester à Dundee pour s'occuper de sa mère, et Russ était son voisin.

Gabe remarqua qu'une mauvaise herbe poussait au milieu de ses salades. Il se pencha pour l'arracher et la jeta sur un tas de plantes congénères.

— Qu'est-ce qui n'allait pas, chez sa mère ?

— Elle avait un cancer.

C'est vrai, se dit Gabe. Il en avait entendu parler.

— Et où était son père ?

— Il est mort dans un accident d'avion quand Hannah était encore petite.

Gabe aperçut une autre mauvaise herbe et l'arracha. Hannah avait dû se sentir bien seule, songea-t-il.

— Ma mère pense qu'elle courait après la famille de Russ.

Surpris, Gabe leva les yeux vers son ami.

— Qu'une femme coure après l'argent d'un homme, je peux le comprendre. Mais après sa famille…

— Quand la mère d'Hannah est tombée malade, Violet Price, la mère de Russ, l'a aidée à gérer la situation, expliqua Mike. Après le décès de sa mère, Hannah, qui se retrouvait seule, a dû vouloir se rapprocher de la famille Price.

Gabe opina du chef. Cela lui paraissait on ne peut plus normal. Mais quelque chose le chiffonnait, à propos des dates.

— Kenny n'a que seize ans, observa-t-il. Si elle s'est retrouvée enceinte juste après le lycée…

— Elle a fait une fausse couche, coupa Mike.

Il contempla Gabe d'un air narquois, et ajouta :

— Si tu as d'autres questions, au sujet d'Hannah, ne te gêne pas pour les poser.

Gabe se renfrogna.

— Nous ne faisons que parler, Mike. Il n'y a pas de mal à ça, n'est-ce pas ?

— Bien sûr que non, répondit son ami avec un grand sourire. Il faut bien que quelqu'un te mette au courant de ce que tu as manqué pendant toutes ces années où tu te pavanais devant les caméras.

Gabe ne put s'empêcher de sourire à son tour. Voyant que quelques roses s'étaient fanées, sur ses rosiers, il roula jusqu'à sa cabane à outils pour prendre un sécateur.

— Si j'en juge par la différence d'âge entre Brent et Kenny, elle est restée pas mal d'années avec Russ.

Mike ne fit pas de commentaire. Il appuya la nuque contre le dossier et ferma les yeux.

— Mike ?

— Mmm ?

— Pourquoi ne l'a-t-elle pas quitté après la fausse couche ?

— Si Hannah ne t'intéresse pas, pourquoi veux-tu tout savoir de sa vie ?

— Je me familiarise simplement avec la situation familiale de mon principal attaquant. Cela fait partie de mon boulot.

— C'est uniquement pour Kenny que tu me poses toutes ces questions ? demanda Mike en se redressant.

— Absolument.

Mike n'eut pas l'air convaincu du tout, mais il haussa les épaules.

— Eh bien, voilà ce que je peux répondre à l'entraîneur de Kenny. J'ignore pourquoi Hannah est restée aussi longtemps avec Russ. D'autant qu'il n'avait rien du mari modèle. Il changeait de travail comme de chemise, traînait au Honky Tonk tous les week-ends, rentrait soûl régulièrement, et dilapidait l'argent du ménage, même quand lui n'en gagnait pas.

Comme Mike se levait, Gabe abandonna un instant ses rosiers pour lui demander :

— Est-ce qu'Hannah faisait déjà vivre sa famille avec ses photos, à l'époque ?

— Pas les premières années, non. Elle travaillait comme serveuse au restaurant, tu ne t'en souviens pas ?

— Non.

Et pour cause : pendant plus de dix ans, Gabe n'avait pas vécu à Dundee et ne s'était intéressé qu'à sa carrière, à ses amis et à sa proche famille.

— Alors, insista-t-il, quand a-t-elle ouvert son studio ?

Mike se leva.

— Je ne me le rappelle pas. Mais ce devait être avant le divorce, parce que je sais que Russ l'a attaquée pour qu'elle lui verse une pension alimentaire.

A ces mots, Gabe se piqua à une épine et jura sourdement.

— Ne me dis pas qu'il a gagné ! J'espère qu'elle n'est pas obligée d'entretenir ce…

— Il faudra que tu le lui demandes, dit Mike avec un sourire.

— Quoi ?

Son ami descendit la rampe et se dirigea d'un pas nonchalant vers le portillon en lançant :

— Appelle-la, Gabe.

— Non, je ne l'appellerai pas.

— Tu devrais. Emmène-la au cinéma.

— Il n'en est pas question.

— Tu passerais une bonne soirée, Gabe. Est-ce que ce serait si mal que ça ?

— Oui !

Le portillon se referma en claquant, et Gabe lança son sécateur d'un geste rageur en direction d'une souche. Il s'y planta avec un bruit sourd, qui fit se retourner Lazare, les oreilles pointées. Passer une bonne soirée avec Hannah serait une très mauvaise idée, se dit Gabe. Parce que alors, il risquerait d'avoir envie de la revoir, et que se sentir bien le ramollirait. Or, s'il voulait recouvrer l'usage de ses jambes, il devait continuer à se battre. Il ne pouvait pas se permettre de s'incliner devant l'adversité et d'accepter de passer le restant de ses jours dans un fauteuil roulant.

— Je ne l'inviterai pas à sortir ! cria-t-il.

Mais Mike était parti, et seuls les aboiements de Lazare lui répondirent.

Chapitre 3

Quand Gabe ouvrit la portière, une bouffée de chaleur s'engouffra dans la cabine climatisée de son break. La journée s'annonçait torride, se dit-il distraitement, tout en débarquant son fauteuil roulant sur la chaussée. Lorsqu'il s'y installa, il sentit le poids des regards braqués sur lui. Même les pom-pom girls qui s'exerçaient devant le gymnase s'étaient interrompues pour l'observer.

Il était facile de deviner ce que tout le monde pensait. « Le voilà… C'est son break… Comment peut-il conduire sans se servir de ses pieds ?… Pauvre homme ; ça ne doit pas être facile tous les jours de ne plus pouvoir marcher. »

Gabe avait été nommé meilleur joueur du championnat deux années consécutives. Il n'aurait jamais cru qu'il finirait par devenir un phénomène de foire.

Il prit la liste des joueurs sur le siège arrière, siffla Lazare, puis se dirigea vers l'entrée du stade.

Tout excité, Lazare trottait en cercle autour de lui. La présence du chien allait sans doute mécontenter quelques personnes, mais Gabe s'en moquait. Si le conseil d'administration n'était pas satisfait, on n'avait qu'à le limoger. Ce n'est pas lui qui avait postulé pour ce poste.

Dès que Dave Owens l'aperçut, il se précipita à sa rencontre. Ils se rejoignirent au moment où Gabe arrivait sur la piste qui entourait le terrain de football.

— Bonjour, boss, le salua Owens d'un ton chaleureux. Ça fait plaisir de vous revoir, après tout ce temps.

Boss... Gabe se demanda combien de temps il lui faudrait pour s'habituer à son titre d'entraîneur principal.

— Merci, Dave. Moi aussi, je suis heureux de vous revoir.

L'arthrite d'Owens avait empiré, déformant ses mains, mais son sourire ne trahissait pas la moindre animosité. A l'évidence, en conclut Gabe, l'homme était toujours aussi agréable et large d'esprit.

Evidemment, on ne pouvait pas en dire autant de Melvin Blaine. Il se tenait de l'autre côté du terrain, son sifflet à la bouche, les jambes écartées et les mains sur les hanches, posture classique du commandant en chef. Il fixait Gabe d'un regard peu amène, mais celui-ci n'entendait pas se laisser intimider par un individu qui ne parvenait même pas à maîtriser ses sautes d'humeur. Entre autres facéties, Gabe avait vu Blaine enfermer un joueur dans un placard, lancer un ballon sur la nuque d'un garçon, jeter un porte-bloc à la tête d'un autre... Une fois, il avait même plongé la tête de Gabe dans un lavabo rempli d'eau, parce que Gabe n'avait pas respecté ses consignes de jeu. Grâce à son insoumission, l'équipe avait gagné sa place en finale, mais Blaine n'était pas homme à reconnaître ses erreurs.

Compte tenu de son comportement, le fait qu'il travaille

toujours au lycée relevait du miracle. Mais ses écarts les plus violents avaient eu lieu à une époque où les entraîneurs avaient beaucoup plus de latitude qu'aujourd'hui. Et Blaine était à son poste depuis si longtemps qu'il faisait partie du décor. Dans une ville où tout le monde se connaissait, le limoger s'apparenterait à limoger un membre de sa propre famille.

Gabe mit une main en visière pour mieux voir les garçons qui le fixaient en attendant ses instructions. Curieusement, tous étaient en sueur, comme s'ils s'entraînaient déjà depuis un bon moment.

— Est-ce que je suis en retard ? demanda-t-il en regardant sa montre, dont l'heure lui confirma qu'il ne l'était pas.

Owens se dandina d'un pied sur l'autre, et s'éclaircit la voix.

— Euh…, non, on ne peut pas dire ça. C'est juste que… Eh bien, Melvin Blaine a préféré avancer l'entraînement.

Gabe haussa les sourcils et considéra la quarantaine de joueurs présents sur le terrain.

— Il a pris la peine d'appeler chacun de ces garçons pour lui dire de venir plus tôt ?

Owens épongea la sueur de son front avec la serviette qu'il avait autour du cou.

— En fait, répondit-il, nous avons mis en place un réseau téléphonique en pyramide où chaque joueur contacté en prévient deux. Blaine m'a, euh…, demandé d'activer ce réseau.

— Et personne n'a songé à m'avertir ?

Owens baissa les yeux.

— C'est que… vous ne faites pas encore partie du réseau, je suppose.

— Inscrivez-moi, rétorqua Gabe. Et mettez mon nom au sommet de la pyramide, parce que, à partir d'aujourd'hui, c'est moi qui activerai le réseau.

— Très bien, Gabe. C'est vous le boss.

Manifestement, Blaine essayait déjà de voir jusqu'où il pourrait aller. Et Gabe ne pouvait pas se permettre de céder d'un pouce, sous peine de se heurter à davantage de résistance dans le futur.

— Auriez-vous l'amabilité d'aller dire à M. Blaine que je désire lui parler ?

Owens jeta un regard hésitant en direction de l'homme en question. A l'évidence, il rechignait à se faire mal voir de Blaine, et Gabe pouvait le comprendre. S'il se trouvait que Gabe démissionne ou soit limogé, il était vraisemblable que Blaine le remplace. Owens se retrouverait alors dans une situation délicate.

— Y a-t-il un problème, Dave ? demanda-t-il.

— Non, non. Bien sûr que non. J'y vais tout de suite.

Ainsi que les quarante garçons et les quelques parents assis dans les tribunes, Gabe suivit Owens des yeux tandis qu'il allait trouver Blaine à petites foulées. Les deux hommes échangèrent quelques mots, puis Blaine traversa lentement le terrain sans avoir l'air de s'inquiéter.

— Vous vouliez me voir, Holbrook ? demanda-t-il dès qu'il fut à portée de voix.

Le fait qu'il ait utilisé son nom plutôt que « boss » ou son prénom était d'ores et déjà une provocation. Mais Gabe ne dit rien. Il attendit que Blaine se rapproche. Il ne souhaitait pas, en effet, donner trop de publicité au fait qu'ils avaient un problème relationnel dès le premier jour.

— Alors, qu'y a-t-il ? le pressa l'homme.

— Eh bien, il semblerait, *Blaine*, que je n'aie pas été averti du changement d'horaire de l'entraînement.

Blaine eut un sourire qui ressemblait plus à un rictus.

— Je n'ai pas jugé utile de vous déranger, répondit-il. Ne sachant pas si votre emploi du temps était flexible ou pas, avec ces…

Il regarda les jambes de Gabe, et reprit :

— Enfin, disons que je n'étais pas sûr que vous puissiez venir plus tôt. Et je savais que Dave et moi pouvions nous en sortir seuls.

Gabe crispa les mains sur les roues de son fauteuil. Blaine essayait de le rabaisser en jouant sur son handicap, ce qui était proprement intolérable.

Il repensa alors une nouvelle fois au jour où Blaine lui avait maintenu la tête sous l'eau. Gabe n'avait que seize ans, à cette époque, et Blaine une quarantaine d'années. Mais, la panique aidant, Gabe était parvenu à se redresser, et avait étendu son entraîneur d'un direct du droit. Il se demandait encore comment l'histoire aurait fini si Larry Hill n'avait pas surgi dans les vestiaires à ce moment-là.

Ce souvenir suffit à le calmer. Regardant Blaine droit dans les yeux, il lui dit :

— Je passe l'éponge pour cette fois. Mais que cela ne se reproduise pas, vous m'entendez ?

— Il ne s'agit que d'un entraînement, Gabe, fit valoir Blaine. Je pensais…

— A l'avenir, évitez de penser, coupa Gabe. Ce n'est pas votre rôle.

Les yeux de Blaine se rétrécirent.

— Owens et moi faisions déjà ce boulot quand vous portiez encore des couches, ragea-t-il.

— Et maintenant, je suis dans un fauteuil roulant, répliqua Gabe. Et ça ne change rien à ce que je vous ai dit.

Blaine se tut un instant. Puis il marmonna :

— Je suis sûr que le règlement du lycée ne permet pas de faire entrer un chien dans le stade.

Décidément, tout lui était bon pour ne pas s'avouer vaincu, se dit Gabe. Il haussa les épaules.

— Eh bien, vous n'avez qu'à déposer plainte.

— Ça va distraire les garçons, insista-t-il.

— Ils s'y habitueront.

Les lèvres de Blaine blanchirent, mais il se le tint pour dit.

— Si vous n'avez pas de questions, je pense que nous avons fait le tour du problème, conclut Gabe. Rassemblez l'équipe, voulez-vous ? Je veux dire un mot aux garçons.

Kenny s'était fait une joie de reprendre le football. Cette activité lui permettait de s'évader de la vie familiale. Mais l'entraînement d'aujourd'hui avait été tendu. Il n'avait jamais vu Melvin Blaine aussi énervé.

— Tu veux que je te ramène ?

Matt Rodriguez, un gars de terminale, lui donna une tape sur l'épaule en passant, ses chaussures à crampons cliquetant sur le ciment.

— Non, merci, dit Kenny.

Il posa son sac de sport par terre et s'assit sur le bord du trottoir, à l'angle du grillage qui entourait le stade.

— Ta mère vient te chercher ? demanda Matt.

— Mon père, répondit-il.

Ce qui voulait dire qu'il devrait patienter. Son père était toujours en retard.

Matt sortit ses clés de son sac.

— A lundi, alors.

— A lundi, oui.

Kenny suivit son ami des yeux et le regarda avec un peu d'envie sortir du parking au volant de son pick-up rouge tout déglingué. Lui aussi avait son permis de conduire, mais il n'avait pas de voiture. Sa mère ne lui prêtait pas souvent sa Volvo ; elle s'en servait pour aller prendre des photos. Et la jeep de son père était trop dangereuse à conduire. Elle était dans un état bien pire que le pick-up de Matt.

Kenny s'adossa au grillage et pensa au week-end qui s'annonçait. La perspective de passer deux jours dans le mobile home de son père ne le ravissait pas. Il lui en voulait toujours d'avoir laissé traîner une vidéo porno à la portée de Brent.

Au bruit d'une voiture, il releva les yeux, et Tiffany Wheeler lui adressa un joli sourire de l'intérieur de sa coccinelle verte.

— Je te ramène, Kenny ?

Les pom-pom girls partaient plus tôt, d'habitude, mais, aujourd'hui, elles s'étaient visiblement attardées…

— Non, j'attends mon père, dit-il. Mais je te remercie.

— Est-ce que tu viens danser, ce soir ?

Tenté par les promesses que contenait sa voix, Kenny hésita. Il était presque sûr qu'il plaisait à Tiffany, ce qui était plutôt flatteur dans la mesure où elle avait un an de plus que lui et que la plupart de ses copains se seraient damnés pour sortir avec elle. Mais il ne pouvait pas aller danser. Son père, loin de regretter l'incident de la vidéo, s'en était vanté en public, et Kenny ne voulait pas laisser son petit frère seul avec lui. Russ était capable de tout.

— Pas cette fois, répondit-il.

— Oh, fit Tiffany.

L'expression de la belle jeune fille trahissait sa déception. Kenny se dit amèrement qu'elle allait donner son cœur à un autre, mais il ne pouvait pas changer d'avis.

— Eh bien, passe une bonne soirée, lança-t-elle en redémarrant.

Kenny fit la moue. Il allait faire du baby-sitting, ce qui n'avait rien de marrant. D'autant qu'il en faisait un peu trop souvent : son petit frère n'avait que lui pour le protéger quand ils n'étaient pas chez leur mère. Mais si Kenny racontait à celle-ci la moitié de ce qui se passait chez son père, elle redemanderait la garde entière, et Kenny ne le voulait pas. Les batailles judiciaires faisaient peur à tout le monde, et surtout à Brent, qui aimait Russ inconditionnellement.

Kenny aussi aimait leur père. Mais il aurait voulu que ce dernier fasse quelque chose de sa vie et se sente fier de lui-même, pour changer.

Une demi-heure plus tard, Melvin Blaine, en partant, passa devant Kenny sans lui dire un mot. Quelques minutes après, Dave Owens s'en alla à son tour en marmonnant « au revoir ».

Kenny prit alors conscience qu'Owens lui-même paraissait inquiet des changements récents, et jura sourdement. Larry Hill lui manquait. Il n'y avait jamais de problèmes quand c'était lui qui était entraîneur principal. Gabe Holbrook leur avait fait tout un laïus sur la persévérance et la détermination. Il leur avait parlé de l'esprit d'équipe, un pour tous et tous pour un, et leur avait dit que seuls ceux qui jouaient avec leurs tripes seraient sélectionnés. Ensuite, il avait institué de nouveaux exercices qui les avaient fait suer sang et eau. Le discours n'était pas mauvais, les exercices étaient sans doute utiles, mais si l'ambiance entre les entraîneurs ne s'améliorait pas, ni la motivation ni les efforts ne seraient efficaces. Larry Hill disait souvent qu'il fallait être unis pour gagner un match, même le plus facile. « N'oubliez jamais que le football est un jeu d'équipe, mes jeunes amis. »

— Kenny ?

Il se releva d'un bond en voyant Gabe Holbrook se diriger vers lui en compagnie de son chien. Le fait de se retrouver seul face à son nouvel entraîneur l'impressionnait. Son fauteuil roulant l'intimidait — et le fait que sa mère soit responsable du handicap de Gabe n'arrangeait pas les choses.

— Oui, m'sieur ?

Gabe Holbrook l'étudia un instant, avant de demander :

— Tu n'as personne pour te ramener chez toi ?

Kenny observa le bout de la rue, espérant voir apparaître

la vieille jeep de Russ. Mais non ; il n'y avait pas une seule voiture à l'horizon.

— Euh…, mon père ne va sans doute pas tarder à arriver, répondit-il.

Gabe haussa les sourcils.

— J'avoue que le « sans doute » m'inquiète un peu.

— Je voulais dire que j'étais sûr qu'il allait bientôt arriver, corrigea Kenny avec une conviction qu'il ne ressentait pas.

— Et s'il ne vient pas ?

— J'irai chez ma mère à pied, dit Kenny en haussant les épaules d'un air indifférent.

Mais sa mère habitait à cinq kilomètres d'ici, il était déjà épuisé, et la chaleur était accablante. En outre, s'il allait chez elle, elle saurait que Russ l'avait encore oublié, et ses parents concluraient l'affaire par une de ces prises de bec dont ils étaient coutumiers.

Gabe jeta un coup d'œil à sa montre.

— Est-ce que tu as dit à ton père à quelle heure l'entraînement finissait ?

En fait, Kenny lui avait dit qu'il finissait une demi-heure plus tôt qu'en réalité. C'était une stratégie qui raccourcissait parfois son attente. Mais, bien entendu, il n'allait pas l'avouer à Gabe ; son père passerait pour un nul.

— Bien sûr, répondit-il.

— Il a presque une heure de retard, remarqua Gabe.

— Il doit être occupé.

Gabe ne fit pas de commentaire.

— Viens, dit-il. Je vais te déposer chez toi.

Kenny ne savait pas quoi pas faire. Il n'avait pas envie

d'attendre son père plus longtemps, mais il ne voulait pas non plus monter dans la voiture de Gabe. De quoi parleraient-ils ?

Pourtant, refuser serait impoli, se dit-il. Alors, sans enthousiasme, il ramassa son sac et suivit son entraîneur sur le parking. Quand celui-ci commença à s'extraire de son fauteuil roulant, Kenny hésita. Devait-il l'aider ? Etait-ce à lui de charger le fauteuil dans le break ?

Mais Gabe avait dû sentir son hésitation, car il dit, assez sèchement pour que Kenny comprenne que lui offrir son aide ne serait pas une bonne idée :

— Je me débrouille seul.

Ainsi prévenu, Kenny alla s'asseoir à contrecœur côté passager. Juste à ce moment-là, son père arriva enfin et arrêta sa jeep à sa hauteur. Brent était assis sur la banquette arrière, sans sa ceinture de sécurité.

— Tu es déjà sorti ? feignit de s'étonner Russ. L'entraînement a fini plus tôt, aujourd'hui, ou quoi ?

Son père était vraiment pitoyable, se dit Kenny. Sans prendre la peine de répondre, il saisit la poignée de son sac et redescendit du break en remerciant Gabe.

— Hé, Brent ! dit alors son père. Tu as vu qui est au volant ? Gabe Holbrook ! Est-ce que tu sais qu'il a été meilleur joueur du championnat deux années de suite ?

Kenny grimaça. Même son petit frère avait l'air d'avoir peur que leur père les plonge dans l'embarras.

— Mets ta ceinture, marmonna-t-il.

Tandis que Brent s'exécutait, Russ s'adressa à Gabe.

— C'est *vous* qui remplacez Larry ?

— Il paraît, répondit Gabe.

— Je ne le savais pas, maugréa Russ en regardant Kenny d'un œil accusateur. Pourquoi ne me l'as-tu pas dit ?

— Je ne t'ai pas vu depuis que je le sais moi-même, répliqua Kenny.

Et il pria le ciel que son père démarre.

Malheureusement, il ne le fit pas.

— Je dois avouer que ça me gêne un peu, dit Russ. Parce que enfin, ce gamin a beaucoup de talent, et je ne voudrais pas que vous lui en vouliez pour ce qu'a fait sa mère. Kenny n'a rien à voir avec votre accident, vous savez. Et c'est votre meilleur attaquant. Il faut absolument que vous le sélectionniez.

Kenny piqua un fard. Grâce à son père, il allait rester sur la touche, c'était sûr. Mais pourquoi, bon sang, avait-il fallu qu'il se mêle de ça ?

Gabe gratifia Russ d'un regard glacial.

— Remplissez votre rôle de père, et laissez-moi faire mon boulot d'entraîneur, jeta-t-il.

Puis il tourna quelques boutons, actionna quelques interrupteurs et démarra sur les chapeaux de roues.

Russ le suivit des yeux tout en secouant la tête.

— Seigneur ! fit-il. Holbrook va nous poser des problèmes, je le sens. Il faut que nous invitions au plus tôt Melvin Blaine à boire un verre.

Gabe consulta sa montre. Il était à peine 14 heures. Avant de rentrer chez lui, il avait le temps de passer dire bonjour à sa mère. Cela ne lui arrivait plus que rarement, parce qu'il ne voulait pas voir son père. Mais le sénat de l'Idaho étant en session, il était à peu près certain que Garth Holbrook ne serait pas chez lui.

Gabe passa lentement devant la maison de ses parents pour vérifier que ni la voiture de son père ni celle de sa sœur Reenie ne s'y trouvaient. Une fois rassuré, il se gara le long du trottoir.

Tout en descendant son fauteuil, il pensa au comportement de sa mère. Certes, elle n'était pas responsable de l'acte qui avait produit cette demi-sœur dont Gabe ne voulait pas entendre parler, mais il acceptait mal qu'elle se montre aussi compréhensive à ce sujet. Comment Celeste Holbrook avait-elle pu accueillir Lucy dans la famille après ce que Garth avait fait ?

Mais il est vrai que sa mère ne cesserait jamais de l'étonner, se dit Gabe. Elle était d'une bonté à toute épreuve, faisait preuve d'une patience exemplaire et militait toujours pour une cause ou pour une autre. Il se demandait combien d'argent elle avait collecté au profit des œuvres de bienfaisance diverses et variées auxquelles elle avait participé au fil des années…

Sa mère surgit sur le perron alors qu'il était encore dans l'allée.

— Gabe ! s'exclama-t-elle avec un sourire ravi.

Elle caressa Lazare qui l'avait rejointe en trois bonds.

Gabe monta la rampe que ses parents avaient fait installer après l'accident, et elle l'embrassa sur le front.

— Bonjour, maman. Comment vas-tu ? demanda-t-il en la parcourant du regard.

Elle avait l'air en forme. Bien sûr, elle avait pris quelques kilos, au cours des derniers mois, et ses cheveux paraissaient moins épais, mais ses yeux bleus pétillaient toujours de jeunesse.

— Je me porte comme un charme, répondit-elle. Et ça me fait très plaisir de te voir.

— J'étais en ville. Je rentrais chez moi, quand j'ai décidé de passer.

— Tu as bien fait. Entre donc, dit-elle en lui tenant la porte moustiquaire. Tu sais, ton père sera très déçu de t'avoir manqué.

Gabe s'immobilisa sur le seuil. Sa mère essayait toujours d'arranger les choses entre lui et son père, mais Gabe n'était pas près de capituler.

— Ne commence pas, maman, marmonna-t-il.

— De quoi parles-tu ? s'étonna-t-elle, tandis que Lazare entrait.

— Tu le sais très bien, répliqua-t-il en suivant son chien.

Elle le précéda dans la cuisine et lui servit un verre de thé glacé, mais elle n'abandonna pas la partie.

— Gabe, quand vas-tu te décider à accepter Lucy ? demanda-t-elle. Ton père souffre beaucoup de ton obstination. Je voudrais que notre famille se retrouve enfin.

— Une famille qui inclurait Lucy, je suppose ?

— Et pourquoi pas ? Elle n'est pas davantage responsable de sa naissance que toi.

Gabe ne le niait pas. Mais, prise dans son ensemble, la situation était trop pesante pour qu'il l'affronte maintenant.

— Je ne lui veux pas de mal, répondit-il. Je veux juste qu'on ne me parle plus de cette affaire.

— Lucy demande toujours de tes nouvelles.

— Maman…

— Et ton père…

Gabe reposa brusquement son verre.

— Tu t'inquiètes pour papa ? s'offusqua-t-il. Mais c'est *lui* qui est responsable de toute cette histoire.

Habituellement, sa mère n'insistait pas, quand il était dans cette humeur. Mais, aujourd'hui, elle persista.

— Il ne faut pas juger un homme sur une simple faute, Gabe, dit-elle d'une voix calme. Tout le monde est susceptible de commettre une erreur, au cours de sa vie.

Là, elle prêchait un convaincu. Si Gabe n'avait pas dû vivre avec les conséquences de l'erreur d'Hannah, il aurait pu, sans doute, accepter l'acte de son père avec sérénité, tout comme sa mère et sa sœur l'avaient fait. Mais il avait appris l'ancienne liaison de son père et l'existence d'une demi-sœur au moment où son univers tout entier était en train de s'écrouler. Seul son père représentait encore un symbole auquel il pouvait se raccrocher. Puis Garth avait fait sa terrible confession, et Gabe s'était rendu compte qu'il ne pouvait rien prendre pour acquis.

— Il a eu une liaison avec une prostituée notoire, maman. Pire, il lui a fait un enfant. Comment peux-tu accepter cela ?

— C'est une très vieille histoire, mon grand. Et ton père a vécu par la suite une vie exemplaire.

Gabe soupira.

— Bon, je ne veux plus parler de Lucy. Je suis venu te dire que j'ai accepté un emploi.

— Vraiment ? Et de quoi s'agit-il ?

— Je remplace Larry Hill en tant qu'entraîneur principal des Spartans.

— Mais c'est merveilleux ! se réjouit sa mère. Ton père va être enchanté de…

Elle laissa sa phrase en suspens, puis reprit :

— Reenie sera très contente de l'apprendre.

Sur ces entrefaites, le téléphone se mit à sonner. Avec un petit geste d'excuse, sa mère décrocha.

— Allô ?… Oui, ma chérie, je suis au courant… Oui, c'est une très bonne nouvelle… En fait, il est assis en face de moi… Très bien, je te rappellerai plus tard. Et souviens-toi que nous devons nous voir jeudi pour faire les antiquaires… D'accord. A bientôt, ma chérie.

L'humeur de Gabe s'était assombrie. Il attendit que sa mère raccroche pour demander :

— Qui était-ce ?

Après une seconde d'hésitation, elle répondit :

— C'était Lucy.

Encore Lucy ! maugréa Gabe à part soi. Sa demi-sœur était devenue l'intime des personnes qui comptaient le plus dans sa vie. Avec un soupir, il repoussa son verre.

— Je dois y aller.

— Gabe, je t'en prie, reste encore un peu, le convia sa mère.

Mais sa sœur Reenie arriva juste à ce moment-là.

— Hé ! Il me semblait bien que c'était ton break, lança-t-elle. Alors, tu as décidé de rejoindre les humains ?

Gabe ne répondit pas. Il siffla Lazare et partit sans se retourner.

*
* *

Mais où pouvait bien être Kenny ?

Assise à son bureau, Hannah était en proie à l'angoisse qui l'envahissait chaque fois que Russ prenait les garçons. Elle avait peur que son ex-mari se soûle et prenne le volant alors que Brent et Kenny étaient dans sa voiture, qu'il s'endorme avec une cigarette et mette le feu au mobile home, ou qu'il rentre avec des amis d'un soir susceptibles d'agresser les enfants. Russ était totalement imprévisible. Il s'était déjà rendu responsable d'une quantité infinie d'incidents, certains dont elle avait eu connaissance, et d'autres, sans doute, dont elle n'était pas au courant. Kenny et Brent, ainsi que la famille de Russ dans son ensemble, s'évertuaient à le couvrir, mais Hannah avait vécu avec lui pendant douze ans. Elle savait de quoi il était capable, et son comportement ne s'était pas amélioré depuis le divorce.

La sonnerie du téléphone la fit sursauter. Elle décrocha d'un geste vif.

— Allô ?

— Hannah ?

Ce n'était pas Kenny, mais Betsy Mann, la femme qui avait appelé il y avait deux heures de cela pour se plaindre d'avoir raté son cours de chant parce que Russ avait été très en retard pour venir chercher Brent qui jouait avec son petit-fils. Hannah fit la moue. Elle était exaspérée que les gens s'attendent encore à ce qu'elle s'excuse pour les manquements de son ex-mari, alors qu'ils étaient divorcés depuis bientôt six ans. Mais la vie, à Dundee, changeait très lentement, et aujourd'hui, Hannah était plus préoccupée par le fait que Betsy n'avait pas vu Kenny dans la jeep quand Russ était enfin arrivé. Avait-il oublié leur aîné, ou l'avait-il simplement déposé quelque part ? Elle craignait fort qu'il l'ait oublié : cela lui arrivait souvent.

— Avez-vous retrouvé Kenny ? demanda Betsy.

— Non. Russ ne répond pas. Je n'ai pas pu joindre, non plus, Melvin Blaine, mais Dave Owens m'a dit que Kenny attendait encore, quand il est parti.

— Etes-vous allée au stade ?

— Bien sûr, mais je ne l'ai pas vu. Et je vous avoue que je commence à m'inquiéter sérieusement.

Certes, Kenny n'était plus un gamin, et Dundee n'était pas précisément une ville à risques, mais un accident était vite arrivé. Ce qui inquiétait le plus Hannah, c'est qu'elle savait que son fils ne l'appellerait pas si Russ ne venait pas le chercher. Kenny faisait toujours en sorte de ne pas provoquer de remous.

— Je suppose que vous savez que Gabe Holbrook est le nouvel entraîneur principal, dit Betsy. Avez-vous essayé de le contacter ?

— Pas encore.

— Avez-vous son numéro ?

— Non.

— Ne vous en faites pas. J'ai appelé Celeste, la mère de Gabe, pour le lui demander, au cas où.

Hannah secoua la tête malgré elle. Les gens, à Dundee, étaient parfois un peu trop serviables. Mais, enfin, il s'agissait ici de Kenny ; elle n'allait pas chipoter.

— Gabe est sur la liste rouge, vous savez, expliqua Betsy

pendant qu'Hannah cherchait un stylo. Evidemment : il est tellement célèbre qu'il serait submergé d'appels, si son numéro était dans l'annuaire. Celeste et moi sommes amies, et, donc, elle me l'a donné sans aucun problème.

Gabe tenait autant à éviter ses anciennes relations que ses fans, se dit Hannah — et sans doute *elle* plus que personne. Surtout après ce qu'ils avaient échangé ce matin. Mais elle nota tout de même son numéro. Peut-être avait-il vu Kenny partir avec un autre joueur.

— Merci, dit-elle, avant de raccrocher.

Ensuite, elle contempla les chiffres qu'elle avait inscrits sur une feuille, et attendit d'avoir rassemblé son courage pour les composer.

Gabe posa son pinceau sur le pot de vernis, baissa le son de la stéréo de l'atelier à l'aide de la télécommande et se pencha pour attraper le téléphone. Aujourd'hui, il avait reçu plus de coups de fil qu'au cours de l'année écoulée. Il avait l'impression que la moitié de la ville l'avait appelé depuis qu'il était revenu de l'entraînement. Certains lui avaient demandé s'il comptait changer la constitution de l'équipe. D'autres voulaient pistonner tel ou tel joueur. D'autres encore tenaient simplement à lui faire part de leur gratitude pour avoir pris la suite de Larry Hill. Après sa petite altercation avec Blaine, ce soutien faisait plaisir à Gabe. Mais il était resté si longtemps cloîtré qu'il s'était senti quelque peu assailli, et plus qu'un peu rouillé au niveau des contacts humains.

— Allô ?

— Gabe ?

— Oui.

C'était Hannah, il l'avait reconnue immédiatement. Et tout aussi immédiatement, il craignit que Mike l'ait appelée pour lui suggérer d'inviter Gabe au cinéma ou à quelque autre endroit.

Il envisageait d'aller de ce pas assommer son ami, quand elle lui demanda s'il avait vu Kenny. A l'évidence, il s'était un peu trop pressé d'accuser Mike.

— Son père est venu le chercher après l'entraînement, répondit-il.

— Ah, bon, fit-elle, manifestement soulagée. Comme je n'arrive pas à les joindre, je n'en étais pas sûre.

— Russ était pas mal en retard, mais il a fini par arriver, ajouta Gabe.

— Très bien.

— Heureux d'avoir pu t'être utile, conclut-il.

Gabe avait hâte de mettre fin à la conversation. Il ne voulait pas que ce qui s'était passé ce matin se reproduise, et il pouvait déjà sentir de drôles de vibrations sur la ligne. Mais elle parla avant qu'il ait pu raccrocher.

— Gabe ?

— Oui ?

— Je me demandais…

Il crispa la main sur l'appareil. Que se demandait-elle ? Mike l'avait-il appelée, en définitive ?

— Quoi ?

— Est-ce que tu accepterais de…

— Non.

Le mot avait jailli presque instinctivement. Pendant

le silence qui suivit, il se demanda avec un peu de honte comment il pourrait tempérer sa réponse.

— Mais tu ne sais même pas ce que j'allais te demander, dit-elle enfin. Tout de même, tu fais tellement de meubles qu'un fauteuil de plus ou de moins…

— Mais de quoi parles-tu ? fit-il, déconcerté.

— D'un fauteuil que j'ai vu sous ta véranda. J'espérais que tu voudrais bien me le vendre.

Gabe arrondit les yeux de surprise.

— Tu veux vraiment un de mes fauteuils ?

— Si je peux me l'offrir, répondit Hannah.

Il secoua la tête en souriant.

— Je te l'offre.

— Non… Cela m'embarrasserait. Je préfère que tu me dises un prix.

Gabe n'avait aucune idée de la valeur de ses fauteuils. Il n'en avait encore jamais vendu. En outre, il n'avait pas besoin d'argent.

— Ce n'est pas grand-chose, insista-t-il. Vraiment. Je passerai le déposer chez toi lundi, après l'entraînement.

— Non. Je ne peux pas accepter si je ne te donne pas quelque chose en échange. Si nous faisions un troc ?

La proposition éveilla l'intérêt de Gabe. Il était curieux de savoir ce qu'elle avait à lui offrir.

— A quoi penses-tu ?

— Je ne sais pas… Est-ce que j'ai quelque chose que tu désires ?

Gabe se redressa dans son fauteuil roulant en se demandant s'il était le seul des deux dont l'esprit s'était brusquement peuplé d'images lascives. Depuis l'accident, il avait fait une croix sur tout ce qui relevait de la sexualité, mais cette question innocente d'Hannah réveillait ses pulsions, tandis qu'il l'imaginait nue sous lui et gémissant sous ses caresses.

— Donne-moi quelques idées, dit-il d'une voix un peu rauque.

Il y eut un silence, puis Hannah s'éclaircit la voix. Elle venait de prendre conscience, supposa Gabe, que ses mots pouvaient prêter à confusion, et, d'ailleurs, elle paraissait gênée quand elle s'empressa de clarifier sa pensée.

— Euh..., eh bien..., je fais de belles photographies. Je pourrais faire quelques portraits de toi.

— De *moi* ?

— Pourquoi pas ? Tu pourrais les offrir à tes parents, pour Noël, ou en faire des cartes de vœux.

Gabe éprouva quelque difficulté à réprimer les visions érotiques qui s'étaient formées dans son esprit. Se faire prendre en photo l'excitait beaucoup moins que ce à quoi il avait pensé. D'ailleurs, il n'envoyait pas de cartes de vœux, et il n'était pas sûr du tout de passer les vacances de Noël en famille. Et même s'il changeait d'avis, il ne se voyait pas offrir un portrait de lui à ses parents.

— Non, merci, déclina-t-il en conséquence.

— Je pourrais photographier Lazare...

— Euh...

Son chien était couché dans son coin favori et le regardait les yeux mi-clos. Il l'interrogea d'une mimique, et le setter répondit par un bâillement. Gabe ne put s'empêcher de rire sous cape.

— J'aime beaucoup Lazare, répondit-il, mais je ne

suis pas du genre à accrocher au mur une photo de mon chien.

— Alors, je pourrais peut-être te faire la cuisine. Tu vas être très occupé, maintenant que tu entraînes l'équipe, n'est-ce pas ? Si tu veux, je te préparerai ton dîner tous les jours, et tu passeras le prendre en rentrant chez toi.

Gabe se demanda si l'offre d'Hannah concernait vraiment un fauteuil. Il était plus probable qu'elle cherchait encore à compenser la culpabilité qu'elle ressentait à propos de l'accident.

— Nous pourrions essayer, dit-il. Et, en même temps, je pourrais éventuellement te ramener Kenny.

Hannah se hâta d'accepter. Elle voulait discuter des détails, mais Gabe avait déjà compris qu'il avait commis une erreur. Le fait qu'il ait pris la suite de Larry Hill pour satisfaire Mike ne signifiait pas qu'il devait permettre à d'autres personnes d'envahir sa vie.

Comme il se taisait, Hannah ne tarda pas à le relancer.

— Puis-je te poser une question, Gabe ?

— Bien sûr.

— Que croyais-tu que j'allais te demander, tout à l'heure ?

— Quand ?

Il connaissait déjà la réponse, mais il espérait gagner du temps.

— Quand tu m'as dit non avant que j'aie posé ma question.

Gabe ne trouva de réponse.

— Oh, à rien de précis, dit-il d'un ton vague.

Puis il s'empressa d'ajouter :

— Excuse-moi, il faut que je raccroche.

Ce qu'il fit avant qu'elle ait eu le temps d'insister.

Mais, tandis qu'il rentrait dans le chalet suivi de Lazare, le souvenir de la voix d'Hannah persista dans son esprit. Il la laisserait préparer ses repas une semaine ou deux, décida-t-il. Ensuite, il la remercierait et retournerait cultiver ses salades.

Chapitre 4

En règle générale, Hannah adoptait un profil bas quand quelqu'un mentionnait Gabe Holbrook. Trop de personnes lui en voulaient encore d'avoir mis un terme à la carrière du héros local. Aussi, lorsque Trudy Johnson se mit à parler du nouvel entraîneur des Spartans, Hannah, pestant sourdement, se dissimula-t-elle derrière le livre de recettes qu'elle avait apporté, ce samedi matin, au salon de coiffure. Elle aurait dû s'attendre à ce que la nouvelle soit sur toutes les lèvres. Les gens d'ici prenaient le football très à cœur. A Dundee, l'entraîneur principal de l'équipe du lycée avait presque autant d'influence que le maire.

— Quelle chance nous avons ! se réjouit Trudy. Je n'aurais jamais cru qu'il accepte le poste.

— Moi non plus, convint Shirley Erman, à qui Ashleigh venait de mettre des bigoudis. Il a vécu en ermite pendant trois ans, et puis, du jour au lendemain, le voilà entraîneur. Je suis navrée que Larry Hill nous ait quittés, mais je trouve formidable que Gabe prenne sa suite.

En son for intérieur, Hannah acquiesça. Gabe avait besoin d'une nouvelle passion pour reprendre goût à la vie. Mais elle garda le silence. Elle ne tenait pas à affronter ce moment de gêne où les autres s'apercevraient qu'elle — la responsable de l'accident de Gabe — était assise à quelques pas.

— Il fera du bon travail, renchérit Rebecca Hill.

Elle était en train de faire à Trudy une coupe à la punk bien trop audacieuse pour une petite ville de l'Idaho, mais Rebecca était ainsi. C'était une artiste qui travaillait d'instinct. Depuis qu'elle avait épousé le frère de Mike, voilà quelques années, ses goûts s'étaient faits un peu plus classiques, mais elle n'était jamais ordinaire ni ennuyeuse. Et son salon reflétait bien son caractère : noir, blanc, chrome, avec un sol en damier, des lampadaires modernes et des vases pleins de fleurs exotiques.

— Un bon joueur ne fait pas nécessairement un bon entraîneur, dit alors quelqu'un.

Un coup d'œil discret apprit à Hannah qu'il s'agissait de Deborah Wheeler, l'une des filles de Melvin Blaine, qu'elle n'avait pas vue entrer. Malgré elle, elle abaissa son livre pour apporter à Gabe le soutien qu'il méritait.

— Un bon joueur ne fait pas nécessairement un mauvais entraîneur, rétorqua-t-elle.

Les regards convergèrent vers Hannah. Elle s'attendit à ce que quelqu'un mentionne l'accident, mais, par bonheur, personne ne le fit.

— Je ne souhaite que de bonnes choses à Gabe, dit Shirley en se tournant vers Deborah. Si le fait d'être entraîneur doit lui donner un nouvel élan, je trouve que c'est parfait.

— Même s'il n'est pas fait pour ce travail ?

— Même si l'équipe ne doit gagner que peu de matchs, oui, répondit Shirley. Je ne pense pas que ce soit grave si nous ne sommes pas aussi bons cette année. Tout ce qui compte, c'est que Gabe a besoin de ça.

Deborah avait un visage maigre, anguleux. Elle fit une moue désapprobatrice comme si le fait de discuter avec des personnes moins éduquées qu'elle mettait sa patience à l'épreuve. Elle enseignait l'anglais au lycée, et sa suffisance était proverbiale. Certaines dames de Dundee se moquaient d'elle, mais elle avait aussi ses admiratrices.

— Gabe n'a pas *besoin* de ce travail, dit-elle. Il a gagné des millions quand il jouait en professionnel. Et, de toute façon, personne ne devrait obtenir ce poste par pitié.

— La pitié n'a rien à voir là-dedans, repartit Rebecca. Gabe est parfaitement qualifié.

Deborah secoua la tête.

— Vous ne comprenez pas.

— Qu'y a-t-il à comprendre ? demanda Hannah.

— Réfléchissez un peu, dit Deborah. Le fait de nommer Gabe à ce poste le place dans une position où il a tout à perdre et rien à gagner. Il n'a pas besoin d'argent, et si l'équipe gagne, quelle importance ? Nous avons gagné de nombreuses fois sans lui, par le passé.

Elle s'éclaircit la voix avant de poursuivre :

— Maintenant, examinons ce qui se passera si les Spartans font une mauvaise saison. Ce pauvre Gabe Holbrook reprend son ancienne équipe, une équipe qui remporte régulièrement le championnat depuis bientôt vingt ans, et la voit perdre match après match. Ce qui pourrait très bien se produire, puisqu'il n'a jamais prouvé ses talents.

Alors, ma question est la suivante : voulons-nous vraiment risquer de voir Gabe tomber encore plus bas ? L'accident l'a presque détruit. Qu'adviendra-t-il de lui s'il échoue en tant qu'entraîneur ?

— Il n'échouera pas, assura Hannah.

— Ça, tu n'en sais rien, rétorqua Deborah.

— Moi, en tout cas, je suis fière de lui, intervint Shirley. Les gens qui ne tentent rien par peur d'échouer me dépriment. Au moins, Gabe n'est pas de ceux-là. Son handicap est indépendant de sa volonté.

A ces mots, Deborah transperça Hannah du regard.

— Tu es bien placée pour le savoir, n'est-ce pas, Hannah ?

Hannah serra les dents. Elle aurait pu clouer le bec à Deborah avec une repartie cinglante, mais à quoi bon ? Quels que soient ses défauts, la fille de Blaine n'avait pas privé un homme de l'usage de ses jambes. Le sentiment de culpabilité qui étouffait Hannah, de nouveau, ne lui permettait pas de se défendre. Si seulement elle n'avait pas tenté de dépasser le pick-up, cette nuit-là…

Ce fut Rebecca qui vint à son secours.

— Cette remarque ne te grandit pas, Deborah.

— Il faut oublier le passé, déclara Shirley d'un ton conciliant. C'est l'avenir de Gabe que nous devons avoir à cœur. Nous devons faire bloc pour le soutenir.

— Je voudrais bien savoir pourquoi ! s'indigna Deborah en se levant d'un bond. Qu'a-t-il de si différent, après tout ? Si je me retrouvais dans un fauteuil roulant pour une raison ou pour une autre, croyez-vous que notre communauté ferait quoi que ce soit pour moi ? Non, bien sûr que non. Parce que je ne suis pas une star du football. Le simple fait qu'on l'ait vu à la télévision ne le rend pas meilleur que les autres.

Et elle partit d'un pas furibond.

Hannah se retourna pour suivre Deborah des yeux tandis qu'elle se dirigeait en gesticulant vers sa voiture. Shirley vint se joindre à elle et commenta d'un air songeur :

— J'avais entendu dire que Deborah avait des vues sur Gabe, mais jusqu'ici, je ne l'avais pas cru.

— Vous croyez qu'il l'a repoussée ? demanda Ashleigh.

— Sans doute…

Hannah jugea bon d'intervenir.

— Deborah était en terminale avec moi. C'est vrai qu'elle avait le béguin pour Gabe, à l'époque, mais elle n'était pas la seule, loin de là.

— Je parie qu'il ne l'a jamais regardée, dit Shirley. Mais elle a dû penser qu'elle avait une chance quand il s'est retrouvé dans son fauteuil roulant.

Hannah doutait que l'attitude de Deborah s'explique par un éventuel dépit amoureux. Il était plus probable qu'elle se soit emportée parce que son père n'avait pas été promu entraîneur principal. Cela étant, que la fille de Blaine trouve Gabe à son goût n'avait rien d'extraordinaire. Hannah était prête à parier que la grande majorité des femmes de Dundee avait, un jour ou l'autre, fantasmé sur lui. Il était fort, talentueux, intelligent et bel homme. Vraiment bel homme.

Hannah revit l'expression du regard de Gabe, hier.

Cet éclat d'une émotion puissante et érotique qui avait fait palpiter son cœur.

Certaines fois, elle aussi avait envie de lui.

Mais même s'il pouvait lui pardonner, elle savait qu'il était incapable d'oublier ce que son imprudence lui avait coûté.

Kenny posa ses couverts dans son assiette vide et dit à Brent de se dépêcher de finir ses pommes de terre sautées. Plus tôt ils sortiraient de ce restaurant, mieux il se sentirait.

Leur père s'étant levé à 11 heures et demie, ils avaient remplacé le petit déjeuner par un déjeuner anticipé. Mais cela n'avait rien d'inhabituel, quand ils étaient chez Russ. Cette matinée dominicale s'était déroulée comme toutes les autres — si ce n'est que Kenny s'était levé dès que Brent avait allumé la télé. Il ne tenait pas à ce que son petit frère visionne par mégarde une autre vidéo porno.

Assis en face de lui dans le box, Brent repoussa son assiette.

— J'ai assez mangé, déclara-t-il. Si j'avale une bouchée de plus, je vais éclater.

Kenny se tourna aussitôt vers son père, lequel se laissait pousser le bouc depuis peu pour compenser la perte de ses cheveux.

— Brent a fini, p'pa. On peut partir ?

Russ appuya nonchalamment le bras sur le dossier de la banquette et fit signe à la serveuse de lui resservir du café.

— Bien sûr que non, répondit-il. Nous devons attendre Melvin Blaine.

Kenny n'était pas sûr du tout que Blaine viendrait. Il ne voyait pas ce qu'un homme comme lui pourrait avoir à faire avec son père, même s'ils souhaitaient tous les deux que Gabe Holbrook démissionne du poste qu'il venait d'accepter.

— Il devrait être ici depuis une demi-heure, fit valoir Kenny. Il a dû avoir un problème.

— Nous pouvons attendre. Nous ne sommes pas pressés.

Son père n'était jamais pressé, mais Kenny, lui, voulait partir. Il n'avait pas envie de voir Melvin Blaine. Cette perspective l'inquiétait tant qu'il se mit à remuer nerveusement la jambe.

En le voyant faire, son père grimaça.

— Bon sang, quelle énergie ! Est-ce que ta mère s'est inquiétée de savoir si tu ne souffrais pas d'hyperactivité ?

Depuis que Russ avait entendu parler de cette affection, récemment, il avait décidé que son fils en était atteint. Il en voyait aussi les symptômes chez la plupart des gens, et les poussait à se soigner. S'il n'avait tenu qu'à lui, les trois quarts de la population auraient été sous Ritaline.

— Je ne suis pas hyperactif, p'pa, répondit Kenny.

— Eh bien, on s'y tromperait, dit son père en ajoutant de la crème dans son café. Tu ne tiens pas en place. Tu es pire que Brent.

Cette remarque était très exagérée, se dit Kenny. En ce moment même, son petit frère était en train de verser du sucre sur la table. Son père lui prit le sucrier des mains, mais il le lui rendit dès qu'il eut sucré son café. Cela agaça Kenny, qui aurait bien voulu que son père se conduise un peu plus comme… un père, justement.

— Ça ne te gêne pas que Brent fasse des saletés sur la table ? demanda-t-il.

Russ haussa les épaules.

— Ce n'est pas moi qui nettoie.

— Mais *quelqu'un* va devoir nettoyer.

Russ soupira.

— Sais-tu que tu ressembles de plus en plus à ta mère ?

Kenny ne sut que répondre.

— De toute façon, reprit son père, ton frère souffre sans doute aussi d'hyperactivité.

Brent les ignorait. Il était en train de couvrir de ketchup son volcan de sucre. Kenny lui aurait bien dit d'arrêter, mais son père se serait encore moqué de lui.

— Brent n'est pas hyperactif, p'pa, répliqua-t-il. Les hyperactifs ont des problèmes de concentration, et…

— Ne m'en parle pas ! coupa son père. Je connais ça depuis mes plus tendres années.

Kenny aurait aimé le croire. Mais ce n'était sans doute qu'une excuse commode de plus.

— Brent n'a aucun problème de concentration, termina-t-il. Et moi non plus.

— Alors, concentre-toi sur ce que tu veux, et cesse de me casser les pieds, d'accord ? gronda son père.

Kenny baissa les yeux sur son assiette. Au bout d'un moment, la serveuse repassa avec sa cafetière, et pendant qu'elle resservait son père, il jeta un coup d'œil dans la salle. Là, quelle ne fut pas sa consternation d'apercevoir Josh et Rebecca Hill assis au fond du restaurant ! Tout comme son frère Mike, Josh était très ami avec Gabe Holbrook, ce qui voulait dire que si Melvin Blaine s'installait à la table de Kenny, Gabe l'apprendrait très certainement. Et vu l'inimitié manifeste que Blaine et son père nourrissaient à l'égard de son nouvel entraîneur, Kenny n'y tenait pas du tout. Sa mère lui avait dit d'être loyal envers Gabe, et il comptait bien se conformer à son souhait.

Un œil sur sa montre, Kenny se força à patienter cinq minutes de plus. Puis il tenta de nouveau de fléchir son père.

— M. Blaine ne viendra plus, maintenant, p'pa. Est-ce qu'on peut s'en aller, s'il te plaît ?

Russ lui lança un regard irrité, avant de marmonner :

— Ne va pas me raconter que tu n'es pas hyperactif.

Sur ce, il posa vingt dollars sur la table, et Kenny poussa un soupir de soulagement. Enfin ils partaient ! Il n'aurait pas à affronter…

— Désolé d'être en retard, dit alors une voix.

Melvin Blaine se tenait debout dans l'allée, les dominant de toute sa hauteur.

Etouffant un gémissement de dépit, Kenny se laissa retomber sur la banquette, en même temps que Russ. Blaine s'assit à côté de Brent. Il portait un short et un débardeur, et, à la sueur qui lui couvrait le front, Kenny comprit que son retard n'avait d'autre motif qu'un jogging matinal. A l'évidence, Blaine n'accordait que peu d'importance à ce rendez-vous avec Russ.

— Je suis heureux que vous ayez pu vous libérer, affirma ce dernier d'un air obséquieux.

Blaine fit signe à la serveuse de lui apporter un café.

— De quoi vouliez-vous me parler ? demanda-t-il.

Comme surpris par la question, Russ arrondit les yeux.

— Je m'inquiète de la nomination d'Holbrook, bien sûr, répondit-il. Vous avez consacré trente ans de votre vie à l'équipe du lycée. Ne me dites pas que vous êtes satisfait qu'on ne vous ait pas choisi plutôt que lui.

L'expression de Blaine se crispa. Visiblement, il n'était pas satisfait du tout.

— Il paraît que ce n'est que pour un an, dit-il.

— Connaissant Gabe, il n'est pas près de partir. Que voulez-vous qu'il fasse d'autre, maintenant qu'il est dans ce fauteuil roulant ?

Blaine haussa les épaules, mais feignit mal l'indifférence.

— Il ne restera pas, assura-t-il.

— Comment le savez-vous ? ne put s'empêcher de demander Kenny.

Blaine prit son temps pour répondre. La serveuse était venue lui servir son café, et il attendit qu'elle reparte pour s'expliquer.

— Nous avons sans doute l'équipe la plus faible de ces dix dernières années, et notre nouvel entraîneur principal n'a absolument aucune expérience. Nous verrons bien ce qui se passera quand nous nous mettrons à perdre tous nos matchs.

Cette perspective semblait le réjouir !

— Vous voulez que nous perdions ? s'offusqua Kenny.

— Ça n'a rien à voir avec ce que je veux, répliqua Blaine d'un ton sec. C'est tout simplement ce qui va se passer.

— Vous semblez sûr de vous, nota Russ.

— Je serais moins sûr de moi si Holbrook consentait à m'écouter. Je l'ai appelé, ce matin, pour lui dire comment nous organisions les choses, les autres années…

— Et ? le pressa Russ.

— Il m'a dit de ne pas me soucier du passé. Qu'il allait procéder à quelques changements.

Blaine grimaça en regardant le gâchis de sucre, de ketchup et d'eau que Brent avait fait sur la table. Il prit le sucrier, sucra son café et posa l'ustensile hors de portée de Brent. Puis il ajouta :

— Le boulot d'entraîneur n'est pas aussi facile que ce qu'Holbrook semble croire.

— Mais nous n'avons eu qu'une seule séance d'entraînement, fit valoir Kenny.

Il se demandait comment Blaine pouvait déjà être persuadé qu'ils allaient perdre. Bien sûr, leur équipe n'était pas des meilleures. Plusieurs bons joueurs avaient quitté le lycée. Mais Kenny pensait quand même qu'ils avaient des chances de gagner.

— Notre problème, c'est l'attitude d'Holbrook, répondit Blaine. Il est trop imbu de lui-même pour suivre les conseils de ceux qui ont beaucoup plus d'expérience que lui.

— Alors, que faisons-nous ? demanda Russ.

— Le mieux, c'est d'attendre. Quand les Spartans

commenceront à perdre, le conseil d'administration du lycée viendra me supplier de prendre la relève.

— Je voulais vous demander de veiller sur Kenny, dit Russ. Gabe ne porte pas Hannah dans son cœur, c'est bien normal. Mais il ne faudrait pas que son ressentiment rejaillisse sur mon fils.

Blaine se mit à observer Kenny. Apparemment, il voulait dire quelque chose, mais il hésitait.

Russ se pencha vers lui.

— Qu'y a-t-il, Melvin ?

— Mais, bon sang ! Si vous craignez qu'Holbrook se venge sur Kenny, faites donc travailler vos méninges.

— Dans quel sens ? demanda Russ.

Blaine soupira d'impatience.

— Je vais être clair : plus nous perdrons de matchs, plus vite Holbrook retournera dans son chalet.

— Et ceux qui vous seront fidèles seront récompensés ?

— Bien entendu.

Kenny se demanda s'il avait bien compris — et, même, s'il tenait tant que ça à comprendre. Puis Blaine se leva en lançant :

— Nous en reparlerons.

Et il partit, sans même se soucier de payer son café.

Russ s'absorba alors dans ses réflexions. Et soudain, le tintement des couverts, la voix des serveuses annonçant les commandes et le bourdonnement des conversations des clients se mêlèrent en un brouhaha qui parut à Kenny à la limite du supportable. Heureusement, avec un soupir, son père se leva.

— Eh bien, tu l'as entendu, n'est-ce pas ?

— Je l'ai entendu dire que nous allions perdre, répondit sombrement Kenny.

— Et moi, rétorqua son père en baissant la voix, je l'ai entendu dire que tu avais intérêt à faire en sorte que vous perdiez.

Kenny recula comme si son père l'avait giflé.

— Tu n'espères tout de même pas que je vais jouer contre mon équipe ? s'indigna-t-il.

Russ jeta un regard furtif vers les tables voisines, puis il poussa Kenny vers la sortie, indifférent au sort de Brent. Une fois dehors, il força Kenny à le regarder, et déclara d'un ton péremptoire :

— Il vaut mieux perdre quelques matchs au début que gâcher la saison tout entière, et peut-être même la saison prochaine.

— Mais je ne peux pas faire moins que jouer à mon meilleur niveau ! protesta Kenny.

— Je suis sûr que si. Mais, rassure-toi, tu ne seras pas le seul. Deux neveux de Blaine et un de ses cousins font partie de l'équipe.

Kenny était au courant. Les neveux en question étaient jumeaux, et ils avaient un cou presque aussi épais que sa taille. Quant au cousin, il était moins costaud, mais était un passeur redoutable.

— Je refuse de saboter les matchs, persista-t-il. Je ne veux pas laisser tomber mes copains. Je…

— Est-ce que tu veux passer professionnel, un jour ? demanda brusquement son père.

Il avait parlé avec une telle hargne que Kenny en fut démonté.

— Tu sais bien que oui, maugréa-t-il.

— Dans ce cas, tu dois voir plus loin que le bout de ton nez. Gabe ne te soutiendra pas. Il ne m'a jamais tellement apprécié, et tu sais ce que ta mère lui a fait. Blaine est notre seul espoir. Il sera sans doute entraîneur principal avant la fin de l'année — l'année prochaine, au pire. Caresse-le dans le sens du poil, et tu ne le regretteras pas.

La porte du restaurant s'ouvrit. Brent en sortit enfin, la chemise tachée de ketchup.

— Mais nous pourrions au moins donner sa chance à Gabe, insista Kenny.

Russ était en train d'ouvrir la portière de la jeep. Il suspendit son geste et rétorqua :

— Larry Hill ne m'a pas donné la mienne, le jour où il m'a exclu de l'équipe au profit de Gabe.

— Qu'est-ce que ça a à voir avec le reste ?

— Gabe a déjà eu son content d'occasions, répondit Russ en se mettant au volant.

— Et de malheurs, intervint Brent à l'improviste.

Parfois, son petit frère le surprenait, se dit Kenny. Il grandissait et saisissait de plus en plus de choses. Mais, aujourd'hui, c'était son père qui l'étonnait le plus. Il démarra en rétorquant :

— C'est la vie, que veux-tu.

Chapitre 5

Le lundi matin, Hannah dut s'arracher à son travail pour conduire Kenny à l'entraînement.

— Gabe Holbrook te ramènera à la maison, lui dit-elle.

— Gabe Holbrook ? répéta-t-il d'un ton surpris. Pourquoi ?

— Parce qu'il doit venir chercher le premier dîner que je lui ai promis en échange de l'un des fauteuils qu'il fabrique.

— M'man, comment est-ce qu'il conduit ? demanda Brent, qui était assis à l'arrière.

— Avec ses mains, répondit Hannah.

Elle regarda Kenny qui n'avait pas l'air très heureux.

— Ça ne te fait rien de rentrer avec lui, n'est-ce pas ?

— Non, marmonna-t-il.

— Tu es sûr ?

— Puisque je te le dis.

Elle le déposa sur le parking du stade. A en juger par le nombre de voitures, beaucoup plus de parents que d'habitude étaient déjà dans les tribunes. Comme si Gabe avait besoin de tous ces curieux ! Mais Hannah ne s'arrêterait pas. Elle ne souhaitait pas que l'on interprète mal sa présence, que l'on pense qu'elle était sceptique quant aux compétences de Gabe.

Sans compter qu'elle avait autre chose à faire.

Elle se rendit au supermarché, sortit sa liste et fit ses courses. Puis elle se hâta de rentrer.

— Où est-ce que je mets ça ? demanda Brent, qui l'aidait à décharger la voiture.

Hannah se tourna vers son fils. Il était tout rouge, parce qu'il avait insisté pour porter l'énorme pastèque qu'elle avait achetée.

— Là-bas, répondit-elle en désignant l'évier.

Elle la rangerait plus tard, une fois qu'elle se serait occupée des sacs qui attendaient sur le comptoir. Elle pensa à tout le travail qui l'attendait et soupira. Elle aurait dû faire ses courses samedi, mais les menus lui avaient posé un problème. Gabe avait sans doute mangé dans les plus grands restaurants du monde. La cuisine d'Hannah ne serait pas à la hauteur, c'était couru d'avance. Mais aussi, que lui avait-il pris de troquer un fauteuil contre des repas ?

Elle avait passé le week-end à parcourir des livres de recettes. Finalement, hier soir, elle s'était décidée : un poulet au citron avec du riz pour lundi, du bœuf-mode pour mardi, des brochettes de crevettes pour mercredi et des poivrons farcis pour jeudi. Elle n'avait encore rien trouvé pour vendredi, mais elle verrait bien d'ici là.

Une voix féminine la ramena soudain au présent.

— Seigneur ! Tu as invité à manger tout un régiment, ou quoi ?

Elle se retourna pour voir Patti, son ex-belle-sœur, entrer par la porte qui donnait dans le garage. Bien que, en surface, les relations qu'Hannah entretenait avec la famille de Russ soient toujours intactes, elles étaient loin d'être aussi amicales que par le passé. Les batailles judiciaires entre elle et son ex-mari avaient forcé les Price à choisir leur camp.

— Pas de régiment en vue, non, répondit-elle. J'ai juste fait des courses pour la semaine.

— Eh bien, je suis heureuse d'avoir des filles, dit Patti en jetant un coup d'œil dans l'un des sacs. Tu dois te ruiner pour nourrir tes petits ogres.

D'autant que Russ ne participait guère aux dépenses, faillit répliquer Hannah. Mais Patti était la sœur de son ex-mari. Depuis le divorce, elles étaient convenues tacitement d'éviter les sujets qui fâchent. Les Price n'aimaient pas affronter les dures réalités et préféraient croire aux excuses de Russ. D'ailleurs, ils agissaient déjà de la même manière du temps où Russ et Hannah étaient encore mariés, sauf que, à cette époque, ils faisaient aussi leur possible pour aider Hannah.

A ce moment-là, Brent redescendit de sa chambre et se précipita dans les bras de sa tante.

— Bonjour, tatie Patti !

— Bonjour, mon chéri. Comment va mon neveu préféré ?

Il la regarda avec un grand sourire.

— Je *savais* que tu m'aimais plus que Kenny.

— Tu es le neveu de moins de dix ans que je préfère, précisa Patti.

Brent grimaça.

— Mais je suis ton seul neveu de moins de dix ans !

— Tu es quand même mon préféré, dit Patti en riant. Alors, mon petit loup, tu n'es pas fatigué des vacances ?

— Pas du tout. Je préfère ça que l'école, rétorqua-t-il. Dis, tatie, puisque je suis ton préféré, tu m'amèneras à la piscine, aujourd'hui ?

Elle lui donna une pichenette sur le nez, lequel était couvert de taches de rousseur qui disparaîtraient sans doute avec l'âge, comme celles de Kenny. Puis elle répondit :

— Va chercher ton maillot de bain. Nous irons y passer une heure ou deux avec les filles.

Brent hésita.

— Je préférerais y aller cet après-midi.

— Pourquoi ? Tu as des choses à faire, ce matin ?

— Oui. Je veux aider maman à faire la cuisine pour Gabe Holbrook, le nouvel entraîneur de Kenny.

Patti se tourna brusquement vers Hannah.

— Gabe Holbrook est le nouvel entraîneur de Kenny ?

Hannah était en train de ranger la bouteille de vin qu'elle avait achetée pour Gabe dans son casier.

— Tu n'es pas au courant ? fit-elle. Gabe a pris la suite de Larry Hill.

Patti arrondit les yeux.

— Gabe, la star du football qui s'est convertie à la vie d'ermite ?

— On ne peut pas dire qu'il soit un ermite.

— Il est presque toujours cloîtré dans son chalet.

— Plus maintenant. Il vient en ville tous les jours pour entraîner l'équipe de football.

— Tu es sérieuse ? demanda Patti en fronçant les sourcils. Il a assez de liberté de mouvement, dans son fauteuil roulant ?

— Je suppose que oui.

Patti sortit d'un sac une miche de pain au levain et un camembert, et les contempla pensivement.

— Du vin, du pain au levain, un fromage français... Tous les ingrédients d'un casse-croûte romantique, dirait-on.

— Non, ce n'est pas ça du tout, répondit Hannah en évitant le regard inquisiteur de son ex-belle-sœur. Gabe fabrique des meubles, et je lui ai proposé de m'échanger un de ses fauteuils contre quelques repas.

— Je vois, dit Patti du ton de celle à qui on ne la fait pas.

Se sentant rougir, Hannah se retourna pour s'occuper d'un autre sac.

— Ce fauteuil fera un très bon accessoire pour mes photos, expliqua-t-elle.

— Et comment as-tu vu le fauteuil en question ?

Au souvenir de sa visite au chalet et de l'apparition de Gabe les cheveux mouillés, la peau bronzée sous sa chemise blanche, posant sur elle son regard aussi bleu qu'une mer tropicale, Hannah fut parcourue d'un tressaillement sensuel. Elle s'empressa d'aller ranger une boîte de glace à la fraise dans le congélateur, dont la bouffée de fraîcheur lui délia la langue.

— Je suis allée chez lui pour l'avertir que Melvin

Blaine n'était pas très content de ne pas avoir été nommé entraîneur principal à sa place.

Patti entreprit de plier lentement l'un des sacs vides.

— Et tu as fait tout ce trajet uniquement pour ça ?

— Oui. Pourquoi ?

— Parce que Gabe devait s'y attendre. Blaine guignait déjà ce poste d'entraîneur principal quand toi et moi n'étions encore qu'en sixième. Les Spartans représentent toute sa vie.

— C'est vrai, mais Gabe a beaucoup de choses à l'esprit. Je n'étais pas sûre qu'il ait pensé à Blaine, quand il a accepté le poste. C'est la première fois depuis l'accident qu'il s'intéresse à quelque chose — en tout cas, d'après ce que je sais. Je ne voulais pas qu'il perde ses illusions dès le premier jour.

— D'accord..., fit Patti. Alors, comment t'a-t-il reçue ?

— M'man, où est-ce que je range ça ? les interrompit Brent, un sac de riz à la main.

— Dans le placard du bas, dit Hannah.

Elle mit le flacon de ketchup dans le tiroir adéquat et répondit à la question de Patti.

— Gabe s'est montré courtois, sans plus.

— Et Kenny ? demanda Patti en rangeant le sac en papier qu'elle avait plié sous l'évier, avec ceux qui s'y trouvaient déjà. Est-il content d'avoir Gabe pour entraîneur ?

Hannah revit le désarroi sur le visage de son fils quand il lui avait appris la nouvelle.

— Moyennement. Mais il s'y fera, dit-elle.

— Est-ce que tu crois que Gabe soutiendra autant Kenny que le faisait Larry Hill ?

Patti pensait à l'accident, évidemment. Et Hannah ne put s'empêcher de se demander si son ex-belle-sœur la tenait entièrement responsable de ce qui était arrivé à Gabe, ou si elle jugeait Russ partiellement fautif.

— Je ne sais pas, répondit-elle. Mais quel que soit le remplaçant de Larry Hill, nous nous poserions la même question, n'est-ce pas ?

— Pas nécessairement. Blaine ou même Owens seraient déjà au courant des capacités de Kenny.

— S'ils ont remarqué le talent de mon fils, Gabe le remarquera aussi, dit Hannah en remplissant de pommes le saladier qui se trouvait sur la table.

Patti, qui rangeait les yaourts, se retourna, une main sur la poignée du réfrigérateur.

— Je te trouve un peu trop naïve, Hannah. Je suis désolée pour Gabe, mais je ne peux pas dire que je sois très satisfaite qu'il entraîne Kenny. Il est naturel qu'il t'en veuille, et…

— Quel que soit son ressentiment, je suis sûre que Kenny n'en pâtira pas.

— Ne te laisse pas envoûter par son charme, répliqua Patti. Gabe n'est pas un saint, tant s'en faut.

— Je sais, mais…

— Russ pourrait te dire qu'il s'est déjà mis en travers de son chemin, et qu'il l'a empêché de faire carrière dans le football. Je ne veux pas qu'il fasse de même avec Kenny.

Gabe s'était mis en travers du chemin de Russ ? C'était

la meilleure ! Hannah faillit éclater de rire en revoyant son ex-mari prendre du ventre tandis qu'il passait ses journées vautré sur le canapé au lieu de chercher du travail. Un homme devait avoir du dynamisme et de l'ambition pour faire carrière dans le sport. Au grand minimum, il devait se maintenir en forme. A peine un an après leur mariage, Hannah s'était rendu compte qu'il n'avait aucune motivation et qu'il restait volontiers chez eux pendant qu'elle s'éreintait pour gagner de quoi payer le loyer.

Ses histoires à propos du football n'étaient rien d'autre que cela : des histoires.

— Russ n'a jamais vraiment essayé de faire carrière dans le football, observa-t-elle.

— Parce que Larry Hill a préféré prendre Gabe sous son aile. Cette injustice a démoralisé Russ avant même qu'il ait l'occasion de prouver son talent.

Hannah s'arrêta de déballer ses courses.

— Larry Hill était un très bon entraîneur, Patti. Je ne crois pas qu'il ait jamais fait preuve de parti pris.

— A l'époque, Gabe n'était pas meilleur que Russ.

— Larry Hill a dû penser que si.

— Ce sont les circonstances qui ont fait que Gabe est devenu ce qu'il est devenu. Si Russ avait eu la même chance…

Sous l'effet de la colère, les mots s'échappèrent des lèvres d'Hannah avant qu'elle ait pu les retenir.

— Tu sais quoi ? Que tu l'admettes ou non, Russ est le seul responsable de ses échecs

Patti s'apprêtait visiblement à lui lancer une repartie cinglante, mais elle parvint à se dominer et se tut. Et

Hannah se maudit de les avoir encore une fois entraînées dans l'une de ces disputes qui n'existaient pas autrefois. Voilà quelques années, en effet, Patti et elle pouvaient aborder sans problème tous les sujets — mais c'était avant qu'Hannah ose demander le divorce.

— Gabe a déjà eu sa chance, dit enfin Patti d'un air contraint. Maintenant, c'est au tour de Kenny, et je ne veux pas que qui que ce soit la lui gâche.

— Moi non plus, convint Hannah. Mais ne nous laissons pas emporter par un jugement prématuré.

— Très bien, fit Patti.

Elle avait haussé les épaules, mais, à voir sa raideur, Hannah comprit qu'elle ne l'avait pas convaincue.

— Alors, que voulais-tu ? Et où sont les filles ? demanda Hannah en espérant que changer de sujet améliorerait l'ambiance.

Avant de répondre, Patti posa les avocats sur le rebord de la fenêtre, au-dessus de l'évier.

— Les filles sont chez ma mère, et je suis passée en allant les chercher pour te dire que Donny et Jamie ont décidé de divorcer.

Donny était le frère de Russ, son cadet de deux ans. Bien que lui et Jamie soient mariés depuis au moins douze ans et qu'ils aient une fille de dix ans, Kara, la nouvelle de leur séparation ne surprit pas Hannah. Il y avait longtemps que Jamie se plaignait de son mari.

— Est-ce que Kara va rester avec sa mère ? demanda-t-elle.

— Probablement.

— Et Donny ?

— Il va déménager. Il a déjà trouvé un appartement.

Dommage qu'il n'aménage pas avec Russ, se dit Hannah. Donny avait sans doute son caractère, mais il avait créé sa propre entreprise de génie civil et travaillait dur. Peut-être que, sous l'influence de son frère, Russ aurait enfin trouvé un certain équilibre.

— Bien. Je dois partir, annonça Patti.

Elle reprit le sac à main qu'elle avait posé sur la table, et Hannah la raccompagna. Sur le seuil, elle fit une dernière tentative pour alléger la tension qui s'était installée entre elles.

— Patti…

Son ex-belle-sœur se retourna et secoua la tête.

— Parfois, on se dit que la vie est nulle, n'est-ce pas ? soupira-t-elle.

Hannah opina. Elles ressentaient le même sentiment de perte, mais ni l'une ni l'autre ne savait comment renouer les liens étroits qui les unissaient par le passé.

— Je passerai prendre Brent en début d'après-midi, dit Patti. Je te souhaite de bien t'amuser à jouer les cordons-bleus pour monsieur l'inaccessible.

— Pourquoi l'appelles-tu ainsi ? s'étonna Hannah.

— Parce que même quand il avait l'usage de ses jambes, il ne lâchait jamais la bride à ses sentiments. Il était impossible de pénétrer son sourire charmeur ou de l'émouvoir en aucune façon.

— Qu'en sais-tu ?

— Deborah Wheeler me l'a dit.

— Je ne savais pas que vous étiez amies.

— Il nous arrive de discuter, de temps à autre.

Voilà qui expliquait les préjugés de Patti, se dit Hannah.

— Et Deborah est experte en la matière ?

— Elle m'a dit que quand Gabe jouait encore au football, elle ne l'avait jamais vu deux fois avec la même femme.

— Elle doit avoir une bonne vue, ironisa Hannah. Il vivait en Californie.

— Elle parlait des fois où il revenait quelques jours à Dundee avec l'une de ces superbes blondes qui semblaient avoir sa faveur, précisa Patti. Selon Deborah, il se montrait toujours courtois et spirituel envers sa conquête, mais, visiblement, une rupture inopinée l'aurait laissé indifférent.

— Il me semble que Deborah s'avance beaucoup, Patti. Je ne crois pas qu'elle le voyait assez souvent pour se forger une opinion incontestable.

— Gabe a-t-il jamais eu de relation durable ?

— Comment le savoir ? Comme je le disais, il a vécu en Californie pendant plusieurs années.

— S'il avait eu quelqu'un, nous l'aurions lu dans les journaux. Il ne pouvait même pas acheter une nouvelle voiture sans que tout le monde en parle.

Hannah croisa les bras et s'appuya contre le montant de la porte.

— Beaucoup d'athlètes professionnels collectionnent les aventures, remarqua-t-elle. Ce n'est peut-être pas très moral, mais ils sont constamment sollicités par leurs groupies…, et Gabe en avait des légions.

— Et maintenant ?

— Je pense que les femmes ne l'intéressent plus. Il essaie de s'adapter aux conséquences de l'accident.

— Cela fait trois ans, Hannah. C'est comme Deborah me l'a dit l'autre jour : il s'est enlisé dans son malheur.

— Comment ça ?

— Si Gabe avait dû s'adapter et aller de l'avant, il l'aurait déjà fait, maintenant.

Cette remarque angoissa Hannah, car elle craignait qu'elle soit vraie, au moins jusqu'à un certain point. Gabe était en train de se laisser dominer par son handicap.

— Il faut du temps pour se remettre d'une telle épreuve, répondit-elle d'un ton peu convaincant.

— En tout cas, pour ce qui est des femmes, il n'a pas changé, conclut Patti.

Et sur un geste de la main, elle monta dans sa voiture.

Hannah la regarda partir d'un œil distrait. Elle revoyait l'expression torturée de Gabe quand elle lui avait effleuré le visage. Il avait vite remis son masque, mais, pendant un instant, elle avait surpris l'homme qui se cachait dessous.

Patti disait peut-être vrai pour certaines choses, mais elle avait tort quand elle affirmait que Gabe avait une pierre à la place du cœur. Si Hannah ne se trompait pas, il avait, au contraire, le cœur trop sensible.

Sinon, pourquoi aurait-il jugé utile de le protéger à ce point ?

Au coup de sifflet, Kenny s'arrêta et essuya la sueur de son front d'un geste de la main. L'équipe s'entraînait déjà depuis deux bonnes heures. Ils avaient consacré le dernier quart d'heure à répéter une nouvelle tactique que Gabe Holbrook avait mise au point. Deux receveurs se précipitaient vers le milieu du terrain, puis bifurquaient chacun de son côté vers les lignes de touche opposées. Kenny, lui, devait se dégager sur sa gauche et lancer le ballon dans une longue diagonale, l'action étant censée se terminer par un essai. Mais il n'arrivait pas à bien centrer sa balle. Il était trop perturbé par le regard complice que Melvin Blaine lui avait décoché voilà une dizaine de minutes.

En attendant que les joueurs reprennent leurs places, Kenny s'efforça de soulager la tension de ses muscles. Qu'allait-il faire ? se demanda-t-il. Il ne voulait pas trahir son équipe, mais il ne voulait pas non plus gâcher ses chances de jouer un jour en professionnel. Tout le monde disait que Gabe n'était là que pour un an. S'il ne s'engageait pas à plus long terme, Kenny devait-il mettre son avenir en jeu en lui restant loyal ? Même si l'équipe faisait une bonne saison, il y avait de grandes chances que Blaine la reprenne l'an prochain. Et il n'était pas homme à pardonner l'insoumission.

Le coup de sifflet de Gabe tira Kenny de ses pensées.

— On remet ça !

Ils rejouèrent l'action, mais la passe de Kenny échoua lamentablement pour la troisième fois consécutive. Cette fois, Gabe Holbrook lui fit signe de sortir du terrain et le remplaça par Jonathan Greer.

Avant de mettre son casque, ce dernier gratifia Kenny d'un sourire de triomphe, mais Kenny feignit de ne pas le remarquer. Il avait mal au ventre. Il ne pensait plus qu'à rentrer chez lui.

Sur le terrain, Jonathan fit un lancer parfait, que Joseph Brandon n'eut aucun problème à réceptionner.

— Voilà ce que je veux voir, se réjouit Gabe. Allez, on la refait.

Ils recommencèrent à quatre reprises. Jonathan ne rata qu'une fois.

Kenny soupira de dépit. Une bonne douche froide le tentait davantage de minute en minute. Il était humilié et avait envie d'être seul. S'il n'améliorait pas son jeu, il n'aurait pas à se demander s'il devait ou non trahir l'équipe : il ne serait tout simplement pas sélectionné.

L'un des garçons assis sur le banc de touche se leva alors pour venir lui parler. Il s'agissait de Sly Reed, le botteur qui était aussi le cousin de Blaine.

— Hé, Price, tu as vraiment joué comme un pied, aujourd'hui, lui dit-il d'un air entendu.

Kenny ne répondit pas. Sly et lui n'avaient jamais été amis, et il ne voyait pas pourquoi ils le deviendraient tout à coup.

— Seulement, poursuivit Sly à voix basse, il vaudrait mieux que tu attendes de faire partie de la sélection, avant de rater tes passes.

— Et toi, il vaudrait mieux que tu la fermes, rétorqua Kenny en le gratifiant d'un regard noir.

Sly haussa les sourcils.

— Qu'est-ce qui t'arrive ? Mon oncle m'a dit que tu étais avec nous.

Cette fois, Kenny détourna les yeux.

— Tu es avec nous, oui ou non ? insista son co-équipier.

Par bonheur, juste à ce moment-là, Gabe siffla la fin de l'entraînement. Kenny tourna le dos à Sly et se dirigea vers les vestiaires, la démarche raide.

Chapitre 6

Bon sang, le riz était trop cuit ! En pestant sourdement, Hannah regarda l'heure à la pendule pour voir si elle avait le temps d'en refaire. Mais non. C'était la première fois que sa cocotte la trahissait, et il fallait que cela se produise aujourd'hui…

Heureusement, le poulet était bon. Et le gâteau au café tout simplement délicieux. Elle tenait la recette de sa mère, et elle n'avait jamais connu d'homme qui ne l'aime pas.

Hannah venait juste d'en couper la moitié destinée à Gabe, quand elle entendit une voiture s'arrêter dans l'allée. C'était lui, à coup sûr ! Il venait chercher son dîner tout en ramenant Kenny.

Après un dernier regard désolé à son riz, Hannah courut à la fenêtre du salon. Elle ne s'était pas trompée : le break de Gabe était garé devant chez elle, et Kenny était en train d'en descendre. Elle avait espéré qu'il n'y aurait pas de problème, mais, à en juger par l'air sombre qu'arborait son fils, l'entraînement s'était sans doute mal passé. Son sac en bandoulière, Kenny remonta l'allée tête basse.

— Qu'est-ce qui ne va pas ? lui demanda-t-elle dès qu'il fut entré.

— Rien, répondit-il, alors que toute son attitude indiquait le contraire.

Enfin… Hannah n'avait pas le temps de l'interroger. Gabe attendait son dîner.

Elle se hâta de retourner dans la cuisine, mit le repas de Gabe dans un sac et sortit le lui porter. En se dirigeant vers son break, elle s'aperçut qu'il la fixait et se sentit gênée. A cause de la chaleur, elle ne portait qu'une jupe en jean, un débardeur et des tongs, et elle regretta soudain de ne pas avoir mis quelque chose d'un peu moins ordinaire. Car, compte tenu de l'élégance des femmes qu'il avait fréquentées, Gabe devait se dire qu'elle ressemblait à une souillon.

Quand Hannah arriva à sa hauteur, il baissa sa vitre, et, aussitôt, Lazare sortit la tête pour flairer le sac qu'elle tenait. Visiblement, l'odeur du contenu lui plaisait.

— Le plat du jour est du poulet au citron accompagné de riz, annonça-t-elle. Mais je crains que le riz ne soit un peu trop cuit.

— Ce sera parfait, assura Gabe en prenant le sac qu'elle lui tendait.

Pendant qu'il le déposait sur le siège, côté passager, Hannah se prit à admirer le profil de Gabe, sa forte mâchoire et son nez aquilin. Avant l'accident, il avait été élu plus bel homme de l'année par le magazine *People's*, et cela n'avait rien d'étonnant, songea-t-elle, troublée par une bouffée d'émoi.

Mais l'humeur maussade de son fils lui revint bientôt à l'esprit, éclipsant le physique de Gabe.

— Comment s'est déroulé l'entraînement ? demanda-t-elle. Kenny n'a pas l'air très content.

— Il n'a pas particulièrement brillé, aujourd'hui.

— Comment ça ?

— Il a raté la plupart de ses passes.

— Ce n'est pas une raison pour faire la tête. Il faudra que je lui parle de son comportement.

Gabe haussa les épaules.

— Ne sois pas trop dure avec lui, conseilla-t-il. Ce n'est pas facile, pour une équipe, de changer d'entraîneur. Mais je suis sûr que lui et les autres s'adapteront rapidement.

— Si tu le dis…

Après un instant de silence, Gabe reprit :

— Je comptais t'apporter ton fauteuil aujourd'hui, mais j'étais en retard, j'ai dû partir en catastrophe. Tu l'auras demain, c'est promis.

— Ou après-demain, dit-elle. Je ne suis pas pressée.

— D'accord. Merci pour le dîner.

Le sourire qu'il lui décocha rappela à Hannah le Gabe d'antan — l'homme sûr de lui, comblé de succès. Ce qui lui était arrivé était une tragédie, mais c'était une tragédie bien pire de le voir se tenir maintenant à l'écart du monde.

En reculant pour le laisser partir, elle repensa aux paroles de Patti : « Si Gabe avait dû s'adapter et aller de l'avant, il l'aurait déjà fait. » Hannah espérait de tout son cœur que son ex-belle-sœur se trompait. D'ailleurs, le fait que Mike Hill soit parvenu à le convaincre d'entraîner les

Spartans était de bon augure. Et peut-être pouvait-elle, elle aussi, faire quelque chose pour lui. Après tout, elle lui devait bien ça.

— Gabe ?

Il était en train de reculer dans l'allée, mais il s'arrêta et sortit la tête.

— Oui ?

— Euh…, je viens juste de me souvenir que je dois te prendre en photo pour l'album de l'école.

Elle avait prévu d'aller le faire demain sur le stade, mais une autre idée venait de germer dans son esprit.

— Comme je suis occupée demain matin, poursuivit-elle, je me disais que je pourrais préparer ton repas l'après-midi et te l'apporter ensuite chez toi. J'en profiterais pour prendre cette photo.

— Tu ne me veux pas avec l'équipe ?

— Eh bien, en fait, j'ai déjà pris une photo de l'équipe avec Larry Hill, avant son décès. Le conseil d'administration veut la garder telle quelle, en hommage à Larry, mais il souhaite également une photo de toi.

Gabe parut réfléchir un instant. Puis il dit :

— Tu ne vas tout de même pas conduire jusqu'à mon chalet. Nous pouvons très bien faire cette photo au…

— J'adore la route qui mène chez toi, coupa-t-elle.

— Mais tu peux sans doute te servir d'une photo plus ancienne. Je ne suis pas allé chez le coiffeur depuis pas mal de temps, et mes cheveux sont trop longs.

Si tu préfères m'en donner une, je la prendrai quand je viendrai. En tout cas, c'est assez urgent. L'album doit être bouclé d'ici à la semaine prochaine.

Gabe hésitait encore. Il était évident qu'il n'était pas très enthousiaste à l'idée qu'Hannah revienne chez lui, ni qu'elle le prenne en photo. Mais elle aurait mis sa main à couper qu'il était trop poli pour refuser, et la suite lui donna raison.

— Très bien, dit-il enfin. Mais si tu vois que tu n'as pas le temps de monter chez moi, préviens-moi. Je m'occuperai de mon dîner et je regarderai si je peux trouver une photo qui convienne.

— J'aurai le temps, répondit-elle. Et je viendrai avec mon appareil, au cas où tu n'aurais pas de photo sous la main.

Tandis qu'il repartait, Hannah le salua d'un geste, puis elle rentra retrouver Kenny, espérant qu'ils se parleraient franchement. Mais alors qu'elle franchissait le seuil, ils faillirent se télescoper.

— Je sors, dit-il en la contournant.

— Où vas-tu ?

Sans prendre la peine de s'arrêter, il répondit :

— A l'étang. Tuck m'y attend.

Hannah sentit son estomac se nouer. En un week-end, l'attitude de son fils avait changé.

— Kenny…

Cette fois, il s'arrêta.

— S'il te plaît, maman, lâche-moi un peu, tu veux bien ?

— Rappelle-toi que ce n'est qu'un jeu, d'accord ?

Kenny secoua la tête comme si sa mère ne pouvait pas comprendre.

— Ouais, bien sûr. Mais va donc dire ça à papa, lança-t-il.

Et il s'éloigna à grands pas.

Quand Kenny arriva à la grande mare que tout le monde appelait l'étang, Tuck Mills, son meilleur ami, celui à qui il ne cachait rien, était assis sur un rocher, jouant avec les clés de la vieille Mustang de sa mère. Sans un mot, il alla s'asseoir à côté de lui.

Tuck fut le premier à rompre le silence.

— Alors, que vas-tu faire ? demanda-t-il.

Kenny se borna à hausser les épaules. Il ne savait pas quoi répondre. Il voulait simplement jouer au football, mais ce n'était plus aussi simple qu'avant.

Tuck ôta ses lunettes, en nettoya les verres à l'aide de son T-shirt et les replaça sur son nez.

— Et si tu quittais l'équipe ? suggéra-t-il. L'an prochain, ce problème d'entraîneurs sera résolu. Tu pourrais alors la réintégrer.

« Tu pourrais alors la réintégrer… » Tuck était sans doute le seul adolescent à s'exprimer de cette manière, se dit Kenny. Mais il est vrai que Tuck était unique en son genre. A en croire les profs, il avait le QI d'un génie.

— J'y ai déjà pensé, répondit-il. Mais si j'abandonne cette année, je suis sûr qu'on ne me reprendra jamais.

Tuck tourna vers lui son visage à la Harry Potter.

— Eh bien, il n'y a pas que le sport, dans la vie. Pourquoi n'envisagerais-tu pas une activité différente ?

— Comme quoi ?

— Tu pourrais par exemple t'inscrire au club de débats.

— Sauf que je n'y connais rien.

— Je t'apprendrais.

Et, surtout, comprit Kenny, Tuck viendrait à sa rescousse quand il manquerait d'arguments... S'il n'était pas intéressé par les discussions politiques qui passionnaient son ami, Kenny appréciait sa loyauté indéfectible. Les autres le trouvaient souvent hautain parce qu'il était différent d'eux, mais c'était en partie pour son originalité que Kenny l'aimait autant. Tuck avait des choses à dire, des choses qui comptaient vraiment. Et malgré sa petite taille, il avait plus de cran que la plupart des gens. Kenny se souviendrait toujours du jour où Tuck avait tenu tête à son père qui était en train de frapper sa mère. Lui et son ami n'avaient que douze ans, à cette époque-là. Tuck et sa mère avaient pris une raclée avant que Kenny revienne avec de l'aide, mais Tuck avait essuyé le sang qui lui coulait du nez avant d'expliquer d'un ton calme que certains adultes n'étaient pas assez matures pour contrôler leurs pulsions négatives.

Par bonheur, M. Mills avait fini par abandonner sa famille, sans que nul ne sache où il était parti. Tuck et sa mère avaient dû vendre leur maison pour aménager dans un appartement, mais au moins, personne ne les battait plus.

Le tintement des clés de la Mustang ramena Kenny au présent. Tuck avait le regard perdu dans le vague et les sourcils froncés.

— Qu'est-ce qu'il y a ? demanda Kenny.

— Oh…, j'étais juste en train de penser.

— A quoi ?

— Au fait que la décision que tu vas prendre te marquera pour le restant de ta vie.

Kenny fit la moue. La moitié du temps, il comprenait mal ce que lui disait Tuck.

— Comment ça ?

— Eh bien, quel genre de personne veux-tu être, plus tard ?

— Je veux être joueur de football américain professionnel.

Tuck leva les yeux au ciel.

— Je parle de ta personnalité, Kenny. Veux-tu être un homme d'honneur ?

— Bien sûr.

— Veux-tu te comporter en tout avec courage et détermination ?

Kenny soupira d'impatience.

— Allez, Tuck, tu sais bien que oui.

— Alors, la solution est simple, dit son ami en ramenant ses genoux dans ses bras. Contente-toi d'être fidèle à toi-même.

— Bon sang ! s'irrita Kenny. Tu pourrais aussi bien me dire d'utiliser la Force, comme dans *La Guerre des étoiles* !

— Cela se ramène à ça, répondit Tuck. Soit tu trahis, soit tu ne le fais pas.

— Le problème, c'est que si je ne me range pas du côté de Blaine, ma carrière tout entière risque d'en subir les conséquences.

— Ta *vie* tout entière, précisa Tuck.

Kenny le fixa, les yeux ronds.

— Exactement. Et je ne vois pas ce qui t'emballe, là-dedans.

— C'est pourtant simple. Si tu veux être le genre d'homme que tu m'as dit, il faut que tu respectes tes principes, même si cela exige un sacrifice. Tu as là l'occasion de faire tes preuves.

— Faire mes preuves ? Mais pour qui ?

— Pour la seule personne qui compte vraiment : toi-même. Souviens-toi de ce film sur Thomas More que nous avons vu en cours d'anglais. Cet homme a préféré mourir plutôt que de sacrifier ses idéaux.

— Ce que sa femme et ses enfants n'ont pas apprécié, observa Kenny.

— Si Thomas More avait cédé, je ne crois pas que quiconque l'en aurait blâmé. Mais alors, il n'y aurait rien eu de remarquable, dans sa personnalité.

Kenny ramassa une pierre, qu'il lança de toutes ses forces dans l'étang.

— On ne fera pas de film sur moi, Tuck, soupira-t-il. Surtout quand j'aurai été exclu de l'équipe.

Tuck lui répondit d'une voix douce :

— Si tu t'en fais exclure pour avoir fait ce qu'il fallait, tu pourras en être fier, Kenny, que l'on fasse ou pas un film sur toi.

Hannah était assise à son bureau, le regard fixé sur le téléphone. Elle était censée encadrer des portraits qu'on lui avait apportés ce matin, mais la chaleur la rendait paresseuse. Et, surtout, elle ne parvenait pas à écarter Gabe de ses pensées. Elle voulait suivre l'exemple de Mike, faire en sorte que Gabe sorte plus souvent de son chalet, mais comment ?

Tout en pianotant sur son sous-main, elle décida que la meilleure solution était de l'inciter à renouer avec les rendez-vous galants. Bon… A présent, il fallait trouver la femme adéquate. Dundee n'était pas précisément Los Angeles, mais la ville possédait tout de même quelques beautés célibataires. Qui était donc à la fois disponible, séduisante et assez spirituelle pour attirer Gabe ?

Le nom d'Ashleigh Evans vint immédiatement à l'esprit d'Hannah. Ashleigh était parfaite. Elle avait un corps qui rivalisait avec celui de Pamela Anderson, et, par conséquent, elle plairait sans doute à un ex-joueur de football. De surcroît, Ashleigh était coiffeuse, une excellente excuse pour l'introduire chez Gabe.

Le sourire aux lèvres, Hannah chercha son numéro et le composa. Elle décrocha à la première sonnerie.

— Ashleigh ?

— Oui.

— Bonjour. C'est Hannah Price, à l'appareil.

— Oh ! Bonjour, Hannah. Que se passe-t-il ?

— Je voulais savoir si tu serais disponible demain en fin d'après-midi pour m'accompagner chez Gabe Holbrook.

Il y eut un silence surpris, puis une exclamation.

— *Quoi ?* Tu vas chez Gabe Holbrook ?

Hannah préféra ne pas relever la suite implicite : « … bien que ce soit toi qui l'aies mis dans ce fauteuil roulant. »

— Maintenant qu'il entraîne l'équipe du lycée, il n'a plus trop le temps de faire la cuisine, et il m'a embauchée pour lui préparer ses dîners, répondit-elle pour simplifier.

Ashleigh prit le temps de digérer l'information. Puis elle demanda, avec une note d'espoir dans la voix :

— Et il t'a demandé de m'amener avec toi ?

— Non ; c'est moi qui y ai pensé, avoua Hannah. Il a besoin d'une coupe de cheveux.

— Ah, je comprends mieux, à présent. Parce que enfin, il ne m'a jamais accordé tellement d'attention. Quand il vient au salon, c'est Rebecca qui s'occupe de lui. Moi, c'est à peine s'il me regarde.

La déception d'Ashleigh était si patente qu'Hannah entreprit de lui redonner quelque espoir — sans pour autant aller trop loin.

— Tu sais bien que Gabe ne regarde personne, Ash. Mais ce qui est sûr, c'est qu'il a besoin d'amis. De se distraire. De sortir un peu plus. Et toi, tu sais toujours ce qu'il y a à faire, par ici, n'est-ce pas ?

— C'est vrai. Et je suis toute prête à l'aider. Seulement, je crains qu'il ne soit pas très… réceptif.

— Quoi qu'il en dise, il a besoin de voir des gens, insista Hannah. Il s'est cloîtré, certes, mais, d'un côté, cela nous a tous arrangés, parce que nous sommes embarrassés en sa présence, à cause de ce qui lui est arrivé. Surtout moi, pour une raison évidente. Mais je crois qu'il est grand temps de changer d'attitude. Nous devons avoir un comportement dynamique.

— Un comportement dynamique…, répéta Ashleigh. J'aime beaucoup cette formule. Elle a un petit air intrépide.

— Exactement. Nous allons l'aider, qu'il le veuille ou non.

— D'accord, acquiesça Ashleigh. A quelle heure passeras-tu me prendre ?

Hannah se dit qu'il faudrait qu'elle pense à ajouter le vin au repas de demain.

— 17 h 30. Alors, à bientôt.

— Hannah ? fit Ashleigh avant qu'elle ait eu le temps de raccrocher.

— Oui ?

— Est-ce que tu crois que Gabe peut encore faire l'amour ?

L'idée qu'elle aimerait bien être la première à le découvrir traversa l'esprit d'Hannah, mais elle s'empressa de l'écarter. La dernière fois qu'elle avait couché avec Russ remontait à six ans. Elle n'avait jamais connu personne après lui, et elle commençait déjà à se sentir vieille… Mais il fallait qu'elle pense à ses garçons. Avoir une relation suivie avec un nouvel homme comportait trop de risques. Si elle tombait enceinte, ou si elle se trompait de nouveau…

— Je ne sais pas, répondit-elle.

Mais elle aurait pu ajouter que, une nuit, peu de temps après l'accident, une recherche sur Internet lui avait appris que la faculté d'érection d'un homme dépendait du niveau où la moelle épinière avait été touchée. Et aussi, que les nerfs qui contrôlaient cette faculté étaient localisés dans les vertèbres sacrées. D'après ce qu'elle savait par les journaux, la moelle épinière de Gabe n'avait pas été entièrement sectionnée, et la lésion se situait dans les toutes dernières paires de vertèbres. Il était donc possible qu'il puisse faire l'amour comme tout un chacun. Mais ce n'était pas sûr.

— Nous n'en sommes pas à ce degré d'intimité, Ashleigh, ajouta-t-elle.

— Oh, je me posais juste la question.

— De toute façon, si cela devait arriver, il est encore maître d'une grande partie de son corps. Je suis sûre qu'il ne resterait pas inactif.

Ashleigh pouffa de rire.

— Arrête, tu vas me donner des idées !

— En tout cas, n'oublie pas tes ciseaux, d'accord ?

Ses cheveux mi-longs allaient très bien à Gabe, mais il fallait bien introduire Ashleigh dans la place sans qu'il se pose trop de questions. Hannah ne pouvait pas lui redonner l'usage de ses jambes, mais elle était bien décidée à faire tout son possible pour qu'il mène une vie plus heureuse.

— Ça va être super, se réjouit Ashleigh. J'adore les challenges.

Hannah se sentait tout aussi excitée. Mais elle ne se faisait pas trop d'illusions : il n'allait pas être facile de percer les défenses de Gabe.

Chapitre 7

Le plat que lui avait préparé Hannah sentait divinement bon. Gabe le réchauffa tôt — il était à peine 17 heures — et s'installa dans son salon pour visionner les quelques cassettes qu'Owens lui avait données. Il lui restait à terminer toute une série de meubles, mais ce travail d'ébéniste dans lequel il s'était tellement investi depuis l'accident le passionnait nettement moins que les tactiques de jeu des équipes que les Spartans allaient affronter cette saison. Certes, il s'était fait un peu prier pour accepter le poste d'entraîneur, mais il devait bien s'avouer que le challenge commençait déjà à le griser. A vrai dire, les tactiques et l'adresse inhérentes au football américain le captivaient depuis longtemps. Et il voulait gagner. Les images des derniers matchs de l'équipe d'Oakridge l'intéressaient donc tout particulièrement. Les Wildcats, en effet, étaient les principaux adversaires de Dundee depuis la nuit des temps, et, cette année, les Spartans allaient jouer contre eux leur match d'ouverture.

Baissant les yeux sur son assiette, Gabe ne put retenir un sourire. S'il avait été aussi réticent à remplacer Larry qu'à permettre à Hannah de lui faire la cuisine, il ne regrettait plus d'avoir cédé dans les deux cas. Ce poulet au citron était fameux ; c'était sans conteste le meilleur plat qu'il ait mangé depuis des lustres — depuis, en fait, qu'il ne mettait pratiquement plus les pieds chez ses parents.

La bouche pleine, il tourna son attention sur l'écran, où Val Newcomber, l'attaquant principal des Wildcats, était en train de se lancer dans une action. Dans la mesure où ce garçon était le meilleur joueur de son équipe, Gabe savait d'avance qu'il le verrait souvent sur les cassettes d'Owens.

Il étudiait le jeu des Wildcats depuis vingt minutes, échafaudant parallèlement sa stratégie, quand le téléphone se mit à sonner. Gabe y jeta un regard courroucé. Il ne tenait pas à être dérangé en ce moment. Mais à l'idée que c'était peut-être Mike, et qu'il pourrait discuter avec lui de ses tactiques de jeu, il mit la bande sur « pause », manœuvra son fauteuil jusqu'au comptoir et décrocha.

— Allô ?

— Bonjour, mon fils.

C'était son père. Gabe soupira intérieurement. S'il avait su, il n'aurait pas répondu.

— Que veux-tu ?

Manifestement refroidi par cet accueil, son père marqua un temps. Puis il dit :

— Ta mère m'a appris la nouvelle.

— Quelle nouvelle ?

— Que tu entraînes les Spartans.

Depuis l'accident, Gabe avait entendu maintes fois une

feinte allégresse dans la voix de son père. Mais aujourd'hui, il paraissait sincèrement content.

— C'est seulement pour une saison, précisa-t-il.

Son père ne se laissa pas décourager par cette remarque.

— Alors, comment est l'équipe, cette année ? voulut-il savoir. Est-ce qu'il y a des joueurs qui sortent du lot ?

Autrefois, Gabe lui aurait parlé de Kenny Price. Il lui aurait dit qu'ils avaient une bonne ligne d'attaque, et une défense un peu faible, mais qui pouvait s'améliorer. Mais depuis ce que Gabe avait appris l'année dernière, il n'avait plus la moindre envie de discuter avec Garth Holbrook.

— Quelques-uns, se contenta-t-il de répondre.

Son ton abrupt laissa son père sans voix un instant.

— Je t'en prie, Gabe, dit-il enfin, n'y a-t-il pas moyen d'oublier le passé ?

— Mais le passé fait partie du présent et du futur, maintenant, n'est-ce pas ? Chaque fois que je vais en ville, je risque de tomber sur Lucy, p'pa. Grâce à elle, j'ai une nouvelle nièce. Et elle est aussi l'épouse de mon meilleur ami. Dans ces conditions, comment veux-tu que j'oublie le passé ?

— Si tu ne peux pas l'oublier, alors accepte-le !

Ça, c'était plus facile à dire qu'à faire, maugréa Gabe *in petto.* Il répondit à haute voix :

— Je préfère m'occuper de mes affaires et vous laisser folâtrer en famille.

— Allons, Gabe.

— C'est mon problème, p'pa. Il vaut mieux que tu n'insistes pas.

— Tu es toujours en colère, Gabe.

Là, son père avait raison : Gabe était en colère et le serait sans doute jusqu'à la fin de ses jours. En colère contre Russ pour avoir obligé Hannah à le poursuivre, la nuit de l'accident ; en colère contre Hannah pour avoir dépassé ce pick-up sans visibilité ; en colère contre son père qui avait caché son secret pendant si longtemps pour le révéler à la face du monde au moment où Gabe avait le plus besoin de lui. Gabe était passé du statut de star du football à celui d'invalide cloîtré dans un chalet ; son père, respecté de tous, était devenu, du jour au lendemain, un salaud de plus qui avait trahi sa famille.

— Ne peux-tu donc me pardonner ? demanda Garth.

— Je te pardonne, répondit Gabe immédiatement.

Il n'avait aucun désir de blesser son père. Mais il n'avait plus confiance en lui et, de toute façon, n'avait plus rien à donner. Il se battait trop fort pour s'accrocher encore à l'espoir qu'il recouvrerait l'usage de ses jambes, alors qu'il avait fait si peu de progrès en trois ans.

— Dans ce cas, dit son père, veux-tu venir dîner, dimanche soir ?

Gabe se vit assis à la table familiale, avec Reenie qui répertorierait pour la centième fois toutes les choses qu'il pourrait faire, bien qu'étant dans un fauteuil roulant. A l'autre extrême, sa mère serait aux petits soins pour lui, comme s'il était totalement impotent. Son père feindrait de croire que la vie était belle, maintenant qu'ils étaient de nouveau réunis. Et Lucy viendrait même sans doute prendre le café avec eux.

A l'idée de devoir affronter cette situation, Gabe sentit monter en lui un sentiment proche du désespoir.

— Désolé, s'excusa-t-il. Je serai trop occupé à préparer notre première rencontre. Le match doit avoir lieu dans un peu plus d'une semaine.

Son père resta muet pendant quelques secondes. Finalement, il soupira et déclara :

— Tu me manques, mon fils.

A ces mots, le cœur de Gabe se serra comme dans un étau. Son père aussi lui manquait — en tout cas, le père qu'il avait connu. Et sa sœur, à l'époque où il la prenait sur l'épaule pour lui donner une fessée quand elle le provoquait trop. Et sa mère, quand elle l'appelait pour qu'il répare quelque chose parce que son père était trop occupé.

Le monde tout entier lui manquait, mais le monde comme il était avant son accident. Et il ne savait pas comment retrouver le chemin du bonheur d'autrefois. A vrai dire, il doutait même que cela soit possible.

Il baissa le regard sur ses jambes.

— Je crains fort que certaines choses ne soient irréversibles, dit-il.

Et il raccrocha. Il ne voulait plus penser à son père, ni à Lucy, ni à l'accident. Il avait autre chose à faire.

Mais en revenant dans le salon, Gabe s'aperçut qu'il n'avait plus faim et qu'il n'avait plus envie de visionner des cassettes de football.

Dépité, il alla dans son atelier où il mit la musique à fond et brûla son trop-plein d'énergie en ponçant un coffre en cèdre. Quand il rentra, il faisait presque nuit, et il était tellement épuisé qu'il eut du mal à gravir la rampe.

***

La sonnerie du téléphone réveilla Gabe alors que le jour se levait à peine. La lumière provenant d'une fenêtre de toit le fit cligner des yeux, et un regard autour de lui lui apprit qu'il avait passé la nuit sur le canapé.

— C'est pas vrai ! marmonna-t-il.

Il avait dormi tout habillé, et il avait horreur de ça. Après l'accident, il avait traversé une période sombre, au cours de laquelle il n'avait plus pris la peine de se raser, de se changer ni de nettoyer la maison. Puis il s'était repris en mains et était devenu un quasi-maniaque de la forme physique, de l'hygiène et du ménage. En tout cas, jusqu'à hier soir, se dit-il en jetant un regard consterné sur ses vêtements froissés.

Le téléphone continuait à sonner, mais Gabe ne décrocha pas. Il craignait trop que ce soit de nouveau son père.

Au bout d'un instant, le répondeur se déclencha.

— Gabe, où es-tu ? Il faut que je te parle.

C'était Mike. Cela paraissait sérieux.

— Bon. Rappelle-moi quand tu…

Gabe attrapa le téléphone sans fil qu'il avait posé sur la table basse.

— Que se passe-t-il, Mike ?

— Je viens de recevoir un coup de fil de la mère de Dale Lindley, répondit son ami.

Dale faisait partie de l'équipe de football…

— Que voulait-elle ? demanda Gabe.

— Dale l'a réveillée pour lui faire part d'une conversation qu'il a surprise hier dans les vestiaires.

Gabe jeta un coup d'œil à sa montre. Il était à peine 6 heures !

— Il l'a réveillée aussi tôt ? s'étonna-t-il.

— Il lui a dit qu'il n'avait pas pu dormir de la nuit.

— A cause de la conversation en question ?

— Oui. Il aurait entendu Sly Reed se vanter auprès de Tiger Shipley qu'il pouvait prédire le résultat du match contre les Wildcats, vendredi prochain. Selon lui, les Spartans vont perdre.

Gabe haussa les épaules en soupirant.

— Et alors ? Sly parle toujours pour ne rien dire.

Et Gabe l'appréciait très moyennement. Sly voulait toujours tenir la vedette, et son comportement s'en ressentait. Dave Owens lui avait appris que le garçon avait été suspendu l'an dernier pour s'être soûlé lors d'une fête de l'équipe.

— Manifestement, il y a vraiment anguille sous roche, dit Mike.

— Comment cela ?

— Sly était prêt à parier cent dollars sur l'issue du match.

— Son père est le concierge du lycée. Il n'a qu'un petit salaire. Où veux-tu que Sly trouve cent dollars ?

— Je n'en sais rien.

— Et comment a réagi Tiger ?

— Il est sorti des vestiaires furibond.

— C'est un bon point pour lui, apprécia Gabe.

— Mais je n'ai pas terminé, reprit Mike. Toujours d'après Dale, après le départ de Tiger, les jumeaux ont acculé Sly dans un coin et lui ont dit qu'il avait intérêt à se taire. Que Blaine le massacrerait si l'affaire s'ébruitait.

A la mention de ce nom, Gabe se figea.

— Blaine serait dans le coup ?

— Il semble bien.

— Tu crois qu'il s'est mis en tête de saboter l'équipe ?

— De quoi d'autre pourrait-il s'agir ?

Une image de Blaine, avec son nez en lame de couteau et son regard froid, s'imposa à Gabe. Certes, cet homme avait un sale caractère, mais Gabe ne pouvait croire qu'il se laisserait aller à commettre un acte aussi répréhensible, avec ce que cela supposait de préméditation et d'organisation. Si cela venait à se savoir, les garçons impliqués dans le complot seraient exclus de l'équipe, sans doute même du lycée. Et Melvin Blaine serait congédié…

Gabe secoua la tête.

— Blaine éprouve bien quelque amertume, mais même s'il voulait se venger, je ne crois pas qu'il irait aussi loin.

— As-tu une autre explication ?

— Ce n'est sans doute que du vent. Tu connais Sly : il essaie toujours de créer des histoires.

— Sly est un cousin de Blaine. Et les jumeaux sont ses neveux. S'il cherchait des complices dans l'équipe, il commencerait par eux.

Tout en s'aidant de ses mains pour s'asseoir, Gabe observa :

— Les garçons de cet âge n'ont que faire des combines d'adultes. Ils veulent gagner, un point c'est tout.

— Mais ils pensent que tu n'es là que pour un an,

répliqua Mike. Blaine pourrait mettre cela en avant pour faire pression sur eux.

— Quoi qu'il en soit, je ne suis pas inquiet, mentit Gabe.

— Tu parles sérieusement ?

— Tout à fait, assura-t-il. Et je te saurais gré de cesser de veiller sur moi, dorénavant. Je suis assez grand pour m'occuper de mes affaires.

Au bout du fil, Mike soupira.

— Très bien, monsieur l'entraîneur. Le message a été reçu cinq sur cinq.

— A plus tard, Mike.

Gabe raccrocha, espérant qu'il avait convaincu son ami du peu de cas qu'il faisait de l'affaire. Mais, en réalité, celle-ci ne cessa de le tracasser pendant qu'il prenait sa douche, son petit déjeuner, et tout au long du trajet entre chez lui et le stade du lycée. Gabe savait en effet que Blaine utiliserait la moindre défaillance des Spartans contre lui. Et il ne pouvait s'empêcher de penser qu'il n'y avait rien de plus facile que de couler un match.

Il suffisait pour ce faire de s'assurer la complicité de quelques joueurs clés.

A 8 h 45, Hannah commença à s'inquiéter de ne pas voir descendre Kenny. Elle monta jeter un coup d'œil dans sa chambre et fut surprise de le trouver encore au lit. Hier, elle aurait voulu discuter avec lui, mais il avait passé la journée avec Tuck et n'était rentré que quelques minutes avant sa permission de minuit. Elle l'avait attendu, mais elle était trop fatiguée, à cette heure tardive, et lui était toujours aussi morose. Ils étaient donc allés se coucher directement. Enfin…, elle espérait qu'après une bonne nuit de sommeil, l'humeur de son fils se serait arrangée et qu'ils pourraient enfin se parler.

— Kenny ? Ton réveil a sonné voilà plus d'une demi-heure. Si tu ne te lèves pas tout de suite, tu seras en retard à ton entraînement.

Il ne réagit pas.

Hannah fronça les sourcils. Elle alla s'asseoir au bord du lit et le secoua doucement par l'épaule.

— Kenny ?

— Je ne veux pas aller à l'entraînement, marmonna-t-il.

— Comment ? fit-elle, déconcertée. Mais tu sais bien que l'entraînement est obligatoire.

Il lui tourna le dos et se cacha la tête sous le drap tout en maugréant :

— Si tu savais comme je m'en moque…

Il s'en *moquait* ? Lui qui aimait tant le football ?

Elle tira le drap pour découvrir sa tête.

— Tu ne t'es jamais plaint de tes séances d'entraînement, jusqu'ici. Que se passe-t-il ?

— Rien.

Les cheveux en bataille, les paupières encore lourdes de sommeil, Kenny voulut se recouvrir du drap, mais elle l'en empêcha.

— Gabe a dit que tu n'avais pas particulièrement brillé, hier, mais il avait l'air d'avoir toujours confiance en toi.

Pas de réponse…

Hannah se rappela alors leur dernier échange, après que Gabe fut parti. « Rappelle-toi que ce n'est qu'un jeu. » « Ouais… Va donc dire ça à papa. »

— Kenny, demanda-t-elle, s'agit-il seulement de football, ou ton attitude a-t-elle quelque chose à voir avec ton père ?

Le visage de son fils s'assombrit un peu plus, mais il continua de se taire. D'un geste tendre, Hannah repoussa les cheveux qui lui tombaient sur les yeux.

— Dis-moi ce qui ne va pas, mon chéri.

Kenny contempla la fenêtre, où le soleil du matin se glissait entre les lames du store. Puis il demanda à brûle-pourpoint :

— Comment était papa, quand vous étiez au lycée ?

Cette question ramena Hannah à l'époque où elle et ses amies passaient des heures à se préparer pour les « boums », comme on disait alors, et à parler des garçons. Russ s'intéressait à elle depuis la sixième, mais dans la mesure où ils avaient grandi ensemble — ils étaient voisins —, elle n'avait jamais vu en lui un éventuel petit ami. Comme la plupart des filles de son âge, elle idolâtrait surtout Gabe Holbrook et le frère cadet de Mike, Josh Hill.

Mais quand sa mère était tombée malade, l'univers d'Hannah avait été bouleversé. Elle avait passé son année de terminale dans une sorte d'état second, espérant obstinément que Fiona guérirait. Comme si cela allait de soi, Violet, la mère de Russ, avait pris l'habitude de lui préparer ses repas. Occasionnellement, elle venait veiller Fiona pour libérer Hannah, pour qu'elle puisse, par exemple, aller au cinéma. Violet s'était même portée volontaire pour conduire sa mère à ses séances de chimiothérapie.

Grâce à la mère de Russ, Hannah avait retrouvé un foyer, mais avec le passage du temps, elle avait pris conscience que cela n'allait pas sans contrepartie. Violet, Patti, la famille entière savaient à quel point Russ l'appréciait. Ils faisaient tout pour qu'ils soient ensemble. Ils invitaient Hannah à dîner et la plaçaient à côté de Russ. Ils proposaient d'aller au cinéma, et, au dernier moment, laissaient Russ l'y emmener seul. Ils envoyaient Russ l'aider à tondre le gazon ou passer la nuit chez elle pour qu'elle ne soit pas seule avec sa mère. Il ne fallut pas longtemps pour que Russ monnaye à sa façon son amitié et son soutien.

L'impuissance qu'Hannah ressentait alors devant le destin l'avait dépouillée de son énergie, la privant de toute réaction. Si elle avait su à cette époque ce qu'elle savait aujourd'hui, elle aurait fait montre de plus d'assurance, elle n'aurait pas pris le même chemin. Après le décès de sa mère, elle aurait dû poursuivre ses études, ou bien voyager. Mais avant même d'avoir fait son deuil, elle avait épousé Russ. Elle faisait partie de sa famille, avait fondé son propre foyer, et divorcer était inconcevable.

— Il était robuste et très bel homme, tout comme toi, finit-elle par répondre.

— Quel âge avais-tu quand vous avez commencé à sortir ensemble ?

— Environ dix-sept ans.

— Et à quel âge t'es-tu mariée ?

— L'année de mes dix-huit ans.

— Quoi ? Tu n'avais que deux ans de plus que moi ?

Oui. Elle était si jeune…

— En effet.

— Comment as-tu su que tu étais amoureuse de lui ?

Mais d'où venaient donc ces questions ? se demanda Hannah. Elle observa son fils avec curiosité, cherchant une réponse. Quand elle le vit piquer un fard, elle comprit.

— Pourquoi ? demanda-t-elle. Tu as rencontré une fille qui te plaît ?

Il détourna les yeux, et elle sut qu'elle avait vu juste. Alors, elle le poussa à parler.

— Qui est-ce ?

— Tiffany Wheeler.

— La fille du dentiste ?

Kenny acquiesça d'un signe de tête.

— Je vais sans doute l'inviter à la fête de rentrée du lycée, précisa-t-il.

— C'est une bonne idée.

— Ouais. Elle me plaît, mais… je ne me vois pas tomber amoureux.

— Ce n'est pas plus mal, dit Hannah. Donne-toi encore quelques années. Attends d'avoir terminé tes études.

— Est-ce que tu penses te remarier un jour ? demanda-t-il alors.

Hannah haussa les sourcils.

— Avec qui, par exemple ?

— Ça, ce n'est pas une réponse.

Il avait compris qu'elle voulait esquiver sa question. Comme il grandissait vite ! se dit Hannah.

— Peut-être, fit-elle.

Mais elle pensa : « Certainement pas ! »

— Alors, il t'arrive d'y songer ?

— Pas vraiment.

Pas si elle pouvait s'en empêcher. Mais elle n'y parvenait pas toujours…

— Ce serait facile, pour toi, de rencontrer quelqu'un, assura Kenny. Tous mes amis te trouvent craquante.

Hannah pouffa de rire.

— Je suis flattée, mais ils sont un peu jeunes pour moi.

— Je ne veux pas que tu restes seule, maman.

Ces paroles la touchèrent.

— J'apprécie ta compassion, Kenny, mais tu n'as pas à t'inquiéter pour moi. Je suis beaucoup trop occupée pour me sentir seule, dit-elle.

C'était faux, bien sûr. Quand elle voyait la façon dont Rebecca et Josh se regardaient, se touchaient, se soutenaient l'un l'autre, Hannah les enviait. Certes, elle était plus heureuse depuis qu'elle s'était séparée de Russ, mais il lui arrivait encore de rêver d'amour.

— La solitude n'a rien à voir avec le fait d'être occupé ou pas, répliqua Kenny.

Depuis quand son fils de seize ans était-il devenu un sage ? se demanda-t-elle, perplexe.

— Tu as peut-être raison, répondit-elle en se relevant. Mais ce n'est pas le moment de discuter de ma vie amoureuse. Nous pourrons toujours en reparler plus tard, à condition que tu m'en dises plus sur la tienne.

— Ce ne serait pas équitable, rétorqua-t-il. Tu n'as pas de vie amoureuse.

— Et toi oui ?

Pour toute réponse, Kenny fit un large sourire.

— D'accord, gros malin, dit Hannah. Maintenant, dépêche-toi de te préparer, sinon tu seras en retard.

Elle sortait de la chambre, quand il la rappela.

— M'man ?

Hannah se retourna. Le sourire de son fils s'était évanoui.

— Qu'y a-t-il ?

— Qu'est-ce que tu dirais si je n'allais pas m'entraîner ?

Elle l'observa d'un regard intrigué. Est-ce qu'il la mettait à l'épreuve ? Voulait-il voir si elle pensait vraiment ce qu'elle disait toujours à propos du football — que ce n'était qu'un jeu ?

— Je dirais que la saison commence à peine, et qu'il est donc encore temps d'abandonner, si c'est ce que tu veux. Est-ce ce que tu veux ?

— Papa ne me le pardonnerait pas.

— Ce n'est pas à lui de décider.

— N'empêche qu'il ne me le pardonnerait pas.

En effet. Parce que Russ vivait par l'intermédiaire de Kenny au lieu de faire quelque chose de sa vie.

— Que cela lui plaise ou non, il faudrait bien qu'il l'accepte, déclara-t-elle. Mais je suis surprise que tu envisages cette possibilité. Toi qui aimais tant le football…

— Je l'aime toujours autant.

— Alors, qu'est-ce qui ne va pas ?

Pendant quelques secondes, Hannah eut l'impression que son fils s'apprêtait à lui dire quelque chose. Puis son expression changea et il repoussa son drap.

— Rien, répondit-il d'un ton lugubre. Je serai prêt d'ici à un quart d'heure.

Tout au long de l'entraînement, Kenny prit bien soin d'éviter Sly et les jumeaux. Il ne tenait pas à ce qu'on l'associe à eux, ne voulait pas voir leurs sourires complices. Cette tactique sembla assez bien fonctionner, jusqu'à ce qu'il soit l'heure de partir et qu'il fasse l'erreur de sortir en hâte des vestiaires. Il espérait pouvoir parler à Tiffany avant qu'elle rentre chez elle, mais, au lieu de cela, ce fut sur Melvin Blaine qu'il tomba.

— Tu as mieux joué, aujourd'hui, lui dit l'entraîneur.

Kenny jeta un coup d'œil derrière lui. Gabe ne devait pas le ramener, aujourd'hui, mais il pouvait surgir à tout instant des vestiaires. Par bonheur, il n'y avait pas un chat.

— Je me suis assez bien débrouillé, répondit-il, sur la défensive.

— Oh, mieux que ça, assura Blaine.

— Merci, m'sieur.

L'entraîneur fit un pas vers lui et baissa la voix.

— Sly m'a dit qu'il t'avait trouvé un peu bizarre, hier. Tout va bien, j'espère ?

— Oui, m'sieur. Tout va très bien, affirma Kenny.

Mais il garda les yeux rivés au sol, craignant que Blaine lise le contraire dans son regard.

— J'ai appris que Tiffany Wheeler en pinçait pour toi.

Surpris, Kenny releva brusquement la tête.

— Comment...

— Les gens parlent, et je suis au courant de tout. Je travaille ici depuis des années, mon garçon. Et je ne suis pas près de partir.

Kenny ne sut que répondre. Son entraîneur se fourra les mains dans les poches, et reprit :

— Si tu lui plais déjà, elle sera vraiment impressionnée l'an prochain quand tu seras la vedette de l'équipe, non ?

Quelque chose dans le sourire de Blaine fit comprendre à Kenny que leur conversation dépassait largement Tiffany. Blaine lui peignait un tableau de ce que serait l'avenir... si Kenny ne le décevait pas.

— En tout cas, elle ne sera pas impressionnée du tout quand nous perdrons contre les Wildcats, répliqua-t-il.

Blaine s'apprêtait à répondre, quand Boo Taylor sortit des vestiaires. A l'instant même où l'entraîneur s'aperçut qu'ils n'étaient plus seuls, il commença à s'éloigner, comme s'ils n'avaient échangé qu'un vague salut. Mais dès que Boo fut monté dans sa voiture, Blaine se retourna.

— Est-ce que tu as déjà joué aux échecs, Kenny ?

Il y avait joué avec Tuck, mais n'avait jamais pu gagner.

— Oui, deux ou trois fois.

— Alors, tu sais qu'il ne faut pas hésiter, parfois, à sacrifier quelques pions.

Si Blaine croyait lui faire peur, il se mettait le doigt dans l'œil, se dit Kenny. D'autant qu'il avait dû entendre cette réplique dans un film. Mais le verbe « sacrifier » lui donna à penser. Blaine voulait qu'il sacrifie son intégrité. Tuck le poussait à sacrifier sa carrière.

Kenny, lui, aurait voulu ne rien sacrifier du tout. Seulement, on ne lui laissait pas le choix.

— Je comprends, marmonna-t-il.

Et il poussa un soupir de soulagement quand Melvin Blaine le laissa enfin.

Chapitre 8

En s'engageant sur le chemin bordé de pins qui menait au chalet de Gabe, Hannah jeta un dernier coup d'œil à Ashleigh et se demanda si elle n'avait pas commis une erreur. Son idée initiale, en effet, était de trouver une compagne de sortie pour Gabe, une femme agréable à regarder, amicale, qui saurait l'arracher, une fois de temps en temps, à sa solitude. Voilà tout. Seulement, Ashleigh avait visiblement d'autres projets, et ne pas être un peu jalouse relevait de la gageure. Avec sa minijupe noire moulante et son chemisier blanc dont le décolleté dissimulait si peu de son impressionnante poitrine, elle aurait fait fondre le plus blasé des don Juans.

Gabe allait être fasciné, c'était couru d'avance. Mais, dans le fond, ce n'était peut-être pas plus mal, se dit Hannah. Au moins, Ashleigh lui rappellerait les femmes qu'il affectionnait au temps de sa splendeur. Et peut-être prendrait-il conscience que les femmes en question ne demandaient pas mieux que de l'entourer de nouveau de leur sollicitude pour peu qu'il reprenne une vie à peu près normale.

— Je crois que je vais lui demander de m'emmener au restaurant samedi, annonça Ashleigh à ce moment-là, tout en vérifiant son rouge à lèvres dans le miroir du pare-soleil.

Hannah essaya d'imaginer la réaction de Gabe à cette proposition. Pour sa part, elle la trouvait prématurée.

— Je ne suis pas sûre que ce soit une bonne idée, Ashleigh.

— Tu m'as bien dit que tu voulais que je le sorte de son trou, non ?

— Oui, mais…

— Quoi ?

— Tu devrais d'abord l'inviter à sortir avec toi et d'autres personnes, pour que ça n'ait pas l'air d'un rendez-vous sentimental. Ça paraîtrait plus… anodin.

« Et, pour ce qui me concerne, cela passerait mieux… », ajouta-t-elle en son for intérieur.

— Que suggères-tu ? demanda Ashleigh.

— Je ne sais pas… Tu peux lui dire, par exemple, que tu vas dîner à Boise avec quelques-unes de tes amies, samedi.

— Mais ce n'est pas le cas, répliqua Ashleigh. En général, mes amies et moi passons nos samedis soir au Honky Tonk.

Hannah fit la moue. Le Honky Tonk lui rappelait de mauvais souvenirs. Quand ils étaient mariés, Russ y passait beaucoup trop de temps. Elle ne tenait pas à ce que Gabe l'imite et se mette à fréquenter ce bar. Elle avait déjà fait de lui un infirme ; elle ne voulait pas qu'il devienne en plus alcoolique à cause d'elle.

— Il vaudrait mieux que vous alliez au restaurant ou au ciné, décréta-t-elle. Tu n'aurais pas de problème pour réunir quelques amies, n'est-ce pas ? Tout le monde éprouve de la curiosité à propos de Gabe. Il faudrait juste que tu veilles à ce qu'elles ne le submergent pas de questions.

— Je préférerais tout de même un dîner en tête à tête, insista Ashleigh.

Hannah n'eut pas l'occasion de répondre. Elles arrivaient dans la clairière où s'élevait la vaste demeure de Gabe, et Ashleigh, oubliant son dîner, s'extasia :

— Seigneur, mais ce chalet est superbe ! Et ce gazon, au beau milieu de la forêt ! Gabe doit avoir une femme de ménage à temps complet *et* un jardinier pour s'occuper de tout ça, tu ne crois pas ?

— Pour autant que je sache, il n'a ni l'un ni l'autre.

— Tu veux dire qu'il se charge seul de l'entretien de son chalet ?

— Je pense, oui.

— Mais pourquoi ? Cela ne doit pas être facile, en fauteuil roulant. Et ce n'est pas l'argent qui lui manque.

— Je présume qu'il préfère le faire lui-même.

Un sourire s'épanouit sur le visage d'Ashleigh.

— Manifestement, une bonne partie de son corps fonctionne toujours, observa-t-elle.

Le sous-entendu n'échappa pas à Hannah, mais elle ne voulait pas aborder de nouveau le sujet des capacités sexuelles de Gabe. Cette semaine, elle avait déjà passé trop de temps à rêver de lui, à l'imaginer la dévorer de ses lèvres, la caresser jusqu'à ce qu'elle gémisse son nom, la satisfaire si totalement qu'un tel plaisir, sans doute, n'existait pas dans la réalité.

Elle rougit en repensant aux images que son esprit avait engendrées, avant de se dire qu'il n'y avait rien de plus normal. Tout le monde avait ce genre de fantasmes — et les siens dotaient sans doute Gabe de plus de sensibilité et de plus d'empathie qu'il n'en possédait véritablement. Malgré tout, elle savait qu'elle ne pourrait pas le regarder dans les yeux, aujourd'hui, sans se sentir un peu embarrassée.

Si toutefois le regard de Gabe trouvait le temps de se poser sur elle, songea Hannah en contemplant une nouvelle fois Ashleigh. Une blonde d'une telle beauté risquait fort, en effet, de monopoliser l'attention du maître de céans.

Tout en essayant de se convaincre que ce serait très bien ainsi, Hannah s'arrêta derrière le break que Gabe avait laissé devant son garage. Elle descendit de voiture et prit, sur la banquette arrière, son appareil photo et le panier contenant le dîner de Gabe, tandis qu'Ashleigh examinait les environs.

— Depuis combien de temps Gabe vit-il ici ? demanda cette dernière.

Hannah connaissait la réponse très exactement. Après l'accident, elle avait suivi jour après jour les progrès de Gabe, priant le ciel qu'il se rétablisse complètement.

— Eh bien, après l'accident, il est resté vingt et un jours à l'hôpital. Puis il est parti pendant deux mois à Boise pour suivre une thérapie dans une clinique spécialisée. Ensuite, il s'est installé chez ses parents jusqu'à l'été de la même année. Donc, il est ici depuis deux ans.

— Moi, je ne pourrais pas vivre ici, affirma Ashleigh.

Je m'ennuierais au bout de deux jours. Et j'aurais trop peur de tomber nez à nez avec un ours.

Hannah se dit que Gabe craignait sans doute beaucoup plus les humains de Dundee. Les gens qui lui parlaient invariablement de sa carrière passée et lui demandaient un autographe. Les regards curieux qui se braquaient sur lui quand il manœuvrait son fauteuil roulant. Son père et le scandale qui avait poussé Gabe à se retrancher encore davantage dans son isolement.

— Je comprends qu'il aime cet endroit, dit-elle. On y est au calme, et le paysage est de toute beauté.

Quand elles furent sous la véranda, Hannah entendit, comme lors de sa première visite, de la musique de rock provenant de l'intérieur. Elle frappa, et Lazare se mit à aboyer. Présumant que Gabe ne les attendait pas derrière la porte, elle prit le temps d'admirer le meuble qui trônerait bientôt dans son studio.

— As-tu déjà vu un fauteuil aussi beau ? demanda-t-elle en s'y installant.

Ashleigh haussa les épaules.

— Il n'est pas mal, oui. A condition d'aimer le bois massif.

Hannah fronça les sourcils. A l'évidence, Ashleigh ne s'y connaissait pas en meubles. Mais elle s'y connaissait en hommes, et, avec un peu de chance, elle ne…

La porte s'ouvrit brusquement. Lazare sortit en trombe de la maison, remuant la queue d'excitation.

— Oh !… Que puis-je faire pour vous ?

La voix de Gabe trahissait sa surprise. Evidemment, il ne s'attendait pas à trouver Ashleigh sur son seuil.

Hannah s'empressa de s'extirper du fauteuil et de rejoindre son amie.

— Bonjour, Gabe, lança-t-elle d'un ton enjoué. Je te présente Ashleigh Evans.

— Nous nous connaissons déjà, répondit-il.

Ses yeux se fixèrent sur le décolleté provocant. Aucun doute, Ashleigh avait réussi à attirer son attention. Les hommes étaient si prévisibles…

— Tu m'as dit que tu avais besoin de te faire couper les cheveux, et j'en ai parlé à Ashleigh, expliqua Hannah. Elle a aussitôt accepté de m'accompagner pour s'en occuper.

Comme Lazare flairait son panier, elle sourit et ajouta :

— C'est ton dîner qui l'intéresse. Il y a du bœuf-mode au menu, aujourd'hui.

L'expression de Gabe demeura courtoise, mais tandis qu'il ordonnait à Lazare de s'asseoir, Hannah sentit qu'il n'était pas très content. Elle devina sans peine qu'il lui en voulait de s'être permis de se faire accompagner d'Ashleigh, alors qu'il n'avait accepté que du bout des lèvres qu'elle vienne chez lui elle-même.

— Merci, fit-il.

Il marqua un temps, avant de proposer :

— Entrez, je vous en prie.

— En fait, il vaudrait mieux rester sous la véranda, dit Ashleigh. Ainsi, il n'y aurait pas de cheveux dans la maison. Et il fait si bon, dehors…

— Très bien. Mais… ne voulez-vous pas que je me les mouille d'abord ?

— J'ai tout ce qu'il faut là-dedans, répondit Ashleigh en ouvrant son sac.

Elle en sortit un vaporisateur et une paire de ciseaux. Gabe considéra ce matériel un instant, puis se décida enfin à sortir. A peine se fut-il arrêté qu'Ashleigh vint se placer derrière lui et plongea les doigts dans ses cheveux.

— Ouah ! s'exclama-t-elle. Vous avez vraiment de beaux cheveux.

Hannah mourut soudain d'envie d'imiter son amie. Comme c'était impossible, elle plongea les doigts dans les poils de Lazare et s'éclaircit la gorge pour dissimuler son embarras. Elle ne devait pas oublier que c'était *elle* qui avait organisé toute cette affaire. Ashleigh poussait sans doute les choses un peu plus loin qu'Hannah ne l'avait prévu, mais la jalouser n'arrangerait rien.

— Je pourrais peut-être mettre ton dîner à réchauffer de façon qu'il soit prêt quand Ashleigh aura terminé ? proposa-t-elle.

— C'est une bonne idée, approuva Gabe. Entre et fais comme chez toi.

Hannah s'exécuta. Elle s'attendait à trouver chez Gabe le même genre de meubles qu'elle avait vus dans son atelier, mais il y en avait une variété encore plus grande. Elle contempla d'un œil admiratif les trois tables basses du salon, triangulaires, et faites d'un bois clair marqueté d'une essence plus sombre. Elles étaient magnifiques. Hannah n'en avait jamais vu de semblables. Elle se demanda fugitivement si Gabe avait jamais eu l'idée de faire publier leur photo dans un magazine de décoration.

Contournant une table en métal aussi originale que

les meubles en bois, elle pénétra dans une cuisine séparée du salon par un comptoir en marbre bleu. Le sol était en chêne vitrifié, et sous les placards à l'ancienne était pendue une batterie de casseroles en cuivre. Par contraste, la cuisinière et les appareils ménagers étaient tout ce qu'il y a de plus moderne.

Hannah se dit qu'elle aimait cet endroit. Gabe se cloîtrait peut-être, mais, manifestement, il avait apporté un grand soin à son intérieur. La seule chose qui la gênait, c'est qu'il n'y avait nulle part de trophées de football ni de photos de son époque glorieuse. Professionnellement, Gabe avait atteint les plus hauts sommets. Elle aurait dû en voir le témoignage dans son chalet. Mais, au moins dans ces pièces, ne se trouvaient que ses meubles superbes et, sur les murs, des peintures de montagnes, de lacs et d'animaux.

Sans doute avait-il voulu écarter tout ce qui rendait le présent si douloureux...

Elle posait son panier sur la table, quand la voix d'Ashleigh lui parvint à travers la porte moustiquaire.

— Hannah ?

— Quoi ?

— Je parlais à Gabe des champignons farcis que tu as préparés. Est-ce que tu veux bien que nous les goûtions ?

— Bien sûr. Mais je vais d'abord les réchauffer. Ils seront meilleurs.

Après avoir mis le bœuf-mode à mijoter sur la cuisinière, Hannah plaça les champignons dans le four à micro-ondes. En attendant que ce dernier accomplisse son office, elle ne put s'empêcher de jeter un coup d'œil indiscret dans la pièce voisine de la cuisine. Elle eut l'impression de se retrouver dans un club de remise en forme ! Très haute de plafond, avec un mur complet de fenêtres, la pièce était pleine d'appareils de musculation. A l'évidence, Gabe s'entretenait physiquement. Bien sûr, il suffisait de le regarder pour s'en douter, mais…

Le bip du micro-ondes interrompit sa réflexion. Hannah revint dans la cuisine, sortit le plat du four. Puis elle déboucha la bouteille de vin, en servit trois verres, et, après avoir disposé le tout sur un plateau, retourna sous la véranda.

La coiffeuse délaissa un moment sa besogne pour leur permettre à tous les trois de déguster les champignons. Ensuite, Hannah débarrassa Gabe de son verre et Ashleigh se remit à la tâche.

Quelques minutes plus tard, celle-ci contempla son œuvre, avant de se tourner vers Hannah.

— Alors, qu'est-ce que tu en penses ?

Hannah considéra le travail de son amie et éprouva la même émotion qu'elle avait ressentie la veille quand elle avait admiré Gabe dans son break. Ses cheveux étaient coupés court sur la nuque, mais Ashleigh les avait laissés assez longs devant pour qu'ils tombent toujours sur son front. Globalement, la nouvelle coupe de Gabe avait un petit côté négligé qui allait bien avec son image d'enfant terrible. Elle faisait aussi ressortir son menton marqué d'un sillon et le bleu fascinant de ses yeux.

— C'est… super, commenta simplement Hannah, bien

que ce terme soit plutôt terne pour décrire ce qu'elle avait sous les yeux.

Ashleigh sortit alors un miroir de son sac et le tendit à Gabe en disant :

— Et vous, comment vous trouvez-vous ?

Il contempla son reflet et adressa à sa coiffeuse un sourire charmeur. Mais Hannah était sûre qu'il se forçait à être poli, qu'il jouait la comédie. Au fond de lui, il les aurait sans doute volontiers étranglées pour l'avoir dérangé.

— Je vous remercie d'avoir pris la peine de venir jusqu'ici, dit-il. Combien vous dois-je ?

— Oh, rien, répondit Ashleigh en jetant un bref coup d'œil en direction d'Hannah. Mais je me disais que vous accepteriez peut-être… Enfin…, Hannah m'a laissée entendre que cela ne vous déplairait pas de sortir dîner avec moi samedi soir. N'est-ce pas, Hannah ?

Hannah arrondit les yeux. Ashleigh était vraiment culottée de l'impliquer d'une façon aussi abrupte. Mais elle n'avait pas d'autre choix, maintenant, que de lui apporter son concours.

— En effet. Mais, euh…, en fait, il s'agit d'une sortie en groupe. Ashleigh et quelques-unes de ses amies vont dîner à Boise, samedi, et elles aimeraient que tu te joignes à elles.

Gabe ne se départit pas de son air aimable, mais Hannah perçut sa contrariété.

— Vraiment ? fit-il.

— Oui. C'est une sortie en groupe, insista Hannah.

— Il me semble que tu l'as déjà dit.

— Je pense que ce sera très sympa, ajouta-t-elle.

Elle désigna Ashleigh, espérant rappeler à Gabe l'attrait de cette poitrine qu'il avait admirée tout à l'heure.

— Toutes ses amies lui ressemblent, assura-t-elle. Enfin, pas exactement, bien entendu, mais elles sont jeunes, ravissantes…

Elle se creusa la tête pour trouver d'autres qualités qui soient susceptibles de lui plaire, et ajouta :

— … blondes.

— Blondes ? répéta Gabe en haussant les sourcils.

Hannah réprima un gémissement. *Blondes* ? Où était-elle allée chercher cela ? Il fallait absolument qu'elle se calme.

— La plupart d'entre elles, en tout cas, précisa-t-elle dans l'espoir d'atténuer sa bourde. N'est-ce pas, Ash ?

Ashleigh parut prise au dépourvu, mais elle acquiesça.

— Euh…, oui. La plupart, en effet.

— Et toi, est-ce que tu y seras ? demanda Gabe, les yeux plissés.

Hannah crispa les poings.

— Moi ? Non.

— Pourquoi ? Je suis sûr qu'Ashleigh ne verrait pas d'inconvénient à ce que tu nous accompagnes.

Il se tourna vers la jeune femme pour avoir son accord.

— Bien sûr que non, dit-elle, mais assez lentement pour faire comprendre à Hannah que cette perspective ne l'enchantait guère.

— Vous êtes tous les deux très gentils, mais je ne suis pas libre, samedi soir, fit valoir Hannah.

— Que fais-tu ? voulut savoir Gabe.

— Je dois travailler.

Et c'était vrai. Elle travaillait toujours, le week-end, après que les garçons furent couchés.

— Tu peux certainement te libérer pour un soir, répliqua-t-il. D'autant que j'ai l'intention d'inviter, spécialement pour toi, un de mes amis blonds.

Son ironie fit grimacer Hannah.

— Oui, eh bien, les blonds ne m'attirent pas autant que les blondes t'attirent, rétorqua-t-elle. Donc, je ne pense pas que je participerai à…

— Tu veux rire ! coupa-t-il. Ce ne serait pas pareil sans toi. Je passerai te prendre à 18 heures, et nous retrouverons Ashleigh et ses amies à Boise. De quel restaurant s'agit-il ? demanda-t-il en se tournant vers la jeune femme.

— Le Chandelier ? fit-elle d'un air hésitant.

— C'est parfait.

Il leur décocha le sourire éclatant qu'il avait étalé dans tant de magazines, mais un muscle de sa joue tressaillit, confortant Hannah dans l'idée qu'il n'était pas aussi ravi qu'il le semblait.

Mais tant pis. Il fallait bien que quelqu'un le pousse à renouer avec ses semblables. Il vivait en ermite depuis bien trop longtemps.

Elle voulut répondre à son sourire, mais n'ébaucha qu'une sorte de rictus.

— Ça promet d'être très amusant, dit-elle.

— Je vois que tu es aussi emballée que moi, remarqua Gabe.

Sur ce, il siffla Lazare qui s'était éloigné et lança :

— Je vous remercie de votre visite, mesdames.

Puis il rentra dans le chalet et ferma la porte — avant même qu'Hannah ait pu lui rappeler qu'elle devait le prendre en photo.

Les sourcils froncés, Gabe suivit des yeux la voiture d'Hannah jusqu'à ce qu'elle disparaisse derrière les arbres. Que s'imaginait-elle en amenant Ashleigh fourrager dans ses cheveux et lui mettre ses seins sous le nez ? Il n'était pas besoin d'être grand clerc pour comprendre le petit jeu d'Hannah Price, mais sa jeune amie ne l'intéressait pas. Et il n'appréciait pas qu'Hannah se mêle de sa vie amoureuse. Sur ce plan-là, il en avait déjà assez bavé avec Reenie. Mais si sa sœur n'avait pas réussi à le convaincre de ressortir avec des femmes, personne n'y parviendrait. En matière d'entêtement, Hannah ne lui arrivait pas à la cheville.

Se détournant de la fenêtre, Gabe se rendit à la cuisine retrouver le bœuf-mode qu'elle lui avait mitonné. Il se demandait pourquoi il avait agi comme il l'avait fait. Il aurait pu tout simplement refuser l'invitation d'Ashleigh, mais, au lieu de cela, il avait pris un malin plaisir à renverser les rôles aux dépens d'Hannah — qui, c'est vrai, avait sans doute plus besoin de sortir que lui-même.

Il revit les vêtements très ordinaires qu'elle portait et ne put s'empêcher de sourire. Vêtue avec un peu plus de recherche, mieux maquillée et avec une nouvelle coupe de cheveux, elle serait sans nul doute sensationnelle. Mais elle n'irait pas dépenser son argent dans un salon de beauté. Elle préférait — il en aurait mis sa main à couper — économiser sur le superflu pour subvenir aux besoins de ses enfants. Et, quelque part, son sacrifice la rendait dix fois plus sexy aux yeux de Gabe que la minijupe et le décolleté d'Ashleigh.

Ce n'est pas pour autant qu'il allait céder aux charmes d'Hannah ; il pensait déjà avoir été mal avisé de la pousser à sortir samedi. Mais essayer de l'éviter ne marchait pas. Elle ne voulait pas oublier l'accident et aller de l'avant. Sans doute en était-elle incapable. Son sens de la justice devait lui dicter qu'elle avait un prix à payer pour son imprudence. Et, donc, pour lui autant que pour elle, peut-être devait-il la laisser faire. S'il exigeait une petite rétribution, s'il lui permettait d'expier sa faute, elle pourrait peut-être enfin oublier le passé.

C'était une idée intéressante. Mais que pouvait-elle faire pour lui ?

Tout en réfléchissant, Gabe se servit de bœuf-mode, prit le pain fait maison qu'elle avait joint à son repas et alla se mettre à table avec son plateau. Hannah avait l'air d'aimer faire la cuisine. Elle pouvait continuer de lui préparer ses dîners jusqu'à ce qu'elle se lasse. Il pouvait aussi lui demander de faire son ménage, de nettoyer son break, de tondre son gazon et de faire ses courses. Avec ce boulot d'entraîneur, il manquait de temps pour tout faire lui-même…

Mmm… La vie serait bien plus agréable si quelqu'un s'occupait de ses moindres besoins, songea Gabe. Surtout s'il avait l'impression de rendre service à cette personne…

Un sourire s'épanouit sur son visage. Lui rendre service

en la submergeant de travail. Pauvre Hannah. Décidément, il avait l'esprit bien tordu !

Dès qu'elles furent revenues sur la route goudronnée qui descendait en lacets jusque dans la vallée, Ashleigh pivota sur son siège pour faire face à Hannah.

— Alors, quelle est ton impression ? demanda-t-elle. Ça ne s'est pas trop mal passé, n'est-ce pas ? Au moins, il a accepté de sortir avec nous samedi.

Le soleil se couchait dans les arbres, projetant de longues ombres sur la chaussée. En allumant ses codes, Hannah revit l'étincelle de défi dans les prunelles de Gabe quand il l'avait pratiquement forcée à se joindre à eux samedi. Certes, il avait accepté de sortir, mais elle craignait que cet assentiment ne cache quelque chose. Et elle espérait de tout son cœur qu'il n'était pas sérieux lorsqu'il avait parlé de cet ami blond qu'il comptait inviter pour elle. Et tout ça par la faute d'Ashleigh. Elle n'avait eu que de bonnes intentions, évidemment, mais elle avait néanmoins tout gâché.

Cela étant, elle était trop sympathique pour qu'Hannah lui en tienne rigueur.

— Ça s'est très bien passé, répondit-elle. Merci encore de m'avoir accompagnée.

Puis elle jeta un coup d'œil à Ashleigh, remarqua de nouveau sa poitrine, et sentit son moral sombrer encore plus bas. Elle allait détonner, samedi. Les autres femmes auraient dix ans de moins qu'elle, sans doute, et un corps aussi superbe que celui d'Ashleigh.

Hannah essaya d'imaginer ce que penserait un homme qui la verrait nue. Elle faisait de la gymnastique tous les jours, mais ses grossesses avaient laissé des traces ; et elle ne devait son bronzage qu'au fait de travailler dans son jardin. En tant que mère, elle n'avait pas les mêmes priorités qu'Ashleigh et ses amies célibataires. La lingerie fine et les aventures d'un soir ne l'intéressaient pas. Elle préférait rester chez elle dans son peignoir en tissu éponge avec un bon livre à la main.

Et elle avait peur que cela ne la rende guère intéressante…

— Qu'est-ce qui ne va pas ? demanda sa passagère à ce moment-là.

Hannah prit conscience qu'elle roulait trop lentement et accéléra.

— Rien, pourquoi ?

— Tu fais une drôle de tête.

— Je réfléchissais, voilà tout.

— A quoi ?

Hannah envisagea de s'ouvrir franchement à Ashleigh. Une autre opinion que la sienne aurait été la bienvenue. Mais elle ne voulait pas que son amie croie qu'elle avait des vues sur Gabe. Et, de toute façon, lui parler de son manque d'assurance serait une perte de temps, dans la mesure où Ashleigh était trop gentille pour lui répondre honnêtement.

— Oh, à rien d'important, dit Hannah.

— Que vas-tu mettre, samedi soir ?

Hannah grimaça. Depuis quelques années, elle songeait

avant tout à ses enfants, et sa garde-robe était des plus maigres.

— Je ne sais pas trop. Dans quel genre de restaurant allons-nous ?

— Tu n'es jamais allée au Chandelier ?

Hannah secoua la tête.

— C'est un endroit très classe, dit Ashleigh. Il te faut quelque chose de chic.

— J'ai bien peur de ne rien avoir qui convienne.

— Vraiment ? fit Ashleigh.

Elle parcourut Hannah du regard et sourit.

— Tu sais, tu fais à peu près la même taille que ma sœur. Je suis sûre qu'elle aura quelque chose à te prêter. D'ailleurs, je pourrais choisir pour toi, cela me ferait plaisir.

Hannah regarda d'un œil dubitatif la minijupe et le chemisier moulant que portait son amie.

— Je veux bien, mais à condition que tu ne sortes pas du classique, d'accord ? Je n'ai pas ton corps de déesse, si tu vois ce que je veux dire.

Ashleigh la rassura d'un geste.

— Tu vas être super, fie-toi à moi.

Chapitre 9

Il était presque 18 heures, ce samedi, et tout en contemplant son reflet dans la glace, Hannah ruminait les paroles rassurantes d'Ashleigh : « Fie-toi à moi… » Son amie étant trop occupée, c'était son frère qui avait apporté les vêtements qu'Hannah était censée porter ce soir. Mais il devait y avoir erreur. Elle avait demandé quelque chose de classique, et c'est tout ce qu'Ashleigh avait trouvé ?

Il n'était pas question qu'elle s'exhibe en public dans cette tenue, se répéta Hannah. Certes, la blouse corail était très élégante, mais elle était pratiquement transparente et laissait voir le soutien-gorge en dentelle pigeonnant qui allait dessous. Et la jupe fourreau noire était fendue jusqu'à mi-cuisse.

Dans l'ensemble, avec le collier, le bracelet et les boucles d'oreilles assortis à la blouse, Hannah ne pouvait nier qu'elle avait l'air très chic… et très émancipée. L'idée de sortir en ville ainsi vêtue l'emplissait d'une excitation qu'elle n'avait pas ressentie depuis des années — mais elle ne se reconnaissait pas, et n'était pas sûre que l'étrangère qu'elle voyait dans le miroir se souviendrait qu'elle avait deux enfants et devait donc agir de façon responsable.

Hannah en était là de ses réflexions, quand la sonnette retentit. Ce ne pouvait être que Gabe ! se dit-elle en frémissant d'effroi. Elle ne pouvait pas descendre lui ouvrir avant de se changer.

— Une minute ! cria-t-elle.

Elle se mit à fouiller fébrilement dans son placard, sachant d'avance qu'elle n'y trouverait rien d'aussi élégant que ce qu'elle portait.

La sonnerie retentit de nouveau.

— Ce garçon n'est pas très patient, maugréa Hannah.

Faute de mieux, elle jeta son dévolu sur un chemisier blanc tout simple, un pantalon noir et une paire de chaussures basses. Il faudrait bien que ça fasse l'affaire, décréta-t-elle. Et tant pis si on la prenait pour une serveuse.

A ce moment-là, la voix de Gabe lui parvint du rez-de-chaussée.

— Hannah ? Est-ce que tu espères que je vais me lasser et partir sans toi ?

Elle se figea sur place. Le mufle était entré sans lui demander son avis !

— Bien sûr que non, répondit-elle. Je me fais une joie de sortir, tu t'en doutes bien.

— Je meurs déjà de faim. Est-ce que tu es bientôt prête ?

Elle palpa pensivement le tissu soyeux de la blouse. Après tout, elle pouvait peut-être faire preuve d'audace, pour une fois ; elle n'en mourrait pas. D'autant qu'Ashleigh et ses amies porteraient à coup sûr des tenues bien plus provocantes…

De toute façon, Gabe l'attendait en bas, pressé de partir. Il était trop tard pour se changer.

Sa décision prise, Hannah enfila ses chaussures à talons et sortit crânement de sa chambre. « Que la fête commence ! » s'encouragea-t-elle. Avec un peu de chance, Gabe s'amouracherait de l'une des blondes de la soirée et reprendrait une vie sociale.

Quand Hannah apparut en haut de l'escalier, vêtue d'une blouse qui révélait son corps plus qu'il ne le cachait, Gabe en resta comme deux ronds de flan. Il dévora des yeux tout à la fois son ventre plat, ses épaules rondes, la douce courbe de ses seins, plongeant dans son soutien-gorge en dentelle — et éprouva une brusque bouffée de désir.

C'était la deuxième fois qu'Hannah le troublait à un niveau aussi primaire, songea-t-il. L'autre jour, il avait remarqué la poitrine d'Ashleigh, avait même pris le temps de l'admirer, mais le spectacle ne l'avait pas frappé autant, loin de là, que celui d'Hannah descendant les marches dans cette blouse transparente.

Ce devait être sa façon d'être qu'il appréciait tant. A l'inverse d'Ashleigh, en effet, Hannah donnait d'elle l'image d'une femme douce et réservée, presque innocente malgré sa tenue sexy.

— Bonsoir, Gabe.

Elle l'avait salué d'une voix enjouée, mais à peine

parvenue en bas de l'escalier, elle croisa les bras pour cacher sa poitrine, visiblement gênée qu'il l'examine ainsi.

Il la parcourut néanmoins de la tête aux pieds et lui fit un sourire approbateur.

— Tu es vraiment superbe, ce soir.

Il lut dans ses yeux qu'elle croyait qu'il disait cela par simple politesse.

— Merci. Toi aussi, répondit-elle. Cette chemise bleu roi met tes yeux en valeur.

Elle s'éclaircit la voix, avant de préciser :

— Enfin..., je veux dire qu'elle plaira sans nul doute à Ashleigh.

Gabe haussa les sourcils. A l'évidence, Hannah voulait jouer les Cupidons. Mais il allait bientôt lui rendre la monnaie de sa pièce.

— Est-ce que tu comptes te cacher derrière tes bras toute la soirée ? demanda-t-il.

— Non...

— Alors, décroise-les.

Comme elle se bornait à le fixer en se mordillant la lèvre, il insista.

— Eh bien, qu'attends-tu ? Si tu n'oses pas te montrer dans cette tenue devant moi, je me demande quelle sera ton attitude vis-à-vis de l'ami que j'ai invité à se joindre à nous.

— Tu as *vraiment* invité quelqu'un ? s'exclama-t-elle avec inquiétude.

Gabe sourit jusqu'aux oreilles.

— Ne t'en fais pas, il est jeune et charmant. Et n'oublie

pas que nous ne serons pas seuls, tous les trois. Cela devrait te rassurer un peu.

— J'ai l'impression que tu es sérieux, soupira Hannah.

— Bien entendu. « Ce qui vaut pour l'un vaut pour l'autre », je suis sûr que tu connais le dicton.

Il vit qu'Hannah était déconcertée par la tournure des événements, ce qui ne manqua pas de le réjouir. En définitive, il avait bien fait d'accepter d'aller au restaurant, ce soir. Il sentait qu'il allait bien s'amuser.

— Je l'ai connu lors d'une séance de photos que j'ai faite pour *Sports Illustrated* voilà quelques années, expliqua-t-il. Il habite à Boise. Quand je l'ai appelé pour l'inviter, il en a été enchanté.

— Tu m'en vois ravie, maugréa-t-elle.

— Tu pourrais faire preuve d'un peu plus d'enthousiasme. Il est blond, comme je te l'avais promis. Et tu n'as toujours pas décroisé les bras.

Hannah ne broncha pas.

— Je ne vois pas ce que le fait qu'il soit blond vient faire dans cette histoire, dit-elle.

— Pourtant, c'est toi qui fais une fixation sur la couleur des cheveux. En tout cas, j'en ai eu l'impression l'autre jour, répliqua Gabe en accompagnant ces paroles d'un clin d'œil.

— Très bien, céda-t-elle. J'avoue que je préfère les blonds de beaucoup.

Et, tout en fixant les cheveux bruns de Gabe avec une lueur maligne dans le regard, elle finit par décroiser les bras.

Puisqu'elle semblait vouloir relever le défi, Gabe se permit de nouveau d'admirer un moment le tableau qu'elle offrait. Il se rendait bien compte que son attitude intimidait Hannah, mais cela ne lui déplaisait pas. Il adorait la voir rougir ainsi, s'humecter les lèvres de la pointe de la langue.

— Où sont les garçons ? demanda-t-il enfin.

Elle parut soulagée de trouver son regard.

— Brent est chez sa grand-mère Violet, et Kenny est sorti avec son ami Tuck, répondit-elle.

Donc, ils étaient seuls dans la maison, se dit Gabe. Pour quelque raison, il se remémora alors toutes les fois où il était passé prendre une femme chez elle pour aller au restaurant ou ailleurs, et s'était retrouvé au lit avec elle avant même de sortir. Le métier de footballeur professionnel avait été une véritable révélation pour un garçon comme lui qui était resté vierge jusqu'à presque vingt ans. Il avait couché avec tant de femmes, pendant ces quelques années, qu'il en avait perdu le compte. Finalement, il s'était lassé de ces aventures et avait aspiré à une vie plus stable, mais il n'avait pas eu le temps de trouver l'âme sœur. Depuis l'accident, il s'était cloîtré et n'avait plus refait l'amour. Ce ne serait plus pareil, il le savait.

Ces sombres pensées — ajoutées au fait que c'était Hannah qui avait causé l'accident — eurent sur sa libido l'effet d'une douche froide. Entamer une liaison avec elle serait beaucoup trop compliqué, d'autant qu'il était maintenant l'entraîneur de son fils.

Pour en revenir au concret, il désigna d'un geste le panier qu'il avait posé dans l'entrée.

— Je t'ai rapporté tes assiettes et tes plats.

Hannah le remercia et alla prendre le panier, qu'elle porta dans la cuisine. Mais quand elle revint, Gabe vit qu'elle hésitait.

— Qu'y a-t-il ?

— Je pense que je vais mettre autre chose que cette blouse.

— Tu as peur d'attirer les regards ? la taquina-t-il.

— Non. Je crains simplement d'avoir froid.

Gabe éclata de rire.

— A mon avis, tu crains surtout que l'ambiance soit trop chaude.

— Je ne vois pas de quoi tu veux parler.

— Mais si, bien sûr. L'idée de rencontrer mon ami te met mal à l'aise.

— Pas du tout !

— Nous savons tous les deux que je dis vrai, Hannah. Tu veux que je m'ouvre aux autres, que je noue de nouvelles relations, mais tu n'es pas prête à faire de même.

— Ne va pas te faire des idées. Cette soirée n'est rien d'autre qu'une sortie entre amis, assura-t-elle.

— Mon œil ! rétorqua Gabe. Tu t'attends à ce que je succombe aux charmes de l'une de ces blondes. Mais je te préviens : si je succombe, je veux que tu succombes aussi.

— Pourquoi ? fit-elle en ouvrant de grands yeux.

— Et pourquoi pas ? Ça ne te plairait pas de sortir avec un homme..., de faire de nouveau l'amour ?

Cette fois, Hannah devint cramoisie.

— J'ai des enfants, objecta-t-elle.

Le ton qu'elle avait employé conforta Gabe dans l'idée qu'elle n'avait pas connu d'homme depuis fort longtemps — et que cela lui manquait.

Il sentit renaître son désir et s'efforça de le refouler.

— La plupart des gens ne pensent pas qu'avoir des enfants soit inconciliable avec une vie sexuelle épanouie, observa-t-il.

— Ça l'est à Dundee, répondit Hannah. Ici, il est impossible d'avoir une liaison sans que tout le monde le sache. Je crois même que les pires commères font le tour de la ville, la nuit, dans l'espoir de surprendre la voiture d'Untel garée dans l'allée d'Unetelle.

— Tu as peut-être raison, convint Gabe. Cela dit, si tu veux te remarier un jour, il faut bien que tu rencontres des hommes.

— Je ne veux pas me remarier, répondit-elle du tac au tac.

— Mmm..., je vois. C'était si dur que ça, avec Russ ?

— Et même davantage.

Gabe éprouva pour elle une bouffée de compassion, mais il n'y céda pas. Il devait la bousculer comme elle le bousculait, sinon elle croupirait dans sa routine. Car peut-être nul ne le remarquait-il, puisqu'elle ne vivait pas, comme Gabe, à l'écart de la ville, mais Hannah menait une vie aussi solitaire que la sienne.

— Tous les hommes ne sont pas comme Russ, fit-il valoir.

Comme Hannah ne réagissait pas, il sortit l'atout qu'il tenait en réserve.

— Et comme je vois les choses, il serait bon que tu fasses tout ce que je te demande. Tu me le dois.

— Comment ça, je te le dois ?

Réprimant un sourire, il désigna son fauteuil roulant du menton.

— Regarde dans quoi tu m'as mis. C'est une véritable tragédie.

— Curieusement, ça l'est surtout quand tu n'essaies pas d'en tirer parti, répliqua-t-elle d'un ton irrité.

Gabe ne put s'empêcher de rire.

— Si l'on ne peut plus plaisanter…

— Plaisanter ? A mes dépens ? Tu m'as dit de t'oublier et de vivre ma vie. Tu te souviens ?

— Oui, mais tu ne l'as pas fait, dit-il avec un haussement d'épaules. Au lieu de cela, tu as jugé bon de fourrer ton nez dans mes affaires. Alors, ne t'étonne pas si je te rends la pareille, maintenant.

Hannah sembla réfléchir un instant. Puis elle dit :

— Donc, ta… revanche consiste essentiellement à me présenter ton ami ?

— Plus ou moins, répondit-il. Et, justement, je crois qu'il est grand temps que nous partions.

Elle baissa les yeux sur sa blouse.

— Tu ne crois pas que ton ami trouvera ma tenue trop osée ?

Gabe la considéra d'un œil émoustillé. Décidément, se répéta-t-il, il aimait le contraste entre la façon dont Hannah était habillée et son attitude presque puritaine. En outre, il était persuadé qu'une expérience sexuelle lui ferait le plus grand bien, après ses années de disette. Dommage qu'il ne soit pas l'homme de la situation…

— Je pense au contraire qu'elle lui plaira beaucoup, répondit-il.

Hannah contemplait Ryan, l'homme que Gabe avait invité pour elle, en se disant qu'il n'était pas mal du tout. Il était grand, large d'épaules, et son bronzage faisait ressortir la blancheur de ses dents, qu'un sourire éclatant découvrait souvent. Lorsque Gabe l'avait présenté, il avait jugé bon de préciser que Ryan avait fait partie d'une revue à grand spectacle à Las Vegas. Cette information n'avait pas impressionné Hannah, tant s'en fallait, mais elle ne l'aurait pas dérangée si la conversation subséquente n'avait montré que l'homme souffrait à la fois d'immaturité et d'égocentrisme.

En fait, décréta-t-elle en l'écoutant parler, il représentait la version masculine de la blonde stéréotypée. Et à en juger par le sourire démoniaque que Gabe décochait régulièrement à Hannah, non seulement il était d'accord avec elle, mais il avait invité Ryan pour cette simple et unique raison. Le rustre jouait avec elle, et il semblait y prendre un malin plaisir.

Tout en lui jetant de fréquents coups d'œil, Gabe distrayait Ashleigh et ses deux amies, Michelle et Jessica. Les trois femmes étaient littéralement pendues à ses lèvres et le dévoraient des yeux — pendant qu'Hannah se retenait de bâiller en écoutant Ryan lui détailler ses derniers exploits professionnels. Quelqu'un de chez Calvin Klein venait de le contacter, disait-il, et il était pratiquement sûr de faire la promotion des sous-vêtements de la marque.

Hannah soupira *in petto*. Elle avait trente-sept ans, était mère de famille, et lui était un modèle de vingt-quatre ans obnubilé par New York et Paris. Ils n'avaient vraiment rien en commun, mais elle était bien décidée à prouver à Gabe qu'elle pouvait s'amuser, ce soir, autant que lui. Aussi répondit-elle à Ryan qu'elle le voyait parfaitement en sous-vêtements sur des affiches, et qu'il décrocherait sans nul doute le contrat, parce que, franchement…, eh bien, il était si beau qu'elle ne voyait pas comment qui que ce soit pourrait rivaliser avec lui. Ensuite, elle annonça qu'elle allait se laver les mains et se leva en s'excusant, impatiente de jouir d'un moment de répit dans les toilettes.

Au moins, cette blouse ne la dérangeait plus, se dit Hannah alors qu'elle traversait la salle du petit restaurant. Ryan ne semblait pas s'intéresser à ce qu'elle portait, mais il est vrai qu'Ashleigh avait mis une robe tellement décolletée que sa poitrine menaçait à chaque instant d'en jaillir. A côté de la sienne, la tenue d'Hannah paraissait très sage. Il était tout de même curieux, cependant, que la seule personne qui ait l'air de la remarquer soit Gabe. Son regard s'allumait chaque fois qu'il posait les yeux sur la blouse, et, chaque fois, Hannah sentait une douce chaleur l'envahir. Puis il lui décochait ce sourire malicieux, et elle réagissait en se jetant dans son rôle de maîtresse idéale pour Ryan avec une énergie renouvelée.

Quelle tristesse ! Si Gabe avait eu l'intention de lui donner une bonne leçon, sa tactique fonctionnait à merveille. La stratégie qu'elle avait mise en place s'était retournée contre elle, au point qu'elle avait hâte, maintenant, que la soirée se termine.

La voix d'Ashleigh la tira brusquement de ses pensées.

— Cette soirée est vraiment super, tu ne trouves pas ?

Seigneur ! Pourquoi avait-il fallu que son amie la suive dans les toilettes ? soupira Hannah à part soi. Elle qui voulait s'isoler un moment…

— Oui, vraiment super, répondit-elle.

Son ton manquait singulièrement d'enthousiasme, mais Ashleigh ne sembla pas le remarquer. Elle était trop occupée à vanter les mérites de Gabe.

— Je ne savais pas qu'il pouvait être si sympa. Jusqu'ici, je le trouvais distant, mais, en fait, c'est un garçon très agréable et très drôle. Et…, bon, je savais déjà qu'il était beau comme un dieu.

Tout en parlant, elle s'était approchée du miroir, et, sortant une petite trousse à maquillage de son sac, avait entrepris de repoudrer son décolleté.

— Et cet ami qu'il a invité pour toi ! poursuivit Ashleigh. Il est vraiment très mignon, n'est-ce pas ?

Hannah commença à se laver les mains.

— Sincèrement, demanda-t-elle, est-ce que tu crois que Gabe trouve que nous formons un beau couple, Ryan et moi ?

Ashleigh la regarda d'un air candide.

— Bien sûr. Sinon, pourquoi l'aurait-il invité ?

« Dans l'idée de me déstabiliser », pensa Hannah. Mais elle répondit :

— Je ne sais pas.

Ashleigh n'insista pas. Elle était trop pressée de retourner auprès de Gabe.

— Nous allons bientôt être servis, ne tarde pas trop, conseilla-t-elle.

Et elle sortit en trombe de la pièce.

Enfin seule, Hannah s'adossa au mur. Elle n'était pas sûre de pouvoir supporter Ryan beaucoup plus longtemps. A moins que ce soit l'intérêt qu'Ashleigh et ses amies témoignaient à Gabe qui l'ennuie ? Si l'envie lui en prenait, il n'aurait qu'à claquer des doigts pour passer la nuit avec l'une d'entre elles…

Cette perspective la déprima. Mais, soudain, elle se redressa. Que lui prenait-il ? C'était *elle* qui avait souhaité que cela arrive. Elle le faisait pour Gabe, pour qu'il reprenne goût à la vie. Alors, quelle importance s'il couchait avec une femme ? Quelle importance s'il forçait Hannah à supporter Ryan pendant quelques heures pour la punir de s'être mêlée de ses affaires ? Elle avait réussi à le faire sortir de chez lui, n'est-ce pas ? Elle pouvait donc considérer qu'elle avait gagné la partie, à condition de garder le moral et de ne pas se laisser battre à son propre jeu.

Toute ragaillardie, Hannah prit une bonne inspiration, sortit d'un pas léger des toilettes… et faillit heurter une serveuse qui passait avec son plateau. Pour l'éviter, elle fit un brusque mouvement en arrière, mais son talon droit glissa sur le sol en marbre, et elle poussa un cri de frayeur en se sentant tomber. Elle pensait qu'elle allait se briser les vertèbres, quand deux mains fermes la saisirent. Comme par miracle, Gabe était arrivé à temps pour la tirer sur ses genoux avant que le pire se produise.

Elle s'agrippa à son cou, tandis que la serveuse, avec un regard de reproche, redressait son plateau puis leur tournait le dos.

— Pas de bobo ? murmura Gabe.

— Comment as-tu pu arriver aussi vite ? demanda-t-elle, ignorant sa question.

— Ryan est parti aux toilettes tout de suite après toi. Je venais vous dire que nous étions servis.

Elle remarqua alors son parfum, discret et très masculin, et dit sans réfléchir :

— Tu sens bon.

Puis elle s'en voulut aussitôt de n'avoir pas tenu sa langue.

Le regard de Gabe se porta sur ses lèvres, glissa plus bas et s'attarda sur la blouse qu'il semblait tant apprécier. A ce moment-là, Hannah prit conscience qu'il ne l'avait pas tenue aussi près depuis le lycée. Le baiser qu'ils avaient échangé voilà quelque vingt ans lui revint à l'esprit, et son cœur se mit à battre plus fort. Il y avait si longtemps qu'elle n'avait pas embrassé d'homme… L'idée d'embrasser Gabe l'effleura.

S'ils avaient été seuls, elle aurait sans doute cédé à la tentation. Au point où en étaient ses relations avec Gabe, elle n'avait pas grand-chose à perdre. Et il lui devait bien quelque chose pour l'avoir appariée à Ryan. Seulement, ils étaient entourés de gens qui s'étaient retournés quand elle avait failli tomber, et dont les regards étaient toujours fixés sur eux.

Quand elle s'en rendit compte, Hannah s'empressa de se relever.

— Merci de m'avoir rattrapée, fit-elle.

— Dommage que Ryan n'ait pas été là au bon moment, répliqua Gabe.

Hannah comprit qu'il la chambrait, mais elle préféra se taire. Elle était trop embarrassée d'avoir attiré l'attention générale pour rester debout au milieu de la salle. Elle retourna donc s'asseoir à sa place, devant le magret de canard qu'elle avait commandé. Mais d'autres clients avaient reconnu Gabe. Avant qu'il ait eu le temps de bouger, deux d'entre eux s'approchèrent de lui pour lui demander un autographe, puis deux autres, et trois autres à leur suite.

Lorsque Ryan revint des toilettes, quelques minutes plus tard, il se remit aussitôt à parler de lui-même et attaqua son steak tartare sans se soucier, manifestement, que Gabe ne soit pas à table. De leur côté, Ashleigh, Michelle et Jessica, privées de l'homme que chacune convoitait, faisaient une drôle de mine.

Elles se mirent à critiquer à voix basse les personnes qui retenaient Gabe, mais ce fut Hannah, finalement, qui jugea bon d'intervenir. Elle savait Gabe trop poli pour se débarrasser lui-même des importuns.

— Excusez-moi, leur dit-elle, mais le plat qu'a commandé Gabe refroidit. Auriez-vous l'amabilité de nous le rendre ?

Elle avait parlé avec le sourire, mais d'un ton assez ferme pour être entendue.

— Oh, bien sûr... Allez donc manger, Gabe..., répondirent-ils.

Et tandis que tous retournaient s'asseoir, Gabe rejoignit sa place sans un mot.

Ashleigh, Michelle et Jessica avaient observé la scène bouche bée. Quand Hannah eut repris son siège, Ashleigh la gratifia d'un regard admiratif.

— Eh bien dis donc ! Quelle autorité !

Mais Hannah doutait que Gabe, lui, soit impressionné. Il n'aimait pas qu'on vienne à son secours. Pourtant, il n'avait pas l'air trop fâché. Lorsqu'elle osa le fixer dans les yeux, il éclata même de rire et secoua la tête.

— Mais, grands dieux, pourquoi donc t'es-tu crue obligée de faire ça ?

Elle jeta un regard entendu en direction de Ryan, et rétorqua avec un grand sourire :

— C'est un prêté pour un rendu.

— Nous en reparlerons, dit Gabe d'une voix douce.

Hannah se demanda ce qu'il lui réservait. Mais le ton qu'il avait employé ne manqua pas de l'inquiéter.

Chapitre 10

Ils rentraient du Chandelier, et Hannah, que le vin avait détendue, n'était pas loin de s'assoupir quand Gabe rompit le silence.

— J'ai décidé ce que tu devais faire pour rattraper ta faute.

Elle se tourna paresseusement vers lui.

— Quelle faute ?

Une voiture qui les croisait éclaira brièvement le visage de Gabe, faisant briller ses yeux comme deux bouts de cobalt.

— L'accident, répondit-il.

A ces mots, Hannah s'éveilla pour de bon. Où voulait-il en venir ? se demanda-t-elle.

— Il n'y a aucun moyen pour rattraper ma faute. C'est bien là le problème.

— Ça ne t'empêche pas d'essayer.

Elle le considéra avec curiosité.

— Je t'écoute.

— Mes vitres ont besoin d'être lavées, déclara-t-il.

Depuis que j'entraîne ces gamins, j'ai l'impression de ne plus avoir une seconde à moi.

Hannah arrondit les yeux d'incrédulité.

— Tu veux que je fasse tes vitres ?

— Seulement si cela te permet de te sentir mieux, répondit-il avec un sérieux qu'Hannah jugea feint.

— Et si je te disais que je ne me sentirais pas mieux ? objecta-t-elle.

— Dans ce cas, il faudrait que je continue à me débrouiller tout seul.

Gabe conclut sa phrase d'un soupir à fendre l'âme, et Hannah éclata de rire de le voir ainsi jouer la comédie.

— Tu sembles te débrouiller parfaitement, répliqua-t-elle. Sauf, bien entendu, dans le domaine des relations humaines. Le fait d'être resté cloîtré pendant des mois et des mois n'était pas une attitude très saine.

— Les relations humaines sont un de mes points forts, riposta-t-il. Regarde : nous nous entendons très bien, toi et moi.

Hannah remarqua qu'il avait éludé la question de son isolement. A l'évidence, il ne tenait pas à parler des trois ans pendant lesquels il s'était confiné chez lui, ne voulait pas partager le poids de ses problèmes physiques et de sa souffrance morale. Connaître Gabe était une véritable gageure tant ses lignes de défense étaient nombreuses. Elle était parvenue à franchir la première — celle du personnage qu'il jouait pour le monde extérieur —, mais il y avait des profondeurs, en lui, qu'Hannah aurait sans doute du mal à atteindre.

Cela étant, le chemin qu'elle avait déjà parcouru n'était

pas négligeable, et elle devait s'en contenter pour l'instant. Brusquer Gabe le pousserait à se retrancher dans son mutisme. Ce n'était pas le but qu'Hannah visait.

Puisqu'il semblait le désirer ainsi, elle préféra donc garder un tour léger à leur conversation.

— La revanche n'est pas vraiment propice à l'amitié, lui fit-elle remarquer.

— Si c'est de Ryan que tu parles, je te signale que la plupart des femmes seraient ravies de sortir avec lui.

— Désolée, mais j'ai beaucoup de mal à me passionner pour un type qui ne s'intéresse qu'à son propre physique.

— Bien. Mais, tu sais, j'ai d'autres amis.

— Arrête, je t'en prie ! fit-elle en levant les mains. Je ne veux plus que tu joues les entremetteurs pour mon compte. Je ne veux pas me remarier, je te l'ai déjà dit. Il n'y a donc aucune raison que je sorte avec tes amis.

— Si je comprends bien, s'étonna Gabe, tu as décidé de ne plus faire l'amour jusqu'à la fin de tes jours ?

Hannah faillit rétorquer que, dans ce domaine, il n'avait pas de leçons à lui donner, mais, cette fois, elle réussit à tenir sa langue. Bien que la surprise de Gabe semble indiquer le contraire, elle n'était pas encore tout à fait sûre, en effet, qu'il n'ait pas perdu sa puissance sexuelle. Pour autant, elle n'allait pas le lui demander de but en blanc… Et, d'ailleurs, comment en étaient-ils venus à ce sujet ?

— Pour ce qui est de cette soirée, de cette conversation insensée…, je ne dois m'en prendre qu'à moi, n'est-ce pas ? murmura-t-elle. Si seulement j'avais pu assumer ma faute, voilà trois ans ; te dire : « Je suis navrée, Gabe, tu auras plus de chance la prochaine fois… »

A ces mots, Gabe reprit son sérieux.

— Tu ne pouvais pas assumer ta faute ne serait-ce qu'avant-hier, dit-il. Mais…, poursuivit-il avec un petit sourire en coin, j'aime bien ce côté de ta personnalité.

Son ton chaleureux et sincère frappa Hannah. Elle comprit qu'elle venait de franchir une deuxième ligne de défense, et de se sentir plus proche de lui l'émut plus qu'elle n'aurait su dire. Ce devait être à cause de son sourire, présuma-t-elle. Il ne lui avait jamais souri de cette manière jusqu'ici.

S'arrachant à la contemplation de son profil parfait, Hannah s'éclaircit la voix.

— Compte tenu de ce qui s'est passé il y a trois ans, observa-t-elle, je trouve surprenant que tu puisses aimer quoi que ce soit en moi.

— Tu vois ? Il faut toujours que tu en reviennes à l'accident, releva-t-il. Il faut absolument que tu laves mes vitres.

Hannah le regarda pensivement. Elle le revit en train de rire, au cours de la soirée, se remémora les regards discrets qu'il lui avait lancés et l'effet que ceux-ci avaient eu sur elle… Elle avait comme l'impression que le complot qu'elle avait fomenté se retournait contre elle — mais elle était tout de même parvenue à le faire sortir de chez lui, n'est-ce pas ? Elle n'allait pas renier son succès.

Elle s'adressa tout de même à Gabe d'un ton prudent :

— Si, je dis bien *si,* j'accepte de faire tes vitres, quand est-ce que cela t'arrangerait ?

— Demain, si tu peux. Est-ce que tu auras les garçons ?

— C'est mon week-end, mais Russ m'a appelée pour me dire qu'il voulait les emmener voir un défilé de voitures anciennes.

— Donc, tu es libre ?

— Je dois travailler.

— Tu ne peux pas m'accorder deux ou trois heures ?

Hannah le pouvait, bien sûr. Elle savait même qu'elle le ferait. Mais elle ne voulait pas avoir l'air de céder trop facilement.

— Peut-être, répondit-elle.

— Super !

Le sourire satisfait de Gabe l'aurait presque irritée, mais elle était bien décidée, maintenant, à observer l'ordre de ses priorités. Le fait que Gabe sourie était une bonne chose. Elle avait trop rêvé de le voir de bonne humeur pour le lui reprocher aujourd'hui.

— En venant, pourrais-tu me prendre une part de tarte aux pommes au snack ? demanda-t-il.

— J'ai dit que je viendrai *peut-être*, lui rappela-t-elle.

— Je sais, mais j'ai remarqué que « peut-être » voulait toujours dire « oui », pour toi.

Hannah fronça les sourcils.

— Tu l'auras voulu.

— Tu ne viendras pas ?

— Je ne sais pas, mais, en tout cas, tu n'auras pas de tarte aux pommes.

A la lumière du tableau de bord, elle vit son sourire s'élargir.

— Je te trouve bien dure avec moi, protesta-t-il.

— Ma mauvaise conscience a des limites.

— Je m'en souviendrai, assura Gabe.

Après un moment de silence, il reprit la parole.

— Qu'aimerais-tu manger ?

— Pourquoi cette question ?

— Parce que, si tu fais mes vitres, je préparerai le dîner.

Hannah le considéra avec attention. Etait-il sérieux ? Il semblait bien que oui. Décidément, il faisait beaucoup de progrès, ces temps-ci.

— J'aimerais du caviar, du filet mignon sur un lit de bacon, de la purée à l'ail et, peut-être, des fraises nappées de chocolat pour dessert. Le tout arrosé de champagne, dit-elle d'un trait.

— De champagne ?

Elle haussa les épaules.

— Si tu trouves que j'en demande trop, tu peux toujours chercher quelqu'un d'autre pour faire tes vitres.

— Mais si je t'ai demandé de les faire, c'est uniquement pour t'aider, fit-il valoir.

— Je n'en doute pas, s'esclaffa Hannah.

— Un jour, tu me remercieras.

Ils n'étaient plus très loin de Dundee, quand elle lui demanda :

— Gabe, pourquoi ne témoignes-tu pas plus d'intérêt pour Ashleigh ou l'une de ses amies ?

— Elles sont trop jeunes pour moi.

— Qu'un homme dise cela n'est pas banal, fit-elle d'un ton narquois.

— Et surtout, ajouta-t-il, le courant n'est pas passé entre nous.

— Je pense qu'elles ont ressenti le contraire.

— Ryan aussi. Il espérait que tu passerais la nuit avec lui.

Cette nouvelle surprit Hannah.

— Comment le sais-tu ?

— Il m'a demandé si je pensais qu'il avait ses chances.

— Et qu'as-tu répondu ?

— Que tu avais deux enfants.

Elle fit semblant de lisser sa jupe et avança :

— Je suppose que cela a réglé la question ?

— Eh bien, en fait, il m'a dit qu'il ne voulait pas s'engager dans une relation durable, et que, donc, les enfants n'avaient pas d'importance.

— Quoi ! s'offusqua Hannah. Ce que vous pouvez être superficiels, vous, les hommes ! Tu vois, je préfère de loin être seule.

— As-tu jamais couché avec un autre homme que Russ ? demanda-t-il alors.

La question était si indiscrète qu'Hannah croisa instinctivement les bras et tenta de changer de sujet.

— Les Spartans vont avoir affaire à forte partie, vendredi, contre l'équipe d'Oakridge.

Sa frilosité eut l'heur d'amuser Gabe.

— Je prends cela pour une réponse négative, dit-il. Mais, franchement, il n'y a pas de quoi avoir honte.

Hannah n'avait pas honte. Elle s'était mariée jeune et avait tout donné d'elle à Russ, bien qu'elle ne fût pas vraiment amoureuse de lui. Mais parler avec Gabe de choses aussi intimes lui faisait une drôle d'impression. En sa présence, elle prenait conscience avec acuité qu'elle n'avait pas de vie sexuelle — et que cela lui manquait.

Bien sûr, songea-t-elle, il était possible que ce soit son âge plutôt que Gabe qui exacerbe sa frustration. Elle avait lu qu'une femme n'atteignait sa plénitude sexuelle qu'au-delà de trente ans. Peut-être étaient-ce ses hormones et non pas l'homme assis à côté d'elle qui étaient responsables de son éveil tardif. Et même si elle n'y croyait qu'à moitié, elle était prête à s'accorder le bénéfice du doute.

— Ne crois-tu pas, demanda-t-elle, que tu abordes là un sujet dangereux, pour un homme qui protège son intimité aussi farouchement que tu le fais ?

— Je ne vois pas pourquoi, répondit-il en haussant légèrement les épaules.

— Et si *moi* je te posais une question à laquelle tu n'aurais pas envie de répondre ?

— Que veux-tu savoir ?

Hannah fut quelque peu décontenancée. Elle ne s'attendait pas à ce qu'il relève le défi.

Elle s'éclaircit la voix… et baissa les yeux. Elle voulait savoir s'il pouvait toujours faire l'amour mais n'osait pas le lui demander. Elle avait trop peur qu'il réponde non, et ne voulait pas courir le risque de l'humilier. Et, en outre, elle ne tenait pas à devoir assumer l'éventuelle responsabilité de ce handicap supplémentaire.

— Oh, rien de spécial, répondit-elle.

— Hannah ?

Elle releva les yeux.

— Quoi ?

— Ça fonctionne encore.

C'était une excellente nouvelle, et elle ne cacha pas son plaisir.

— Tu ne peux pas savoir comme j'en suis heureuse.

Devant cette réaction, Gabe haussa les sourcils.

— Moi aussi, dit-il.

Le lendemain matin, tout en préparant le petit déjeuner, Hannah se prit à fredonner. Cela faisait une éternité qu'elle ne s'était pas sentie d'aussi bonne humeur.

Elle était en train de casser des œufs dans une poêle, quand Brent entra dans la maison avec son exubérance coutumière.

— Bonjour, m'man !

Hannah l'embrassa et mit un peu d'ordre dans ses cheveux ébouriffés. Visiblement, il n'avait pas pris la peine de se coiffer, en se levant.

— C'est Patti qui t'a ramené ? demanda-t-elle. Tu aurais dû l'inviter à entrer boire un café.

— Elle était trop pressée. Elle a dit qu'elle devait se dépêcher, ou sinon elle serait en retard à l'église.

Patti n'allait jamais à l'église. Hannah se demanda si elle était vraiment pressée, ou si, plus vraisemblablement, elle ne tenait pas à la voir.

— Est-ce que tu t'es bien amusé, hier soir, mon bébé ?

— Oui. J'ai joué à la bataille navale avec tonton Joseph, et j'ai gagné.

— C'est bien, mon amour, dit Hannah en étouffant un bâillement.

Elle n'avait pas beaucoup dormi, cette nuit. Après que Gabe l'eut ramenée, elle s'était couchée tout de suite, mais elle était restée éveillée jusqu'au petit matin à penser à lui.

— Va dire à ton frère de se lever s'il ne veut pas manquer le défilé de voitures, dit-elle à Brent.

Son petit garçon sortit de la pièce au triple galop, mais le bruit de ses pas s'arrêta brusquement dans la pièce voisine, et il lança :

— M'man, tu devrais voir la figure de Kenny !

— Tu vas voir la tienne, espèce d'abruti ! rétorqua son frère.

Elle devrait voir la figure de Kenny ? Hannah fut tellement étonnée par les paroles de Brent qu'elle ne releva pas la réponse grossière de son aîné. Elle tourna la tête au moment où ses garçons entraient dans la cuisine — et lâcha l'œuf qu'elle s'apprêtait à casser.

— Mon Dieu ! Que t'est-il arrivé ?

Kenny, encore en pyjama, s'affala sur une chaise et haussa les épaules.

— Rien du tout, maugréa-t-il. A quelle heure est-ce que papa vient nous chercher ?

Hannah entendit à peine la question. Elle était trop choquée de voir l'œil poché et la lèvre fendue de son fils.

— Comment t'es-tu fait ça, mon pauvre chéri ?

— Je me suis battu. Ça se voit, non ? marmonna-t-il.

Elle arrondit les yeux de surprise. Kenny ne se battait

jamais. En rentrant, cette nuit, elle avait jeté un coup d'œil dans sa chambre et avait été rassurée de le voir dormir. Mais il faisait trop noir pour qu'elle remarque ses blessures.

— Et avec qui t'es-tu battu ? voulut-elle savoir.

— Avec Sly Reed.

— Le cousin de Melvin Blaine ?

— Oui.

— Sly cherche toujours la bagarre, intervint Brent. Il est méchant comme une teigne.

— C'est lui qui t'a attaqué ? demanda Hannah.

— Non, répondit son fils. Mais si on parlait d'autre chose ?

— Pas question ! répliqua-t-elle. Raconte-moi ce qui s'est passé.

Kenny croisa les bras et la regarda d'un air de défi.

— C'est comme tu veux, dit-il. Tuck et moi, on est allés à l'Artic Flyer pour boire un soda, hier soir, et là, on est tombés sur Sly. Il a commencé à me faire… à m'embêter, s'empressa-t-il de corriger, et alors, je l'ai frappé. Voilà tout.

Hannah en resta un instant bouche bée. Elle ne s'attendait pas à cette réponse. C'était Sly, la brute, pas son fils !

— C'est toi qui as commencé ? s'irrita-t-elle. Mais, enfin, Kenny, comment as-tu pu faire ça ? Je te croyais plus intelligent.

— Sly n'a eu que ce qu'il méritait, m'man, grommela son fils en baissant la tête.

Son air piteux lui serra le cœur. Mais, au moins, elle reconnaissait maintenant le garçon plein de douceur qu'elle avait élevé. Pour qu'il se soit battu, elle ne doutait pas que

Sly l'avait provoqué. Kenny ne se fâchait pas facilement et n'avait jamais été un enfant à problèmes. Cela étant, elle ne comprenait pas pourquoi il ne s'expliquait pas franchement.

— Vous vous êtes battus dans la salle du snack ? demanda-t-elle pour essayer de clarifier les choses.

— Non. Sur le parking.

— Personne n'est intervenu pour vous séparer ?

— Si. M. Campbell est sorti nous dire qu'il allait appeler la police.

Harvey Campbell, le gérant de l'Artic Flyer, était un géant tout en muscles. Hannah imaginait très bien la scène : avec lui, la bagarre avait dû cesser immédiatement.

— Et vous êtes partis en courant ?

— Tu veux rire ! s'exclama Kenny. Tiffany Wheeler était là. Tu me vois m'enfuir comme un froussard ?

C'était donc une question de fierté, comprit Hannah.

— Alors, comment la bagarre s'est-elle terminée ?

— Booker Robinson et sa femme sortaient du snack. Ils m'ont séparé de Sly et m'ont reconduit à la maison.

Dieu merci ! se dit Hannah. Sinon elle aurait été obligée d'aller récupérer son fils au poste de police.

— J'ai du mal à croire que tu aies fait ça, Kenny, répéta-t-elle. Est-ce que tu lui as fait mal ?

— En tout cas, il en a pris plus que moi ! répondit-il sur un air de triomphe.

Hannah se massa les tempes d'une main lasse. Puis elle insista :

— Je serais curieuse de savoir ce qu'a dit Sly pour que tu t'énerves à ce point.

— Il a dit à Tiffany que nous allions perdre, vendredi.

— C'est tout ? s'étonna-t-elle.

— Il lui a dit que nous allions perdre à cause de moi. Que j'allais jouer comme une savate.

— Je conçois que cela ne te fasse pas plaisir, Kenny. Mais de là à le frapper !… Tu n'avais qu'à te dire que tu lui prouverais le contraire.

Les épaules de son fils s'affaissèrent.

— Tu ne comprends pas, répliqua-t-il.

Hannah ne pouvait pas le nier. Elle poussa un lourd soupir et alla prendre dans le placard le tube de granules d'arnica. Elle en compta le nombre idoine dans le bouchon, qu'elle tendit à Kenny.

— Tiens, prends ça, ordonna-t-elle. Je me demande ce que je vais dire à la mère de Sly quand…

A ce moment-là, Brent s'écria :

— Maman, les œufs brûlent !

En même temps, une odeur âcre atteignit les narines d'Hannah. Elle pivota sur ses talons, saisit la spatule pour tenter de sauver les œufs, mais il était trop tard — ils étaient déjà carbonisés. Avec un nouveau soupir, elle les jeta dans la poubelle, reposa la poêle et ouvrit la fenêtre pour aérer la pièce. Mais avant qu'elle ait pu reprendre la discussion avec son fils, la sonnette retentit.

— Si c'est papa, fit Kenny, dis-lui que je n'ai plus envie de venir.

Hannah acquiesça, tout en espérant que Russ n'insisterait pas. Elle préférait, en effet, traiter ce problème sans que son ex-mari intervienne, car, quoi qu'elle décide, elle savait d'avance que Russ en prendrait le contre-pied. Si elle punissait son aîné pour s'être battu, Russ le féliciterait de s'être comporté comme un homme. Et si elle se rangeait du côté de Kenny, son ex l'accuserait de faire ami ami avec leur fils au lieu de lui donner une bonne leçon.

— Tu as raison, reste ici, dit-elle. Je suis sûre que ton père entendra parler de la bagarre tôt ou tard, mais nous aurons au moins quelques heures de répit.

Brent la tira alors par la manche.

— Où est mon pique-nique ? demanda-t-il.

— Sur le comptoir, mon chéri.

— Merci, m'man.

Brent prit le sac en plastique et allait sortir de la cuisine, quand Kenny l'attrapa au passage.

— Attends une seconde. Où est-ce que tu vas comme ça ?

— Au défilé de voitures, grogna Brent en tentant de se dégager.

— Pas sans moi, non.

— Je vais pas le rater juste parce que tu veux pas y aller !

— Kenny, intervint Hannah, lâche ton frère.

— Mais, m'man, ça ne sera pas marrant pour lui, assura Kenny. Tu connais papa : il sera avec ses copains, et il ne fera pas attention à Brent.

Hannah le sonda du regard.

— Donc, à ton avis, ce pourrait être dangereux pour ton frère ?

— Je n'ai pas dit ça. Mais… pourquoi ne peut-il pas rester ici avec nous ?

— Parce que je veux voir les vieilles voitures, déclara Brent.

Il était enfin parvenu à se dégager, mais quand il voulut sortir de la pièce, ce fut Hannah, cette fois, qui le retint.

— Je lui ai déjà dit qu'il pouvait y aller, Kenny, expliqua-t-elle. Y a-t-il une raison pour que je change d'avis ?

Pendant quelques secondes, Hannah crut qu'il allait lui parler de la vidéo porno. Elle voyait bien qu'il en mourait d'envie. Mais quand il détourna le regard, elle comprit qu'il ne le ferait pas.

— Oh, et puis tant pis, bougonna-t-il. Je vais m'habiller et j'irai avec Brent.

— Kenny…

Il se leva sans enthousiasme et secoua la tête.

— Ça va m'man. Il n'y a pas de problème. Mais tu devrais aller ouvrir à papa avant qu'il s'énerve et se mette à crier.

Chapitre 11

En même temps que Kenny montait dans sa chambre, Hannah prit une bonne inspiration, resserra la ceinture de son peignoir et alla ouvrir.

— Ils sont prêts ? demanda Russ sans même lui dire bonjour.

Elle considéra l'homme dont elle avait partagé la vie pendant douze ans. Les excès de Russ commençaient à faire des ravages sur son physique. Il se laissait pousser le bouc, mais sa barbe naissante cachait mal son double menton. Et, en outre, elle lui donnait l'air d'un clochard.

— Brent est prêt, répondit Hannah.

Comme s'il n'attendait que ces mots, son petit garçon passa à côté d'elle comme une flèche et fila vers la jeep de son père.

Ce dernier fronça les sourcils.

— Où est Kenny ?

— Il est en train de s'habiller.

— Dis-lui de se bouger, je n'ai pas que ça à faire.

— Accorde-lui donc quelques minutes.

— Nous allons être en retard, se plaignit Russ. Je t'avais pourtant dit qu'il fallait qu'ils soient prêts.

— Considère-toi heureux que je te les laisse, répliqua Hannah. C'est mon week-end, ne l'oublie pas.

Heureusement qu'elle n'attendait pas de remerciements pour tous les petits sacrifices qu'elle faisait pour les garçons, se dit-elle, parce que Russ n'avait toujours pas digéré leur divorce.

— D'accord, d'accord ! marmonna-t-il. Tu es une sainte. Beaucoup trop bien pour moi. Je sais que c'est ce que tu penses.

Hannah se retint de répondre. Elle savait que l'hostilité qui les séparait ne ferait qu'empirer quand Russ verrait le visage de Kenny.

Dans l'espoir d'éviter une scène, elle désigna la jeep du menton.

— Tu devrais aller attendre dans ta voiture. Kenny ne va pas tarder.

— Je suis là, dit la voix de son fils derrière elle.

Et Hannah rassembla son courage en prévision de la discussion houleuse qui s'annonçait.

— Bon sang ! Qu'est-ce qui t'est arrivé ? gronda Russ quand Kenny apparut.

Hannah s'éclaircit la voix.

— Il s'est battu, hier soir.

— Avec qui ?

— Sly Reed.

— Sly Reed ? répéta Russ.

Il cligna plusieurs fois des yeux, avant de froncer les

sourcils et de pincer les lèvres. Puis il dit à Kenny d'un ton sans réplique :

— Monte dans la voiture.

Et il tourna le dos à Hannah.

Elle n'en revint pas. Il partait ? Sans lui faire de scène ?

Elle comprit soudain qu'elle ne savait pas tout. Kenny ne s'était jamais battu, et pourtant, Russ n'avait posé aucune question. Il avait failli étouffer de colère, visiblement, mais était parti sans un mot. Pour quelle raison ?

Avant de monter dans la jeep, Kenny la regarda. Elle leva la main pour lui dire au revoir, mais son air affligé la figea. Tout à l'heure, elle avait cru qu'il voulait rester à la maison parce qu'il n'avait pas très envie d'entendre ce que son père aurait à dire à propos de la bagarre — et peut-être aussi parce qu'il hésitait à se montrer en public avec un œil poché et une lèvre fendue. Maintenant, elle se demandait ce qu'il y avait de plus dans cette histoire.

Regrettant d'avoir laissé les garçons à Russ, Hannah l'appela pour qu'il s'arrête, mais il fit semblant de ne pas l'entendre et partit. Un instant, elle fut tentée de sauter dans sa voiture et de se lancer à la poursuite de son ex, mais le souvenir de l'accident l'en dissuada.

Elle se contenta de suivre la jeep des yeux en se tenant des propos rassurants. Les enfants étaient avec leur père un week-end sur deux ; un jour de plus ne ferait pas de différence. Ils allaient juste voir un défilé de voitures anciennes, et ils seraient rentrés ce soir… Mais rien ne put apaiser l'inquiétude qu'Hannah éprouvait pour Kenny. Son fils aîné n'était plus lui-même depuis plus d'une semaine, et elle était à peu près sûre, maintenant, que Russ n'y était pas pour rien.

Depuis cinq bonnes minutes, Gabe parcourait les allées du supermarché Finley sans trouver son bonheur. D'habitude, quand il descendait en ville faire ses courses, il n'achetait que le strict nécessaire, et cela lui prenait peu de temps. Ses légumes et ses fruits provenaient de son jardin, et, une fois l'an, il achetait un demi-bœuf que le boucher découpait et empaquetait pour qu'il le congèle. Mais, aujourd'hui, le problème était différent : Hannah avait demandé des produits que l'on ne trouvait pas facilement à Dundee — du caviar, par exemple —, et Gabe était bien décidé à la prendre au mot.

Mais où était donc caché ce caviar, nom d'un chien ? De guerre lasse, il abandonna provisoirement ses recherches et se dirigea vers le rayon des boissons. Car si sa cave était pourvue en vins de toutes sortes, elle n'abritait pas de champagne.

Il était en train de regarder les étiquettes, quand la propriétaire du magasin, Marge Finley, s'arrêta à côté de lui, légèrement essoufflée. Il faut dire qu'elle trottait derrière son fauteuil depuis qu'il était arrivé mais qu'elle avait du mal, à cause de son poids excessif, à suivre son rythme. Pour être honnête, Gabe avait essayé de la semer. Elle lui avait déjà demandé à plusieurs reprises si elle pouvait l'aider, mais il tenait à faire ses courses lui-même.

— Est-ce que je peux faire quelque chose pour vous ? demanda-t-elle une nouvelle fois.

— Non, merci, répondit Gabe tout en sélectionnant une bouteille qu'il déposa dans son panier.

Puis il fit pivoter son fauteuil roulant et repartit à la recherche du caviar.

— C'est un excellent choix, observa-t-elle, encore à sa hauteur.

Gabe accéléra l'allure, mais Marge continua de le suivre. Et toujours pas de caviar en vue… Finalement, il se dit qu'il serait plus intelligent de se faire aider s'il ne voulait pas passer la journée dans ce supermarché.

— En fait, dit-il en stoppant, je cherche du caviar. Est-ce que vous en avez ?

Marge dut reprendre son souffle avant de répondre :

— Nous n'en avons pas, mais je peux vous en commander, si vous le désirez. Cela ne prendra que deux ou trois jours.

— Non, déclina Gabe. C'était pour aujourd'hui. Mais peut-être avez-vous des fraises nappées de chocolat ?

Marge Finley ne chercha pas à cacher sa surprise.

— Vous, vous devez avoir quelque chose à fêter. D'habitude, vous n'achetez que du liquide vaisselle ou de la nourriture pour chiens.

— Pas du tout, répliqua-t-il. J'ai juste une brusque envie de sucreries.

— Je vois… Mais j'ai bien peur que nous n'ayons pas non plus de fraises nappées de chocolat. C'est un produit qui s'abîme trop vite.

Gabe commença à se dire qu'il était heureux d'avoir des steaks dans son congélateur.

— Ça ne fait rien, mentit-il. Merci quand même.

Il allait repartir, mais Marge le retint.

— Vous pourriez les préparer vous-même, puisque nous avons des fraises, parmi nos fruits.

— Comment faut-il faire ?

— Eh bien, d'abord, il vous faut laver vos fraises et les sécher. Puis vous faites fondre au micro-ondes une tablette de chocolat au lait en y ajoutant une cuillerée d'eau. Après ça, vous remuez votre chocolat jusqu'à ce qu'il soit homogène, et il ne vous reste plus qu'à y plonger vos fraises. N'oubliez pas de les placer dans du papier paraffiné quand vous aurez fini. Et si vous voulez ajouter une petite fantaisie, faites-le avant que le chocolat ait tout à fait pris.

— Qu'entendez-vous par « petite fantaisie » ?

— Oh, vous pouvez les saupoudrer de noix de coco ou de chocolat blanc, par exemple.

Mmm... Marge Finley avait l'air d'être experte en desserts, se dit Gabe. Et la recette ne paraissait pas compliquée.

— Avez-vous des fraises assez grosses ? s'informa-t-il.

— Je pense que nous avons ce qu'il vous faut, oui.

— C'est parfait.

Gabe commença à se diriger vers le rayon fruits et légumes, mais Marge le surprit avec une pointe de vitesse.

— Attendez ! Je vais me charger de tout ça.

Rien ne changeait jamais, philosopha Gabe. Quand les gens ne s'écartaient pas comme s'ils avaient peur que son fauteuil les morde, ils voulaient en faire trop pour lui. Mais, au moins, il serait débarrassé de Marge pour un moment. Et, donc, au lieu de rejeter son offre, il alla l'attendre près de la caisse principale, souriant aux clients qui le dévisageaient en passant.

Lorsqu'elle revint, elle soufflait comme si elle venait de courir un cent mètres, mais elle arborait un large sourire.

— Voilà. Je crois que j'ai tout, annonça-t-elle.

Tandis qu'elle passait derrière la caisse pour enregistrer ses achats, Gabe contempla le seau de bouquets qu'il avait remarqué pendant qu'il attendait. Il se demanda depuis combien de temps on n'avait pas offert de fleurs à Hannah, Russ n'étant pas du genre à le faire. Mais il n'était pas sûr qu'un bouquet serait une bonne idée. Il ne voulait pas susciter des commérages qui mettraient la ville en émoi.

— Y aura-t-il autre chose ? demanda Marge tout en tapant sur son clavier.

Le regard de Gabe se posa sur les préservatifs. Dans la plupart des magasins, ils étaient aisément accessibles, mais, voilà deux ans, les Finley avaient décidé de les enfermer dans une vitrine, derrière la caisse principale. Ils entendaient ainsi protéger la jeunesse de Dundee du péché, mais, depuis, le nombre d'adolescentes enceintes avait crû de façon vertigineuse — et Gabe trouvait curieux que personne ne semblât en avoir compris la raison.

— Cela nous fait soixante-dix-huit dollars et quatorze cents, dit Marge avant que Gabe ait répondu à sa question.

Il reporta son attention sur les préservatifs. Pour la première fois depuis trois ans, il avait envie d'en acheter une boîte. Mais il venait de rejeter les fleurs par crainte des commérages. S'il achetait des préservatifs ici, Marge décrocherait son téléphone dès qu'il serait sorti du magasin…

Restait le drugstore. Mais la situation ne serait guère différente…

Seigneur, qu'il était fatigué de l'intérêt qu'il suscitait dans cette ville ! Parfois, il était tenté de déménager, mais où irait-il ? S'il ne voulait pas qu'on le reconnaisse, il devrait partir à l'étranger. Et il n'y tenait pas.

Gabe repensa à cette fièvre qui lui troublait les sens, depuis quelque temps. Au nombre de fois où il avait eu envie de faire l'amour, au cours des derniers jours…

C'était seulement passager, décréta-t-il. Rien dont il doive se préoccuper. Son corps commençait à s'adapter à son état, voilà tout. Mais cette idée l'effrayait plus que tout, car il ne pouvait accepter ce qui lui était arrivé, ne pouvait trop s'adapter — sinon, dans vingt ans, il serait encore dans ce maudit fauteuil roulant.

« Laisse tomber les préservatifs », lui dit la voix de sa conscience.

Puis il se décida enfin.

— Donnez-moi l'hortensia bleu qui est derrière vous.

Une plante en pot n'avait rien à voir avec une douzaine de roses, n'est-ce pas ? Pourtant, Marge le considéra avec des yeux ronds.

— Vous voulez *vraiment* acheter cet hortensia ?

Heureusement qu'il n'avait pas demandé des préservatifs, se félicita Gabe.

— Pourquoi ? Il n'est pas à vendre ?

— Euh…, si, bien sûr.

Marge se leva pour atteindre le pot, le mit sur le tapis roulant et reprit sa place.

— Cela nous fera donc cent vingt-trois dollars et soixante cents, annonça-t-elle.

Gabe sortit son portefeuille et en tira deux billets flambant neufs de cent dollars. Mais ces satanés préservatifs semblaient le narguer. Si seulement les habitants de Dundee étaient plus discrets…

« Oh, et puis zut ! se rebella-t-il *in petto*. Qu'ils cancanent donc, s'ils veulent cancaner. »

— Et je prendrai aussi un paquet de ces trucs-là, ajouta-t-il.

Marge hésita, puis elle se retourna pour voir ce qu'il montrait du doigt. Quand elle prit conscience de ce qu'il voulait, les yeux lui sortirent littéralement des orbites et sa mâchoire parut se décrocher.

— Ç… *Ça* ? balbutia-t-elle.

— Je suis majeur, rétorqua Gabe. Je peux vous montrer une pièce d'identité, si vous le désirez.

— Heu… Eh bien, oh, non, ce ne sera pas nécessaire.

Le visage écarlate, elle sortit un trousseau de clés de la poche de sa blouse et chercha celle qui ouvrait la vitrine.

— Voulez-vous le, euh…, modèle standard, ou…

Puisqu'il n'échapperait pas aux commérages, autant faire les choses en grand, se dit Gabe.

— Donnez-moi les extralarges, je vous prie.

Marge posa la boîte devant lui, puis elle entreprit maladroitement de refermer la vitrine. Gabe s'apprêtait à lui demander si elle ne pourrait pas faire cela plus tard, quand une voix féminine s'éleva dans son dos.

— Je me demande bien qui est l'heureuse élue, Gabe.

Il se retourna brusquement. Lorsqu'il vit qu'il s'agissait de Deborah Wheeler, un juron faillit lui échapper. Il y avait environ six mois, il était tombé sur elle à la station-service. Elle était venue lui dire qu'ils avaient été au lycée ensemble. Gabe ne s'en souvenait pas mais, par courtoisie, il ne le lui avait pas dit. Ils avaient discuté un moment de choses et d'autres, puis étaient partis chacun de son côté. Il n'aurait jamais cru que cette simple rencontre se transformerait en cauchemar. En effet, elle s'était mise à lui téléphoner tous les jours, persistant à l'inviter à sortir avec elle malgré ses refus réitérés.

Finalement, au bout de trois semaines, Gabe lui avait dit franchement qu'une relation avec elle ne l'intéressait pas — et Deborah avait très mal pris la chose. Après quelques mots bien sentis, elle avait raccroché, mais ne s'était pas arrêtée là. Elle lui avait adressé deux lettres virulentes, dans lesquelles elle l'accusait de se croire supérieur aux autres et assurait qu'il se mordrait les doigts de l'avoir rejetée.

En bref, ce n'était pas le genre de personne qu'il aurait souhaité rencontrer aujourd'hui, avec cette boîte de préservatifs devant lui.

— A moins, reprit-elle avec un éclat pervers dans le regard, que tu achètes ces… choses pour quelques garçons de l'équipe de football. Compte tenu de ton état, ce serait plus logique.

A ces mots, Gabe sentit monter en lui une bouffée de

colère mêlée d'humiliation, mais il parvint à ne pas lui offrir le spectacle qu'elle attendait si ostensiblement.

— Je suis tout aussi heureux que toi de te revoir, Deborah, dit-il d'une voix calme.

Marge intervint alors, l'air soucieux.

— Est-ce vraiment pour les garçons, Gabe ? Enfin…, ils sont trop jeunes, comprenez-vous ? C'est d'ailleurs pour cette raison que nous avons mis ce produit-là dans une vitrine.

Voyant que Marge la croyait, Deborah arbora un sourire de triomphe. Mais Gabe répondit d'un air enjoué :

— Ne vous inquiétez pas. J'aurai utilisé cette boîte pour mon propre usage avant demain matin.

Tandis que la bouche de Deborah formait un « O » de surprise indignée, Marge rougit et pouffa de rire. Visiblement, elle appréciait sa réponse.

Gabe prit sa monnaie et ses achats et se dirigea vers la sortie en lançant :

— Je vous souhaite une bonne journée, mesdames.

— Pour qui est cet hortensia ? demanda alors Deborah.

Gabe ne répondit pas. Il regrettait déjà de l'avoir acheté.

Sur la route qui menait au chalet, Hannah songea qu'elle était heureuse d'aider Gabe. Laver ses vitres faisait partie des petits services qu'elle pouvait lui rendre pour lui faciliter la vie. Cela dit, elle avait hésité à partir de chez elle. Il était déjà 15 h 30, et il était possible que Russ ramène les garçons avant qu'elle soit rentrée, ce qu'elle ne souhaitait pas. Mais elle s'était dit qu'il était tout aussi concevable qu'il les garde jusqu'après le dîner. Le problème, avec Russ, c'est qu'il était imprévisible.

Hannah avait d'abord été retardée par la mère de Sly, qui l'avait appelée pour se plaindre du comportement de Kenny. Mme Reed avait soutenu que ce dernier avait attaqué son fils sans aucun motif, et avait prévenu Hannah qu'elle devrait régler la facture pour les points de suture que l'on avait dû poser à Sly. Cette dépense imprévue tracassait Hannah, mais moins que l'attitude de Kenny. Pourquoi avait-il frappé Sly ? ne cessait-elle de se demander. Elle avait essayé de joindre Tuck pendant deux heures, dans l'espoir que le meilleur ami de son fils pourrait éclairer sa lanterne, mais on était dimanche, et lui et sa mère avaient dû sortir. En tout cas, ils n'avaient pas répondu à ses coups de fil, lesquels expliquaient aussi qu'Hannah soit partie si tard de chez elle.

Quand elle s'engagea sur le chemin qui conduisait chez Gabe, ses pneus écrasèrent des pommes de pin, et l'odeur résineuse des grands arbres de la forêt emplit ses narines, lui faisant pour un temps oublier ses soucis. Alors qu'elle s'arrêtait, la vue de son fauteuil, sous la véranda, lui tira un sourire. Bientôt, ce meuble serait chez elle, et elle pourrait l'admirer tout à loisir.

Quelques instants plus tard, Hannah frappa à la porte, puis se retourna pour contempler le paysage. A cause de la brise légère qui s'était levée, il faisait plus frais, aujourd'hui, qu'au cours de la semaine écoulée. Elle se vit passer Noël dans ce chalet qu'aurait blanchi la neige et songea que ce serait merveilleux.

Puis elle trouva bizarre que Lazare n'ait pas aboyé. Et que Gabe ne lui ait pas encore ouvert. Où était-il donc ? Il savait pourtant qu'elle devait venir, et son break était garé devant le garage…

Hannah frappa de nouveau, plus fort, mais en vain. Finalement, elle sortit de la véranda, poussa le portillon, et, après quelques pas, entendit le grincement aigu d'une scie circulaire. Comme de bien entendu, Gabe travaillait dans son atelier.

Parvenue derrière la maison, elle trouva Lazare couché sur la terrasse, à une distance prudente du bruit. En la voyant, il se redressa en remuant la queue mais ne s'approcha pas quand elle se dirigea vers l'atelier. A l'intérieur, Gabe, assis dans son fauteuil roulant, lui tournait le dos. Il avait chaussé des lunettes protectrices et était en train de scier un madrier de chêne.

— Bonjour ! lança Hannah.

Mais il ne l'entendit pas.

Quand elle estima qu'elle pouvait le faire sans risque, elle posa la main sur son épaule. Gabe éteignit aussitôt sa scie, plongeant l'atelier dans un brusque silence. Il souleva ses lunettes et leva les yeux vers elle, mais il ne sourit pas, ne la salua même pas. D'une voix morne, il lui dit :

— Tu trouveras de quoi laver les vitres dans la cuisine. La porte n'est pas verrouillée.

Hannah eut un temps d'hésitation. A l'évidence, quelque chose n'allait pas. Après qu'ils euent parlé si librement, hier soir, qu'il eut plaisanté avec elle, ce changement d'humeur la déconcertait et la désolait.

— Ça ne va pas ? demanda-t-elle.

— Mais si, très bien.

Ce n'était pas vrai. La tension qui l'habitait était presque palpable.

Mais Hannah se reprit. Que Gabe montre ses émotions n'avait rien d'anormal. Elle préférait cela au masque d'indifférence qu'il affichait jusque très récemment.

— Quelque chose te tracasse, insista-t-elle. Que s'est-il passé, depuis hier soir ?

— Rien du tout.

— S'agit-il de ton père ?

A cette question, Hannah sentit les muscles de l'épaule de Gabe se contracter — juste avant qu'il se dégage de sa main.

— Il vaut mieux que tu rentres chez toi, dit-il. Les vitres…, le dîner, ce sera pour une autre fois.

— Le dîner, d'accord, répliqua-t-elle. Mais je peux toujours faire les vitres.

— Je ne veux pas que tu les fasses.

— Pour quelle raison ?

Gabe ne répondit pas.

— Pourquoi ne te confies-tu pas ? demanda-t-elle avec douceur. Il nous arrive à tous d'avoir nos peines, de temps en temps.

Comme si les paroles d'Hannah avaient atteint un point sensible, Gabe grimaça.

— Je n'ai pas eu le temps de préparer le dîner, dit-il.

Il tira un billet de vingt dollars de son portefeuille et le lui tendit.

— Tiens, tu t'achèteras quelque chose à manger, à Dundee.

— Mais je ne veux pas de ton argent ! s'insurgea Hannah.

— Parfait.

Il jeta le billet sur une table qui se trouvait à proximité et remit la scie en marche. Le chien, qui s'était rapproché, regagna aussitôt la terrasse.

Hannah soupira d'impuissance. Elle voulait aider Gabe mais ne savait comment s'y prendre. Il lui avait demandé de partir, mais si elle le faisait, elle sentait qu'elle ne le reverrait pas — sauf, peut-être, en tant qu'entraîneur de Kenny. Elle voyait bien, en effet, qu'il essayait de s'isoler de nouveau, de reprendre ses distances avec elle.

— Gabe…

Il tourna brusquement le visage vers elle.

— Mais, bon sang, je t'ai dit…

— J'ai très bien entendu ce que tu m'as dit ! cria-t-elle pour couvrir le bruit de la scie. Mais je ne m'en irai pas. Je souffre trop de te voir aussi malheureux pour partir en te laissant dans cet état.

Gabe arrêta la scie et considéra Hannah d'un regard brûlant de colère. Elle sentit son estomac se nouer, mais elle ne regrettait pas ses paroles. S'il ne voulait pas s'arracher à son amertume pour son propre bien, peut-être finirait-il par le faire pour elle.

— S'il te plaît…, implora-t-elle.

Il secoua la tête. Visiblement, elle lui en demandait trop.

Pourtant, Hannah ne voulait qu'apaiser sa souffrance, comme elle l'aurait fait pour Brent ou Kenny. Rassurer Gabe, et se conforter ainsi dans l'espoir qu'ils pouvaient dépasser ensemble le traumatisme qui résultait de l'accident. Mais quand elle se pencha pour lui déposer un baiser sur le front, elle fut stupéfaite de tomber sur ses lèvres. Avait-elle changé de cible au dernier moment ou était-ce lui qui avait bougé ? Hannah n'en avait pas une conscience très nette. Quoi qu'il en soit, elle l'embrassait, à présent, comme si sa vie en dépendait.

Chapitre 12

Il y avait une éternité que Gabe n'avait pas embrassé une femme. Au contact d'Hannah, la colère qui couvait en lui depuis qu'il était sorti du supermarché se transforma en raz-de-marée. Puis elle ouvrit les lèvres devant l'assaut impatient de sa langue, et la passion avec laquelle elle réagit parut enflammer cette colère. Gabe eut envie de la mordre, de lui infliger une souffrance égale à celle qu'il ressentait, de la punir, de la frapper. Mais cela ne dura que l'espace d'un instant. Presque immédiatement, la colère et tout le reste furent happés par un maelström de désir, et il ne pensa plus qu'à se fondre en elle. Il se vit la prendre encore et encore, et, sous le flot d'images qui envahissait son esprit, le corps de Gabe tout entier se tendit…

Dans la part de conscience qui lui restait, il se dit que sa réaction était rien de moins que bestiale. Même Lazare, qui les regardait faire en aboyant, paraissait le sentir. Or, il ne pouvait plus, aujourd'hui, se comporter avec une femme avec la même insouciance que par le passé, ni prendre l'amour physique — ou toutes les choses naturelles de la vie — à la légère. Depuis son accident, le simple fait de respirer avait un sens qu'il n'avait pas auparavant.

Hannah plongea les doigts dans ses cheveux et pressa plus fort les lèvres contre les siennes. Leurs langues se lancèrent dans une joute sensuelle, et l'abandon avec lequel elle se livrait à Gabe faillit lui faire perdre toute retenue. Il songea distraitement que sa bouche avait un goût de neige parfumée au chewing-gum... Il voulait embrasser les seins qu'il avait eu tout le loisir de contempler, hier soir, à travers sa blouse, l'emmener dans sa chambre...

Mais il savait qu'elle ferait tout pour expier sa faute. Qu'elle irait jusqu'à faire l'amour avec lui.

Et comment pourrait-il accepter cela ?

Lorsque Gabe la repoussa, Hannah dut s'appuyer à un tréteau pour ne pas tomber. Elle avait les jambes en coton. Mais, avant tout, elle se sentait frustrée. Elle mourait d'envie de le serrer de nouveau contre elle, de caresser la moindre parcelle de son corps, de sentir son souffle sur sa peau... Jamais elle n'avait embrassé un homme avec une telle passion. Et elle était loin d'être satisfaite.

Au bout de quelques instants, Hannah se sentit obligée de rompre le silence embarrassé qui s'était installé entre eux — mais elle ne savait trop que dire.

— Je... Je n'avais pas l'intention de t'embrasser, murmura-t-elle. Je suis désolée si cela t'a mis mal à l'aise.

— Mal à l'aise ? répéta Gabe avec un petit rire sans joie. Ce n'est pas vraiment le bon terme.

Hannah avait du mal à reprendre son souffle, à ralentir les battements de son cœur.

— Quoi, alors ? demanda-t-elle.

— Si tu veux tout savoir, je ne pense pas que ce soit une bonne idée que tu sois là. Ni que tu me prépares mes repas ou que tu laves mes vitres.

— Et pourquoi donc ? répliqua Hannah. En échange des repas, tu vas me donner un fauteuil qui coûterait au moins deux mille dollars dans un magasin. Quant aux vitres…, cela me fait plaisir de t'aider.

— Mais tu ne me dois rien ! rétorqua Gabe à brûle-pourpoint. Est-ce que tu crois que je n'ai jamais dépassé une voiture à la légère ? C'était un accident, Hannah. Ç'aurait pu arriver à n'importe qui. Pourquoi ne veux-tu pas le comprendre ?

— Mais qui te dit que je ne suis pas là parce que j'en ai envie, tout simplement ? Avec le nombre de femmes qui se jetaient dans tes bras, il n'y a pas si longtemps, cela ne devrait pas te surprendre.

— Ne dis donc pas de bêtises. Je sais parfaitement que tu es là à cause de l'accident.

Hannah en était moins sûre que lui. La culpabilité n'expliquait pas tous les sentiments qu'elle ressentait pour Gabe.

— Je ne nie pas que l'accident ait une influence sur mon comportement, mais ce n'est pas aussi simple que…

— Exactement, coupa Gabe. Il n'y a plus rien de simple, désormais. J'ai l'impression d'être le jouet de mes émotions. D'abord, je suis fou de colère, et l'instant d'après…

Il secoua la tête en soupirant, et demanda :

— Que se serait-il passé si je n'avais pas mis fin à notre baiser ?

— Nous serions en train de faire l'amour, Gabe, répondit-elle, les yeux rivés aux siens. Est-ce que ce serait si horrible que ça ?

Il la regarda bouche bée, puis la prévint :

— Hannah, tu ne sais pas où tu mets les pieds. Tu ne me connais pas vraiment.

— Nous avons grandi dans la même ville, nous sommes allés au lycée ensemble, nous nous sommes embrassés au cours d'une fête, voilà vingt ans… Je connais ta famille, la plupart de tes amis… En fait, je crois te connaître mieux que tu ne le penses.

— Je ne vais pas passer ma vie dans ce fauteuil roulant, Hannah, insista-t-il. Je ne veux pas d'une relation facile qui me permettrait de me laisser vivre en oubliant mon handicap.

— Mais il n'est pas dans mes intentions de jouer les gardes-malades, repartit Hannah. Et je ne tiens pas à ce qu'une relation suivie vienne bouleverser ma vie familiale. Je dois penser à mes enfants.

Gabe la contempla un instant, l'air pensif. Mais elle n'aurait su dire si les paroles qu'elle venait de prononcer lui convenaient ou pas.

— Il y a autre chose, dit-il enfin. Mon corps pourrait me trahir. Tenter de faire l'amour pourrait tourner au fiasco. Ce serait humiliant et frustrant. Tu aurais tort de m'y pousser, et j'aurais tort de te laisser faire. Bon sang…, je n'ai pas touché de femme depuis l'accident. Je n'ai aucune idée de ce qui pourrait se produire.

— Cela ne me fait pas peur, Gabe, assura Hannah.

Ce serait différent si elle n'éprouvait pour lui que du remords et de la pitié, songea-t-elle. Mais ce n'était pas le cas. Cela dit, elle se refusait à donner un nom à ses sentiments. A quoi bon, puisqu'elle n'avait pas le droit de tomber amoureuse ?

Gabe déglutit péniblement. Un instant, elle crut bien qu'il allait céder, mais il finit par secouer la tête.

— Arrête, Hannah. Tu ne sais pas à quoi tu t'exposes.

— Pour qui crains-tu le plus ? demanda-t-elle alors. Pour moi ou pour toi ?

Sa question sans détour parut surprendre Gabe. Il la fixa pendant plusieurs secondes, puis une lueur quelque peu inquiétante fit briller son regard.

— Tu l'auras voulu, lança-t-il. Viens ici.

Hannah retint son souffle. Son cœur se mit à battre la chamade tandis qu'elle avançait d'un pas. Elle se dit bêtement que, au moins, Gabe serait muet comme une tombe à propos de ce qui allait se passer — et qu'elle serait tout aussi discrète. Que les garçons n'en sauraient rien et les magazines people non plus. Gabe et elle allaient partager une aventure mutuellement profitable, romantique et secrète. Elle se sentirait *vivre*, de nouveau ; elle se sentirait *femme*, et plus seulement mère. Et Gabe saurait enfin ce qu'il pouvait faire et ne pas faire ; il apprendrait de quoi son corps était capable. A partir de là, il pourrait s'adapter et…

— Hannah ?

Elle revint au présent, relâcha son souffle.

— Quoi ?

— Déboutonne ta chemise.

Comme si l'affaire l'intéressait au plus haut point, Lazare choisit ce moment pour venir s'asseoir à côté de Gabe, et fixa les yeux sur Hannah.

— Ici ? fit-elle d'une voix faible.

Gabe opina du chef.

— Et si quelqu'un nous surprenait ?

— Personne ne monte jamais chez moi, à part Mike. Or, nous sommes dimanche. Il est avec sa femme.

— Bien.

Hannah avait la bouche sèche. Gabe ne se rendait pas compte, manifestement, qu'elle n'avait jamais fait cela. Elle aurait préféré qu'il la déshabille dans sa chambre, et après avoir éteint la lumière. A vrai dire, elle avait un peu honte de faire un strip-tease devant lui.

Prenant sur elle, elle commença tout de même à déboutonner sa chemise, mais ses mains tremblaient trop pour que le spectacle soit aussi sensuel que ce qu'elle aurait souhaité.

— Je crois que j'ai le trac, avoua-t-elle. Je… Je n'ai plus un corps de vingt ans.

A ces mots, Gabe haussa les sourcils.

— Je suis dans un fauteuil roulant, et c'est tout ce que tu trouves à dire ?

— Tu as connu tellement de femmes au corps de rêve que j'ai peur de te décevoir, fit-elle valoir.

— Je te trouve très belle, Hannah, assura-t-il. Oublie donc les femmes que j'ai connues. Elles n'ont aucune importance.

Hannah se mordit les lèvres et se remit à déboutonner sa chemise. Gabe était tout proche, mais elle n'osait pas croiser son regard. Elle avait trop peur de paniquer. Certes, il y avait longtemps qu'il n'avait pas fait ça, mais il devait tout de même regretter que ce ne soit pas Ashleigh, Michelle ou Jessica qui se déshabillent devant lui. Elles avaient toutes les trois des corps de déesses et connaissaient toutes les ficelles de la séduction. Elle devait être folle pour se comporter ainsi. Surtout en ce moment, avec les problèmes que lui posait Kenny et tout ce qu'elle avait en tête…

Hannah se dit soudain qu'il fallait qu'elle parte. Elle cacha ce qu'elle venait de dévoiler, ouvrit la bouche pour dire à Gabe qu'elle avait réfléchi…, mais juste à ce moment-là, il posa la main sur les siennes.

— Détends-toi, d'accord ? lui dit-il.

Et il défit lui-même le dernier bouton.

Elle envisageait encore de faire marche arrière — quand il écarta les pans de sa chemise. Alors, ce qu'elle lut dans ses yeux lui embrasa le corps, au point qu'elle ne put plus reculer. Jamais un homme ne l'avait regardée avec une telle fascination.

— C'est ta dernière chance de changer d'avis, l'avertit-il.

Pour toute réponse, elle se débarrassa de sa chemise et noua les bras autour du cou de Gabe. Aussitôt, il lui effleura le ventre de ses lèvres et posa les mains sur ses seins.

C'était si bon qu'Hannah aspira l'air entre ses dents serrées, et Gabe l'entendit, sans doute, car il s'écarta d'elle pour la gratifier du plus radieux des sourires qu'elle lui ait jamais vus.

— Je ne veux pas que tu aies quelque regret que ce soit, dit-il en faisant courir ses doigts sur la dentelle du soutien-gorge. Tu es bien d'accord pour que nous fassions ça, n'est-ce pas ?

Hannah était parcourue de frissons délicieux.

— Ça, et même beaucoup plus, répondit-elle en se penchant sur ses lèvres.

— Je suis tout prêt à négocier, assura-t-il.

En même temps, il l'attira doucement sur ses genoux et lui prit la bouche avec avidité. Elle répondit à son baiser avec une égale passion, puis gémit de plaisir quand il fit courir ses lèvres le long de son cou, jusqu'à l'arrondi de ses seins.

— Et si tu quittais ton T-shirt ? suggéra-t-elle d'une voix déjà rauque.

Il le retira sans se faire prier et le laissa tomber d'un geste désinvolte. Lazare suivit sa chute des yeux, avant de pousser un aboiement approbateur qui fit pouffer Hannah.

— Qu'y a-t-il ? demanda Gabe.

— Ton chien nous regarde.

— Ne t'occupe pas de lui, répondit-il. C'est un voyeur inoffensif.

Hannah éclata de rire. Elle se sentait toute petite par rapport à Gabe, dont elle pouvait admirer, maintenant, la musculature puissante. Il avait un corps encore plus beau que ce qu'elle avait imaginé. Elle lui embrassa l'épaule, testa ses abdominaux et sourit.

— Félicitations…

Gabe lui ôta son soutien-gorge, et Lazare poussa un nouvel aboiement d'encouragement en le voyant tomber sur le T-shirt de son maître. Mais, cette fois, Hannah l'entendit à peine, car Gabe avait entrepris de lui caresser les seins. Quand il en mordilla doucement une pointe, elle sursauta.

— Mmm… Cela faisait longtemps.

Elle sentit le sourire de Gabe contre sa poitrine.

— Il est des choses qui valent la peine que l'on patiente pour elles, dit-il. Et j'ai comme l'impression que c'est le cas avec toi.

Hannah le regarda, croyant qu'il plaisantait, mais non : il paraissait sincère. Pour la première fois, il semblait vulnérable mais confiant, totalement ouvert à elle. Elle se promit alors de faire en sorte qu'il ne regrette rien. Pour lui, c'était un nouveau départ. Si tout se passait bien, il y avait des chances qu'il sorte enfin vraiment de sa réclusion et reprenne une vie active, sur tous les plans…

A l'idée qu'il pourrait faire l'amour avec une autre, Hannah ressentit un pincement au cœur. Puis elle se répéta que seul le bonheur de Gabe importait. Gabe était comme un oiseau blessé. Quand elle l'aurait guéri, il faudrait qu'elle le relâche. Après ce qu'elle lui avait fait, elle ne le méritait pas.

Fondant sous ses caresses, Hannah se demanda ce qu'elle deviendrait lorsqu'il aurait repris sa liberté. Il était son soleil, le feu qui coulait dans ses veines, l'air qu'elle aspirait entre les dents…

Se méprenant sur la cause d'un frisson, Gabe la serra dans ses bras, peau contre peau, et Hannah décréta *in petto* qu'elle n'avait jamais connu de sensation plus agréable.

— Tu as froid, observa-t-il. Il vaut mieux que nous rentrions.

Gabe avait pris toutes sortes d'anxiolytiques, dans les semaines qui avaient suivi l'accident. Il en avait même abusé pendant quelques mois quand il avait compris qu'il ne recouvrerait pas l'usage de ses jambes aussi vite qu'il l'avait espéré. Mais il n'avait jamais connu le genre d'euphorie qu'il avait éprouvée en faisant l'amour avec Hannah. Déjouant les difficultés potentielles qu'il avait envisagées, ils avaient trouvé instinctivement quelles positions adopter. Et il avait pris grand plaisir à la regarder le chevaucher, à suivre les émotions qui s'inscrivaient sur son visage.

Hannah faisait l'amour avec son cœur plus qu'avec son corps, ce qui donnait un sens nouveau à l'expérience. Et bien qu'il ne sente pratiquement plus ses jambes, le reste de son corps, en compensation, était devenu plus sensible aux caresses. Il avait senti le moindre effleurement des mains, des lèvres ou de la langue d'Hannah sur sa peau comme s'il avait pris quelque drogue qui aurait amplifié ses sensations.

Gabe était heureux d'avoir acheté des préservatifs. Ils n'en avaient utilisé qu'un seul, mais ils avaient fait l'amour longtemps, et tous deux avaient atteint l'extase.

Le soleil était bas dans le ciel. Tout en le contemplant, Gabe caressait doucement le bras d'Hannah qui somnolait, comblée, à côté de lui. Il aimait cette époque de l'année où les jours raccourcissent, où l'été se prépare à céder la place à la saison suivante. Pour quelque raison, l'automne lui procurait un renouveau d'espoir. Il se disait que s'il travaillait assez dur pendant l'hiver, il pourrait peut-être remarcher au printemps.

Hannah se serra un peu plus contre lui. Sa douceur, la promesse d'autres moments semblables à celui-ci — peut-être serait-il bien avisé de s'en contenter, songea Gabe. Peut-être était-il temps qu'il devienne un peu plus réaliste quant à ses chances de recouvrer l'usage de ses jambes.

« Tu t'es fait des illusions, chuchota une petite voix dans sa tête. C'est fini, Gabe. Tu ne sortiras jamais de ton fauteuil roulant. Mieux vaut trouver quelqu'un qui supportera de vivre avec une moitié d'homme. Mieux vaut te ranger avant que tu n'aies plus rien à… »

Faisant taire cette voix insidieuse, Gabe couvrit Hannah avec le drap et se poussa du côté du lit où était son fauteuil. En s'y installant, il se demanda avec quelque amertume s'il pouvait entamer une relation durable, alors qu'il avait si peu de lui-même à donner.

C'est alors qu'Hannah murmura son nom.

— Repose-toi, lui dit-il. Je vais préparer le dîner.

— C'était fantastique, fit-elle d'une voix douce.

Gabe sourit de plaisir et de fierté. C'était fantastique, en effet. Quand il y repensait, il se rendait compte que, cet après-midi, Hannah et lui avaient créé l'unique souvenir de ces trois dernières années qu'il ait envie de conserver.

Chapitre 13

Quand Hannah ouvrit les yeux, il faisait nuit. Pendant un instant, elle se demanda où elle était. Elle n'avait pas l'habitude de se réveiller dans un lit qui n'était pas le sien. Elle sentit son estomac se nouer, puis elle tourna le visage contre l'oreiller et reconnut l'odeur de Gabe. Alors, elle s'étira langoureusement en souriant — et se souvint soudain de ses garçons.

Quelle heure pouvait-il être ? Il fallait absolument qu'elle rentre chez elle.

Elle alluma la lampe de chevet, se leva d'un bond et enfila sa culotte et son pantalon. Mais le reste de ses habits était resté dans l'atelier. Si elle ne voulait pas se montrer à moitié nue, elle devait emprunter quelque chose à Gabe.

Hannah trouva un T-shirt blanc sur lequel était inscrit « Hawaii Surf ». Elle s'empressa de le passer et sortit de la chambre.

— Gabe ?

— Ah, te voilà !

Il leva les yeux quand elle entra dans la cuisine et lui sourit. Le cœur d'Hannah rata un battement tandis qu'elle le revoyait lui faire l'amour. Ç'avait été aussi prodigieux que dans ses rêves les plus torrides…

Elle s'éclaircit la voix, ne sachant trop quel comportement adopter. Devait-elle aller l'embrasser, ainsi que son cœur l'y poussait, ou bien leur relation était-elle revenue « à la normale » ?

— Est-ce que tu as faim ? demanda Gabe.

Il paraissait surpris de sa réserve, mais l'odeur de viande qui était en train de griller sur la terrasse détourna l'attention d'Hannah. S'il n'avait pas fini de préparer le repas, il ne devait pas être trop tard, se dit-elle avec un brin d'espoir.

— Quelle heure est-il ?

— 21 h 30, très exactement.

— Seigneur ! Il faut que j'y aille.

— Sans même dîner ? s'étonna Gabe.

— Russ a sans doute déjà ramené les enfants, expliqua-t-elle.

— Et alors ? Kenny a seize ans. Il doit bien pouvoir s'occuper de Brent pendant une heure ou deux.

— Normalement, oui, répondit Hannah. Mais…

A ce moment-là, elle remarqua que Lazare était assis dans la cuisine et ne la quittait pas des yeux.

— Ton chien me regarde comme s'il connaissait tous mes petits secrets, observa-t-elle.

— C'est parce que, justement, il les connaît.

— Mais on dirait qu'il se moque de moi, dit-elle avec un grand sourire.

— Tu te fais des idées, répliqua Gabe. Il t'admire, voilà tout. Il se trouve que Lazare a du goût.

— A force de vivre avec toi, ce chien a fini par te ressembler, marmonna Hannah.

— Je prends ça comme un compliment. Les setters irlandais sont très intelligents. Mais il faut les dresser quand ils sont jeunes, sinon ils n'obéiront jamais.

— Je suis sûre que ta mère a dû dire quelque chose de semblable, un jour, à propos d'un garçon du nom de Gabriel.

— Pas du tout. J'étais aussi angélique que mon prénom le laisse supposer.

— Mon œil !

Gabe éclata de rire, puis il manœuvra son fauteuil vers l'évier pour se laver les mains. Hannah s'aperçut alors qu'il avait préparé un plat.

— Qu'est-ce que c'est ?

— Un désastre.

Cela en avait tout l'air, en effet. Mais en s'approchant, elle vit qu'il avait trempé des fraises dans du chocolat. Aussitôt, le menu qu'elle avait demandé pour ce soir lui revint en mémoire. A l'évidence, Gabe avait voulu la prendre au mot.

Elle ne put retenir un sourire.

— Est-ce que tu as aussi du champagne et du caviar ?

Il pivota vers elle et fronça les sourcils.

— Dans la mesure où tu n'as pas lavé mes vitres, je crois que tu es un peu trop exigeante.

— J'étais prête à le faire, répliqua-t-elle du tac au tac. C'est toi qui en as décidé autrement. Demande à Lazare.

Le regard de Gabe se porta sur la poitrine d'Hannah.

— Je n'ai pas de regrets, dit-il. Tu feras les vitres une autre fois.

Hannah comprit qu'il la testait pour savoir à quoi il devait s'attendre dans le proche avenir… Autant lui répondre franchement. Si elle continuait à le voir, ce qui s'était passé aujourd'hui deviendrait une liaison à part entière, et l'un d'entre eux finirait par en souffrir. Elle, en l'occurrence. Car elle devait bien reconnaître qu'elle était amoureuse de lui.

— En fait, je ne reviendrai probablement pas, Gabe.

Son sourire s'évanouit d'un coup.

— Tu es sérieuse ?

— Je pense qu'il serait plus facile de couper les ponts maintenant, tu ne crois pas ? Nous savons tous les deux que ce qui s'est produit entre nous ne nous mènera nulle part. Nous sommes mal placés, toi et moi, pour nous lancer dans une relation durable. Alors, à quoi bon provoquer un scandale ?

— Pourquoi un scandale ? Nous sommes tous les deux célibataires, n'est-ce pas ? Et adultes.

— Mais nous vivons dans une petite ville. Si quelqu'un l'apprenait… Eh bien, je suis certaine que mes garçons le sauraient, ainsi que Russ et sa famille, et…

— Tu as peur des commérages ?

Non, se dit Hannah. Elle avait peur de trop s'attacher à lui, de s'habituer à sentir les mains de Gabe sur son corps. Elle ne voulait pas risquer de le voir avec une autre femme, quand tout serait fini entre eux, et éprouver la jalousie incommensurable qu'elle éprouverait, c'était couru d'avance, si elle restait trop longtemps avec lui. Elle préférait chérir à jamais ce bref intermède et partir tant qu'elle le pouvait en conservant un peu de dignité.

— Regarde le bon côté des choses, Gabe, dit-elle d'ùn ton léger. Au moins, tu n'auras pas à me laisser tomber dans quelques semaines.

— Je t'ai déjà dit que j'étais assez grand pour m'occuper de mes affaires, Hannah, rétorqua-t-il. Je ne tiens pas à ce que tu me quittes aujourd'hui pour m'épargner la peine de le faire moi-même plus tard. Tout comme, d'ailleurs, il était inutile que tu interviennes, hier soir, pour m'arracher à mes admirateurs, ajouta-t-il après une courte réflexion.

— Mais ces gens-là t'accaparaient ! protesta-t-elle. Tu n'y prenais aucun plaisir.

— Comment le sais-tu ?

— Je le voyais sur ton visage. Je connais bien tes expressions, tes… sourires.

— Mes sourires ! Seigneur, Hannah, tu es si…

— Si quoi ?

— Enervante ! lâcha-t-il.

Mais Hannah eut la nette impression qu'il avait voulu dire « touchante ». Ils ne se disputaient pas vraiment. Ils essayaient de s'adapter à l'évolution de leur relation, et elle le savait.

— Parce que je me trompe ? dit-elle. Tu veux me faire croire que tu prenais plaisir à signer des autographes sur des serviettes en papier pendant que ton plat refroidissait ?

Comme Gabe ne répondait pas, Hannah le relança.

— Tu m'as dit, plus ou moins, que tu ne souhaitais pas

t'embarrasser d'une liaison. Et, maintenant, tu me dis le contraire ?

— En fait, je ne sais plus trop où j'en suis, avoua Gabe. Mais mets-toi à ma place : tu viens chez moi pour faire mes vitres, puis… les choses s'emballent. Et, ensuite, tu me dis que tu ne reviendras pas. Que suis-je censé faire de tout ça ?

C'est son orgueil blessé qui le faisait parler ainsi, se dit Hannah. Elle avait rompu avant qu'il ait eu le temps de le faire, et sa fierté de mâle le supportait mal. Mais, à présent, il savait que son corps ne le trahirait pas au moment crucial lors de futures aventures — et, donc, il n'avait plus besoin d'elle.

— Tu t'en sortiras très bien, maintenant, affirma-t-elle. Sache seulement que…

— Que quoi ?

Elle avait failli dire : « Sache seulement que je n'oublierai pas ce qui s'est passé entre nous », mais ç'aurait été beaucoup trop révélateur. Alors, elle corrigea le tir, et conclut :

— Que je te souhaite d'être heureux.

— Oh, je vois ! Tu as vraiment une belle âme.

— Je suis désolée, dit Hannah, ignorant son sarcasme. J'aurais aimé pouvoir rester dîner.

— Mais tu as mieux à faire ailleurs, j'ai compris le message.

— Ce n'est pas ça…

— Je suis sûr que tu meurs de faim, Hannah. Assieds-toi donc et dîne avec moi.

— Je voudrais bien, je t'assure. Mais je dois vraiment rentrer chez moi. Kenny s'est battu, hier soir, et…

— Kenny s'est battu ? s'exclama Gabe.

Visiblement, il n'en croyait pas ses oreilles.

— Je sais, dit-elle. J'ai été aussi effarée que toi de l'apprendre. Tu aurais dû voir la tête qu'il avait quand il s'est levé, ce matin.

— Il est bien amoché ?

Hannah haussa légèrement les épaules.

— Il a un œil au beurre noir et une lèvre fendue.

— Qui est-ce qui l'a frappé ?

— C'est bien le problème. D'après ce qu'il m'a dit, c'est lui qui a commencé à se battre.

Gabe la considéra d'un air incrédule.

— Je ne vois pas Kenny se lancer dans une bagarre. Ce n'est pas son genre.

— C'est vrai, mais son comportement est bizarre, depuis quelque temps. Il rechigne à se rendre à l'entraînement, ce qui ne lui ressemble pas, et tout ce qu'il m'a dit à propos de cette bagarre, c'est que Sly n'avait eu que ce qu'il méritait.

— C'est avec Sly qu'il s'est battu ? s'étonna Gabe.

— Oui. Et, maintenant, je dois payer pour les points de suture que l'on a faits à Sly, et décider si je dois punir Kenny et si je dois le forcer à aller s'excuser ou pas. Mais, d'abord, il faut que je sache ce qui tracasse mon fils, conclut Hannah en se dirigeant vers la porte de derrière.

— Où vas-tu ?

— Chercher mes vêtements.

— J'y suis déjà allé. Ils sont sur le canapé.

Elle changea de direction, et Gabe la suivit dans le salon.

— Pourquoi remettre ta chemise ? observa-t-il. Tu n'auras qu'à me rapporter mon T-shirt.

Apparemment, jugea Hannah, il ne la croyait pas quand elle disait qu'elle ne reviendrait pas. Mais elle ne voulait pas reprendre ce débat.

— Si je rentre chez moi avec ton T-shirt, cela paraîtra louche, lui fit-elle remarquer.

Et, saisissant chemise et soutien-gorge, elle voulut partir vers le couloir, mais Gabe lui barra le passage.

— Où vas-tu, à présent ?

— Dans ta chambre.

— Mais enfin, tu peux très bien te changer ici, dit-il. Il n'y a que toi et moi, dans la maison.

— Il n'en est pas question.

— Comment ? Nous avons fait l'amour il n'y a même pas trois heures, et tu ne veux pas que je te regarde te changer ?

Elle poussa un lourd soupir.

— Gabe, tu ne me facilites pas les choses.

— C'est toi qui n'es pas raisonnable, répliqua-t-il en se campant au milieu du couloir. Souviens-toi que tu es pressée. Tu ferais mieux de quitter ce T-shirt tout de suite.

— Laisse-moi passer ! s'écria-t-elle.

Hannah essaya de le contourner, mais il l'attrapa au passage et la tira sur ses genoux.

Elle se débattit, le laissant lui picorer les lèvres de baisers pendant qu'ils luttaient l'un contre l'autre. Elle avait cru pouvoir prendre le dessus, à cause du fauteuil roulant, mais elle avait sous-estimé la force de Gabe. Il la maîtrisa sans effort, surtout parce qu'elle riait trop pour continuer à se battre. Puis il lui plaqua les bras dans le dos en la maintenant par les poignets et glissa l'autre main sous le T-shirt sans lui demander son avis.

Hannah tressaillit et planta les yeux dans les siens.

— Tu n'es pas sage, murmura-t-elle.

— Et toi tu l'es trop, rétorqua-t-il. C'est bien pour ça que tu me plais : les contraires s'attirent.

Sur ce, il l'embrassa, mais ce fut, cette fois, un baiser plein de tendresse, qui la fit chavirer. Quand elle se lova contre lui, Gabe sourit.

— Tu reviendras, affirma-t-il.

Et il la lâcha.

— N'y compte pas, fit-elle en se relevant.

Puisque Gabe refusait qu'elle passe, Hannah n'insista pas. Elle ôta le T-shirt, mais au lieu de le lui rendre, elle alla le fourrer dans son sac à main.

— Hé ! Que fais-tu avec ça ? demanda-t-il.

Mais elle vit bien qu'il ne s'en souciait guère. Il était trop intéressé par le spectacle qu'elle lui offrait.

Elle mit son soutien-gorge en disant :

— J'emporte ton T-shirt chez moi. Ça me fera un souvenir.

— Tu ne vas pas t'y mettre toi aussi ! grommela-t-il. Tu veux peut-être en plus que je te le dédicace ?

— Non, merci. Je ne risque pas d'oublier d'où il vient.

Il s'interrogeait sur ses motivations, Hannah n'en doutait pas. Mais comment lui dire qu'elle voulait emporter son parfum avec elle ?

Quand elle eut refermé sa chemise, elle alla prendre une fraise dans la cuisine et se dirigea vers la porte en lançant :

— Merci pour tout, Gabe.

— Sois prudente, en rentrant, conseilla-t-il.

Elle sortit en pensant qu'il était dommage qu'elle n'ait pas le temps de rester dîner. Après le moment de bonheur qu'ils avaient partagé, elle était un peu triste d'abréger ainsi la soirée. Mais autant elle ne regrettait pas de s'être donnée à Gabe, autant elle appréhendait, maintenant, les retombées de ce qu'elle avait fait. Elle avait le pressentiment, en effet, d'avoir déclenché une série d'événements irréversibles dont elle subirait les contrecoups.

En démarrant, elle tenta de se rassurer. Gabe avait utilisé un préservatif. Personne ne savait qu'elle venait ici. Et, d'ailleurs, même si c'était le cas, qui irait penser que la femme à qui Gabe devait son handicap était devenue sa maîtresse ? Ce n'est pas elle qui s'en vanterait. Elle allait reprendre sa routine quotidienne comme si de rien n'était, et…

Au moment où elle s'engageait sur la route, une voiture surgit en trombe du virage. Hannah freina brusquement pour éviter la collision.

L'autre conducteur klaxonna hargneusement en passant à sa hauteur et poursuivit sa route en direction de Dundee. Hannah resta figée sur place. L'espace d'un instant, il lui avait semblé reconnaître la personne qui était au volant. Perplexe, elle contempla les feux arrière qui s'éloignaient.

Qu'aurait fait Deborah ici à cette heure ? Son imagination lui jouait sans doute des tours, se dit Hannah.

Mais son pressentiment se renforça.

Après le départ d'Hannah, le chalet manquait singulièrement d'ambiance. Pour meubler le silence, Gabe alla mettre un CD de jazz et retourna à sa cuisine. Quand le dîner fut prêt, il donna le steak destiné à Hannah à Lazare pour ne pas manger seul. Depuis l'accident, le chalet avait été son havre, l'unique endroit où il trouvait l'intimité qui lui était si nécessaire. Mais, tout à coup, cette maison lui semblait bien trop isolée.

Se pouvait-il, médita Gabe, qu'un seul après-midi avec Hannah ait eu cette conséquence ? Certes, il lui était arrivé, au cours des trois années passées, de s'ennuyer ou de s'impatienter. Mais, alors, le but qu'il s'était fixé de rejouer un jour au football lui avait suffi pour se reprendre en mains. Il était allé soulever des haltères pour combler le vide qu'il ressentait en lui, ou tondre la pelouse, ou fabriquer un nouveau meuble.

Or, ce soir, aucune de ces activités ne le tentait, et il appréhendait les heures interminables qui s'annonçaient. Hannah était partie trop tôt. Il avait envie qu'elle revienne, qu'elle se déshabille et qu'elle se blottisse contre lui. Ce serait très agréable d'être au lit et de regarder un film. Ce serait même très agréable de *dormir*, bon sang, à partir du moment où elle était avec lui !

Il se demanda comment elle réagirait s'il l'appelait pour lui proposer de revenir quand les garçons seraient couchés. Il fut un temps où il ne se posait pas la question. Les femmes ne lui refusaient jamais rien.

Mais Hannah était différente. Elle éprouvait quelque chose pour lui, sinon elle n'aurait jamais fait l'amour avec lui. Le problème, c'est qu'elle se consacrait à ses enfants, au point d'oublier de vivre.

Et comme si cela ne suffisait pas, voilà maintenant qu'elle s'inquiétait pour Kenny. A vrai dire, Gabe aussi s'inquiétait pour lui. Il s'inquiétait même pour toute l'équipe. Au début, il avait refusé de croire que Blaine prendrait le risque de la saboter, mais, aujourd'hui, il n'en était plus aussi sûr. Kenny n'était pas agressif. Le fait qu'il se soit battu avec Sly pouvait s'expliquer de diverses façons. Cela n'avait peut-être rien à voir avec le football, mais il était tout aussi possible que Sly soit venu trouver Kenny de la part de Blaine, et que le fils d'Hannah ait réagi négativement — ce qui serait une bonne chose. Ou alors — terrible soupçon —, Sly et Kenny étaient tous deux les complices de Blaine et s'étaient battus pour une raison que Gabe ignorait.

Restait à savoir si Blaine préparait réellement un mauvais coup, et la première chose à faire, décida-t-il, était de lui poser la question.

Délaissant son repas, Gabe alla chercher dans son bureau la liste des joueurs, sur laquelle figuraient les coordonnées de Blaine. Puis il revint au salon et composa le numéro de l'entraîneur.

Blaine vivait seul. Son épouse était morte voilà au moins dix ans, et ses enfants étaient adultes et vivaient tous de leur côté. Il décrocha à la première sonnerie.

— Allô ?

— Holbrook, à l'appareil.

La voix de Blaine se fit aussitôt méfiante.

— Que puis-je pour vous, Gabe ?

— Vous pourriez tout d'abord me dire si nous avons un problème.

— A quel sujet ?

— Au sujet de l'équipe.

Blaine marqua un temps, avant de répondre :

— Nous avons de nombreux problèmes. Notre défense est faible, notre attaquant principal manque d'expérience, nos ailiers n'en font qu'à leur tête… Mais peut-être pourriez-vous être plus précis ?

— Kenny Price s'est battu avec votre jeune cousin, hier soir.

— En effet, j'en ai entendu parler. Qu'est-ce que cela a à voir avec moi ?

— C'est ce que j'aimerais savoir.

— Eh bien, absolument rien.

Comment savoir s'il ne mentait pas ? se demanda Gabe.

— Vous n'avez aucune idée de ce qui aurait pu les pousser à se battre ?

— Pas la moindre, non.

Gabe fut surpris de constater à quel point il avait envie de croire Blaine. Mais, dans le fond, c'était bien normal. Il ne voulait pas qu'on se serve de l'équipe de football du lycée pour satisfaire une quelconque vengeance.

— Je suis heureux de vous l'entendre dire, assura-t-il. Parce que si l'un de mes garçons…

— De *vos* garçons ? coupa Blaine.

— De *mes* garçons, répéta Gabe. Que cela vous plaise ou pas, c'est moi qui dirige l'équipe, maintenant. Et si vous vous avisez de manipuler des joueurs pour que nous perdions, vous vous en mordrez les doigts.

— Vous ne manquez pas de culot pour me menacer de la sorte, grinça Blaine.

— Si vous vous êtes détourné du droit chemin, vous devriez me remercier de vous donner une chance de redresser la barre.

— Nous n'avons même pas joué notre premier match. Vous cherchez déjà un bouc émissaire ?

Gabe secoua la tête.

— Je n'aurai pas besoin de bouc émissaire, Melvin. Nous allons gagner. Et si vous ne voulez pas m'aider, je vous conseille de vous tenir sagement à l'écart.

— Vous vous croyez assez costaud pour entraîner seul cette équipe ?

— J'ai comme l'impression que vous êtes toujours un peu jaloux, remarqua Gabe.

— Jaloux ? rétorqua Blaine. Je me demande bien de quoi. Moi, au moins, j'ai toujours l'usage de mes jambes.

Chapitre 14

Lorsque Hannah arriva chez elle, la première chose qu'elle remarqua fut la jeep de Russ garée le long du trottoir. Avec un soupir de lassitude, elle s'engagea dans son allée, s'arrêta et coupa le contact. Puis elle sortit de sa Volvo en se disant que, d'une façon ou d'une autre, elle devrait tenir le coup devant son ex-mari. Mais elle savait que ce ne serait pas facile. Elle sentait encore l'odeur de Gabe sur sa peau et sur ses vêtements. Quand elle entrerait dans le salon, Russ s'en apercevrait sans doute et l'assaillirait de questions.

Enfin, on verrait bien, se dit Hannah en se dirigeant vers le perron. Elle prit une bonne inspiration et ouvrit la porte.

— Eh bien, ce n'est pas trop tôt ! lança Russ dès qu'il la vit entrer.

Il était affalé sur le canapé, à l'endroit même où il passait le plus clair de son temps quand ils étaient mariés, et buvait l'une des bières qu'Hannah achetait pour Patti.

— Je suis désolée d'arriver si tard, s'excusa-t-elle. Je ne savais pas trop à quelle heure tu ramènerais les enfants.

— Et moi, je ne savais pas que tu te serais éclipsée sans prévenir personne. Où diable étais-tu ?

A ce moment-là, Brent sortit de la cuisine et vint se jeter au cou d'Hannah, lui laissant à peine le temps de poser son sac dans l'entrée.

— Bonjour, m'man !

Tout en l'étreignant, elle s'adressa à Russ.

— Je n'ai pas de comptes à te rendre. Tu n'es plus mon mari, pour autant que je sache.

— J'ai tout de même le droit de savoir où tu es quand je ramène les enfants !

— Pourquoi ? Kenny avait les clés de la maison, n'est-ce pas ? Sinon tu ne serais pas là en train de boire ma bière et de regarder ma télévision. Il est assez grand pour surveiller Brent en attendant que je rentre. Au fait, demanda-t-elle en parcourant la pièce du regard, où est Kenny ?

— Dans sa chambre.

— Il va bien ?

Russ haussa nonchalamment les épaules.

— Ouais… Un peu fâché, je crois.

Hannah s'avança dans la pièce et éteignit la télévision. La scène et l'attitude de Russ lui rappelaient trop de mauvais souvenirs.

— Mais, m'man, je voulais regarder ça, se plaignit Brent.

— Il est tard, lui dit-elle. Va prendre ta douche et mets-toi au lit. Je viendrai te border quand tu m'appelleras.

Brent obéit de mauvaise grâce. Quand elle le vit monter les marches, Hannah reporta son attention sur son ex-mari.

— Pourquoi Kenny est-il fâché ?

— Parce que je l'ai forcé à aller chez Sly pour s'excuser.

A ces mots, Hannah se raidit, mais elle se souvint aussitôt qu'en tant que père de Kenny, Russ avait le droit de prendre ce genre d'initiative. Pour autant, elle aurait préféré qu'il la consulte avant.

— Tu savais qu'il était fautif ? demanda-t-elle.

— Bien sûr. C'est lui qui a frappé le premier, n'est-ce pas ?

Russ finit sa bière, puis il rota et écrasa la cannette. Lorsqu'il la posa sur la table basse, Hannah faillit lui hurler d'aller la mettre à la poubelle au lieu de la laisser là. Mais elle voulait qu'il parte le plus tôt possible, et sans dispute, de préférence. Et, donc, elle se retint.

— Je ne savais pas exactement ce qui s'était passé, dit-elle. Est-ce que Kenny te l'a expliqué ?

— Il n'a pas dit grand-chose, mais il a avoué avoir porté le premier coup. Et je ne veux pas que mon fils…

L'espace d'un instant, Hannah crut qu'il allait dire « cherche la bagarre », et elle fut presque impressionnée. Mais c'était trop attendre de Russ, car il conclut :

— … fasse quoi que ce soit qui puisse diminuer ses chances de jouer au football.

— Je vois que tu lui apprends à penser avant tout à son propre intérêt, constata-t-elle.

— Sly est le cousin de Blaine, répondit-il comme si cela justifiait tout.

Hannah s'efforça de garder son calme.

— Il faut que tu arrêtes de mettre Kenny sous pression,

Russ, déclara-t-elle. S'il doit faire carrière dans le football, il faut que ce soit son rêve, pas le tien. Ce garçon est brillant ; les voies qui s'ouvrent devant lui sont nombreuses.

— Il veut jouer au football, tu le sais très bien.

— Pourquoi as-tu attendu que je rentre ? demanda-t-elle enfin, lasse de cet entêtement. Pour que nous ayons cette sempiternelle dispute qui ne nous avance à rien ?

Russ se passa la main dans les cheveux, plus clairsemés de semaine en semaine.

— Non, je…

Hannah haussa les sourcils en le voyant chercher ses mots. Cela lui arrivait très rarement.

— Je voulais te demander de me soutenir, pour une fois, lâcha-t-il enfin.

Le soutenir ? se répéta Hannah, plutôt surprise. Mais c'est ce qu'elle avait fait pendant douze ans — le laps de temps qu'il avait fallu à son ex-mari pour éroder tous les sentiments positifs qu'elle lui portait. Cela étant…, il paraissait sincère, ce soir. Et dans l'intérêt des garçons, elle ne pouvait abandonner l'espoir que Russ soit capable de changer.

— De quelle manière ? demanda-t-elle.

— Eh bien…, en disant à Kenny que je ne cherche qu'à l'aider. Que je l'aime.

— Il sait que tu l'aimes, Russ.

— Mais je n'ai aucune crédibilité à ses yeux. Il te fait davantage confiance. Il… te respecte.

Russ ne faisait sans doute que recueillir le fruit de ses propres carences, mais Hannah ne put s'empêcher de se sentir navrée pour lui. Elle aurait eu le cœur brisé si ses fils n'avaient eu aucun respect pour elle.

— Que veux-tu que je lui dise ?

— Que je sais de quoi je parle quand il s'agit de football.

Encore le football ! Hannah n'appréciait pas que Russ y accorde autant d'importance, mais elle pouvait tout de même lui apporter son soutien. Après tout, le sport était une bonne chose, et son ex-mari s'y connaissait mieux qu'elle en football.

— Je lui dirai que tu ne veux que son bien.

— Je ne suis pas sûr que cela suffise…

— Personnellement, je trouve que c'est déjà beaucoup.

Russ secoua la tête en soupirant.

— Je t'ai connue plus charitable.

— Et tu en as trop profité, répliqua-t-elle.

Russ n'insista pas. Il remit la casquette de baseball qu'il avait posée sur le canapé et se leva. Puis il demanda une nouvelle fois :

— Où étais-tu, aujourd'hui ?

Hannah se sentit rougir.

— Je suis allée faire un tour en voiture, dit-elle.

— Où ça ?

— Dans la montagne. C'était très beau. Très reposant.

— Je n'en doute pas. Je ne t'ai jamais vue aussi jolie.

Hannah devint écarlate.

— Merci.

— Est-ce qu'il y a la moindre chance que tu…

— Non, je suis désolée, répondit-elle avant qu'il ait fini sa phrase.

Elle savait qu'il allait lui demander de sortir avec lui quelque part. Il le faisait régulièrement, mais elle n'avait aucun désir de se retrouver en tête à ête avec lui.

— Bon, fit-il d'un air déçu. Je crois qu'il vaut mieux que je parte.

Joignant le geste à la parole, Russ traversa la pièce et sortit. Hannah le suivit pour lui dire au revoir et verrouiller la porte, mais il s'arrêta soudain sur le perron.

— Que vient faire Gabe Holbrook ici ? marmonna-t-il.

Hannah regarda par-dessus son épaule et arrondit les yeux. C'était bien Gabe, en effet, qui arrivait dans son allée. Et, à l'arrière de son break, elle vit son fauteuil.

Gabe avait aperçu la voiture de Russ. Il savait donc que l'ex-mari d'Hannah était chez elle, et la perspective de se retrouver face à lui ne lui souriait pas. Pour autant, il n'allait pas faire demi-tour sans avoir accompli ce qui l'avait amené à Dundee. Après avoir téléphoné à Blaine, il avait appelé Mike, lequel lui avait appris que Josh et Rebecca avaient vu Kenny et son père discuter avec Blaine au restaurant, dimanche dernier. Et Gabe tenait à dire à Kenny le plus vite possible de se tenir à l'écart de Blaine, juste au cas où ses craintes se révéleraient fondées.

A peine ouvrit-il la portière que Lazare sauta de la voiture. Gabe descendit son fauteuil roulant, s'y installa et se rendit à l'arrière du break pour prendre le fauteuil d'Hannah. Mais avant qu'il ait pu le faire, Russ avait fondu sur lui.

— Qu'est-ce que c'est que ça ?

Gabe ne répondit pas. Il ne devait pas d'explication à ce type.

— C'est un fauteuil, dit Hannah qui s'était accroupie pour caresser le chien.

— Je vois bien que c'est un fauteuil, grommela Russ. Mais pourquoi l'apporte-t-il ici ?

— Il est à moi.

— Tu l'as acheté et tu as demandé à *Gabe* d'aller te le chercher ?

Hannah se redressa et s'approcha.

— Non, répondit-elle. C'est Gabe qui l'a fait. Il est superbe, tu ne trouves pas ?

Devant son enthousiasme, Gabe ne put retenir un sourire. Il était heureux que son fauteuil lui plaise vraiment.

Il le sortait du coffre, quand Russ avança d'un pas en disant :

— Attendez, je vais vous aider.

— Ce n'est pas la peine, déclina-t-il.

— Mais…

Gabe tirait déjà le meuble du coffre pour le placer à l'envers sur ses genoux.

— D'accord, marmonna Russ. Vous êtes un vrai déménageur, à ce que je vois. C'est un cadeau, ou… quoi ?

— C'est un troc, répondit Hannah.

— Un troc ? Contre quoi ?

— Un troc, voilà tout, dit-elle. Bien. Merci d'avoir pris les garçons aujourd'hui, Russ.

Ignorant l'allusion pourtant fort transparente au fait qu'il n'avait plus rien à faire ici, Russ se tourna vers Gabe.

— Il y a fort longtemps que Gabe et moi n'avons pas eu l'occasion de discuter. Est-ce que je peux entrer un moment pour que nous puissions rattraper le temps perdu ?

— Pas ce soir, fit Hannah d'un ton ferme. Nous nous verrons samedi, lorsque tu viendras prendre les garçons.

Gabe n'attendit pas plus pour manœuvrer son fauteuil roulant en direction de la maison.

— Vous voulez que…, commença Russ en contournant Hannah.

Mais elle le saisit par le bras et désigna sa jeep ostensiblement.

— Merci, Russ. Mais Gabe s'en sortira très bien tout seul.

Quelques instants plus tard, Gabe entendit démarrer la jeep, puis Hannah le rejoignit. En levant les yeux vers elle, il ne put s'empêcher de repenser à la douceur et à la tendresse dont elle avait fait preuve cet après-midi. Il savait que ce qui s'était passé entre eux l'avait changé, l'avait privé d'une partie de l'énergie qu'il consacrait à sa guérison, mais il ne le regrettait pas. Pas encore, en tout cas.

— C'est bien là que tu le voulais ? demanda-t-il en indiquant l'endroit, près de la porte, où il avait posé le fauteuil.

Hannah sourit.

— Ça ira pour ce soir. Mais tu n'aurais pas dû l'apporter si tôt.

— Pourquoi ?

— Je ne t'ai fait que deux repas.

Gabe haussa les épaules.

— Eh bien, tu m'en feras d'autres.

— En fait, je ne suis pas sûre que ce soit une bonne idée.

Gabe s'aperçut qu'elle avait l'air troublée.

— Et pour quelle raison ? demanda-t-il.

— Je pourrais exiger un dessert.

Cette réponse le fit éclater de rire. Il rétorqua :

— Pour ma part, j'adore les desserts.

— Mais je ne peux pas me permettre d'être gourmande, en ce moment, murmura Hannah.

Elle avait peur, c'était visible, se dit Gabe. Mais lui aussi avait peur. Ils se sentaient tous deux vulnérables. Cela étant, il doutait fort qu'ils arrêtent de se voir, après leur apothéose vespérale.

— Très bien, se contenta-t-il de répondre, parce qu'il ne voulait pas la brusquer.

Manifestement surprise qu'il n'insiste pas, elle marqua un temps avant de demander :

— Et, donc, euh…, est-ce que tu veux toujours entrer ?

— Oui, si ça ne te fait rien. En fait, je suis aussi venu pour parler à Kenny.

— Vraiment ? Et de quoi veux-tu lui parler ?

— Entre autres, de la bagarre d'hier soir, répondit Gabe qui ne tenait pas à s'étendre. Nous devons jouer notre premier match dans quelques jours, et je veux m'assurer que la cohésion de l'équipe ne souffrira pas de querelles personnelles.

— Oh, je vois, fit Hannah. Il faut que tu saches que,

sur les conseils de Russ, Kenny est allé s'excuser auprès de Sly, aujourd'hui. Cela pourrait faciliter les choses.

— Je l'espère, dit-il.

Ils en étaient là de leur conversation, quand la tête de Brent surgit dans l'entrebâillement de la porte.

— A qui parles-tu, m'man ?

Hannah lui fit les gros yeux.

— Brent, je croyais t'avoir dit d'aller te coucher.

— Oh, mais c'est Gabe, l'entraîneur de Kenny ! s'exclama son fils.

— Oui. Et tu pourrais au moins dire bonjour.

Mais Brent ne l'entendit pas, car il venait de remarquer Lazare au fond du jardin.

— C'est ton chien ? demanda-t-il, tout excité.

Gabe opina du chef, et Brent n'attendit pas plus pour sortir sur le perron.

— Est-ce que je peux le caresser, s'il te plaît ?

Lazare était en train de marquer son territoire. Mais quand Gabe le siffla, il accourut immédiatement, et Brent s'agenouilla devant lui.

— Qu'il est grand ! s'exclama-t-il, épaté.

Puis il se mit à glousser, car le chien lui léchait la joue.

— Je veux un chien, décréta-t-il en faisant à moitié semblant de se protéger le visage.

— Quand tu seras plus grand, répondit Hannah.

Lazare poussa Brent avec le museau, et le garçon tomba à la renverse en riant. Et il s'esclaffa de plus belle quand le chien se remit à le lécher.

— A quel âge ?

— Au moins dix ans, dit Hannah.

A ce moment-là, Gabe rappela Lazare, et Brent se redressa.

— Est-ce que je pourrai avoir un chien aussi gros que ça, m'man ? C'est le plus super que j'aie jamais vu.

Devant tant d'enthousiasme, Gabe ne put retenir un sourire.

— Nous verrons, répondit Hannah.

— Gabe, est-ce que je peux l'emmener dans ma chambre ?

— Juste un petit moment, si ta mère est d'accord.

Brent se tourna vers Hannah, qui acquiesça.

— Viens, mon chien, fit alors l'enfant.

Lazare le suivit jusqu'au seuil, mais arrivé là, il regarda son maître. Quand Gabe eut hoché la tête, le chien disparut à l'intérieur avec son nouvel ami.

— J'aimerais que mes enfants soient aussi obéissants que ton chien, commenta Hannah.

— Les garçons sont plus difficiles à dresser, répliqua-t-il.

Elle lui adressa un demi-sourire, puis elle dit :

— Je vais voir si Kenny est encore debout. Entre, je t'en prie.

Gabe hésita. Il n'allait pas être facile de discuter franchement avec Kenny si sa mère pouvait les entendre.

— Après réflexion, je crois qu'il vaudrait mieux que nous parlions dehors, Kenny et moi.

Elle parut surprise, mais n'insista pas.

— C'est comme tu voudras.

Deux minutes plus tard, Kenny apparut sur le seuil, vêtu d'un débardeur et d'un short, mais pieds nus.

— Bonsoir, m'sieur, dit-il d'une voix morne.

Gabe le salua et lui fit signe de s'asseoir dans le fauteuil qu'il venait d'apporter. Le garçon eut l'air étonné de voir ce nouveau meuble, mais il ne posa pas de questions quant à sa provenance.

— Quelque chose ne va pas ? demanda-t-il.

— Ça m'en a tout l'air, répondit Gabe, désignant son visage.

Kenny redressa fièrement la tête.

— Il en a pris plus que moi.

— C'est ce qu'on m'a dit. Mais tu aurais pu te fracturer la main, pendant cette bagarre. As-tu pensé à ça ?

Le garçon ne répondit pas.

— Que ferions-nous si notre attaquant principal devait déclarer forfait avant même que la saison ait commencé ?

— Peut-être que l'équipe ne s'en porterait pas plus mal, répondit Kenny.

— Comment ça ?

— Jonathan Greer me remplacerait.

— En effet, mais tu es meilleur que lui, Kenny. Tu sais que nous aurions moins de chances de gagner si tu ne jouais pas, n'est-ce pas ?

— Non.

Gabe attendit un instant qu'il s'explique, mais rien ne vint. Alors, il demanda :

— Pour quelle raison vous êtes-vous battus, Sly et toi ?

Kenny baissa les yeux sur ses pieds nus.

— Sly est une grande gueule, maugréa-t-il. Il n'arrête pas de me chercher.

— Mais tu n'avais jamais eu de problème avec lui, si je ne m'abuse ?

Pas de réponse…

— Est-ce qu'il se passe quelque chose, dans l'équipe, dont je n'aurais pas connaissance ?

Kenny se frotta le cou tout en évitant le regard de Gabe.

— Non, m'sieur, fit-il. Pas que je sache.

Gabe aurait aimé que le langage corporel du garçon soit aussi convaincant que ses paroles… Il décida d'être plus direct.

— Melvin Blaine ne t'a rien demandé de particulier, n'est-ce pas ?

A ces mots, Kenny releva brusquement la tête et déglutit.

— Non, m'sieur.

— Bien, bien. Alors, nous sommes prêts à affronter les Wildcats, vendredi ?

Kenny opina du chef, puis baissa de nouveau la tête. Gabe lui posa la main sur le bras, jusqu'à ce que, finalement, le garçon le regarde dans les yeux.

— Je compte sur toi, Kenny.

Il acquiesça encore une fois en silence.

— Est-ce que tu peux me descendre mon chien et dire bonne nuit à ta mère pour moi ?

— Bien sûr, dit Kenny en se levant.

Mais juste avant de rentrer dans la maison, il se tourna vers Gabe.

— M'sieur ?

— Oui ?

— Je trouve que vous êtes un très bon entraîneur.

— Merci, répondit Gabe, touché par ces paroles.

Mais il regrettait que Kenny ne se soit pas ouvert à lui, car après cette conversation, il était plus que jamais convaincu que quelque chose se tramait dans son dos.

Cela dit, que pouvait-il faire, puisqu'il n'avait aucune preuve ? Attendre et voir venir était la seule stratégie envisageable. En regardant le match, vendredi, il saurait qui jouait vraiment pour gagner et qui traînait les pieds.

Chapitre 15

Hannah prit le temps de se démaquiller et de se mettre en peignoir avant d'aller frapper doucement à la porte de Kenny. Elle avait voulu lui laisser un peu de répit après qu'il avait discuté avec Gabe. Quand elle était venue lui dire que son entraîneur voulait lui parler, tout à l'heure, il avait eu l'air accablé. Si l'on ajoutait à cela la douleur que devaient lui causer ses blessures et le fait que son père avait pris parti contre lui, Kenny avait sans doute passé une journée fort peu enviable.

Son fils lui dit d'entrer. Il était couché, la lumière éteinte, et avait mis sur sa platine un disque de Sheryl Crow.

— Alors, que voulait Gabe ? demanda Hannah en allant s'asseoir au bord de son lit.

— Rien de spécial, marmonna-t-il.

— Comment ça, « rien de spécial » ? Je ne pense pas que ton entraîneur rende visite à chacun de ses joueurs avant un match important.

— Je suis l'attaquant principal, m'man. Gabe voulait savoir si j'étais prêt pour vendredi, voilà tout.

— Et est-ce que tu es prêt ?

Kenny poussa un lourd soupir.

— Aussi prêt qu'on puisse l'être, dit-il.

— Ton père était un peu contrarié, ce soir, observa Hannah.

— Je ne vois vraiment pas pourquoi, maugréa son fils. Il voulait que je m'excuse, et j'y suis allé.

— Il craint que tu lui en veuilles de t'y avoir forcé.

— Là, il n'a pas tort ! dit Kenny.

— Je crois qu'il a fait simplement ce qu'il croyait être juste, avança Hannah. On ne résout pas un problème à coups de poing.

— Papa se moque bien que je me batte, répliqua son fils. Si j'avais frappé quelqu'un d'autre, il n'y aurait rien trouvé à redire.

Comme quoi il n'était pas simple de soutenir Russ, soupira Hannah. Mais elle ne s'avoua pas battue.

— Je sais, reconnut-elle. Mais..., à sa manière, ton père essaie de t'aider. Il t'aime, tu peux en être sûr.

— En tout cas, il ne me rend pas la vie facile, rétorqua Kenny. J'ai l'impression qu'il ne me croit pas assez bon pour réussir sans faire le lèche-bottes avec les entraîneurs.

— Il croit qu'on ne lui a pas laissé l'occasion de prouver sa valeur quand il avait ton âge, expliqua-t-elle. Et il ne veut pas qu'il t'arrive la même chose.

— Ouais..., bougonna-t-il. En tout cas, je préférerais qu'il ne se mêle pas de mes affaires.

Hannah le prit alors par le menton, le forçant doucement à la regarder.

— Veux-tu me dire ce qui se passe, mon grand ? Entre

ton père, le football, la bagarre, tu te conduis bizarrement depuis quelque temps.

— Ce n'est rien, fit-il.

Mais sa voix manquait singulièrement de conviction.

Il se rallongea et se couvrit les yeux de son bras pendant quelques instants, puis son regard revint se fixer sur Hannah.

— Est-ce que tu aimes bien Gabe Holbrook ? demanda-t-il sans crier gare.

Le cœur d'Hannah fit un bond dans sa poitrine. Elle aimait *beaucoup* Gabe Holbrook. Sans doute trop. Mais ce n'était pas ce que son fils voulait savoir.

— Je, euh…, l'apprécie. Comme tout le monde, répondit-elle. C'est un homme bien.

Elle déplaça le réveil de Kenny sur sa table de chevet pour se donner une contenance, puis lui retourna sa question.

— Et toi, est-ce que tu l'aimes bien ?

— Oui. Il est très exigeant, pendant les entraînements, mais je le trouve cool. Sauf quand il me regarde avec son regard perçant.

— Son regard perçant ?

— Oui… Quand il fait ça, j'ai l'impression qu'il m'envoie un message : « Allez, Kenny, tu vas y arriver. » Ça me donne envie de ne pas le décevoir, tu comprends ?

A ce moment-là, la voix de Brent leur parvint du rez-de-chaussée. Le petit diable n'était pas encore couché !

— M'man, est-ce que je peux avoir les deux dollars que tu me dois ?

— Je te dois deux dollars ?

— Oui, pour avoir désherbé le jardin.

— Quand est-ce que tu as fait ça ?

— Quand on est revenus, tout à l'heure.

— C'est très bien, le félicita Hannah.

Puis elle reporta son attention sur Kenny.

— Gabe a confiance en toi, c'est visible.

— Peut-être trop, grommela-t-il.

— M'man ?

Que voulait Brent, encore ?

— Quoi ?

— Est-ce que je peux prendre mes sous ?

— Oui, dit Hannah.

Elle se leva pour sortir de la chambre, puis se ravisa et se retourna vers Kenny.

— Sais-tu qu'on a dû poser des points de suture à Sly ?

— Sa mère me l'a dit.

— Et elle veut que je paye la facture, observa Hannah.

— Je le ferai, promit son fils. Je laverai des voitures jusqu'à ce que j'aie gagné assez d'argent.

— C'est exactement ce que j'allais te suggérer, approuva-t-elle. Bien, maintenant, je vais te laisser dormir. Tu dois être épuisé, après…

Elle n'eut pas le temps de finir sa phrase, car Brent déboula dans la chambre et alluma la lumière.

Hannah s'apprêtait à lui dire d'éteindre, qu'il les avait aveuglés, elle et Kenny, mais quand elle vit ce qu'il tenait, elle resta sans voix.

— C'est quoi, ça ? demanda-t-il en brandissant le T-shirt de Gabe.

Hannah chercha désespérément une réponse. Comment expliquer la présence de ce vêtement d'homme dans son sac à main ?

— Eh bien, un, euh…, un T-shirt, bafouilla-t-elle.

— Il est à qui ? demanda Kenny à son frère.

— J'en sais rien. Il était dans le sac de maman.

— Je l'ai trouvé, prétendit Hannah faute de mieux.

Kenny s'assit dans son lit pour mieux voir le T-shirt.

— Où ça ? fit-il.

— En me promenant en voiture.

— Tu as trouvé un T-shirt en conduisant ? s'étonna-t-il. Il était au bord de la route, ou quoi ?

Pouvait-elle avouer qu'elle l'avait trouvé dans le placard de Gabe ?… Hannah arracha le vêtement des mains de Brent, et lança d'un ton ferme :

— Je l'ai trouvé, un point c'est tout. Et, maintenant, il est l'heure de dormir. Pour tous les deux.

— Mais je n'ai pas eu mon argent ! se plaignit Brent.

— Je te le donnerai demain, répondit Hannah en le suivant dans le couloir.

Et elle s'empressa de fermer la porte de la chambre, avant que Kenny reconnaisse peut-être l'un des T-shirts que Gabe portait aux entraînements.

Quand tout fut calme dans la maison, Hannah alla dans la cuisine pour se servir un verre de vin. Tout en le dégustant, elle contempla pensivement le T-shirt de

Gabe. Sans cette preuve concrète, elle aurait pu douter de la réalité de son après-midi. Elle avait tellement rêvé de Gabe que…

La sonnerie du téléphone déchira brusquement le silence, la faisant sursauter. Par réflexe, elle regarda l'heure. Il était minuit passé. Ce devait être Russ, et il téléphonait sans doute du Honky Tonk. Parfois, quand il avait trop bu, il l'appelait pour lui reprocher de l'avoir quitté. Occasionnellement, il pleurait et la suppliait de renouer avec lui.

Ce soir, Hannah ne se sentait pas la force de supporter les lamentations de son ex-mari, d'autant qu'elle était sûre qu'il allait déblatérer sur Gabe. Mais si elle ne répondait pas, Russ risquait fort de venir ici. Alors, ils se disputeraient et réveilleraient peut-être les garçons… Comme elle n'y tenait pas, elle se résolut à décrocher.

— Allô ?

— Est-ce que je t'ai réveillée ?

C'était Gabe ! Une bouffée de soulagement et d'heureuse surprise mêlés envahit Hannah.

— Non, répondit-elle. Je ne suis pas encore couchée. Que se passe-t-il ?

— Je me demandais si tu pouvais venir m'aider à finir ces fraises. Elles vont s'abîmer si on ne les mange pas.

Hannah serra fort les paupières, combattant l'élan qui la poussait à lâcher le téléphone, prendre ses clés et rouler à tombeau ouvert jusque chez lui. Il n'y avait pas trois heures qu'il l'avait tenue dans ses bras, mais elle mourait déjà d'envie d'aller s'y réfugier de nouveau. Ce n'était pas du tout raisonnable.

— Je ne peux pas, répondit-elle.

— Pourquoi ?

— Je t'ai dit tout à l'heure que je ne reviendrais pas.

— Par bonheur, tu ne le pensais pas.

Hannah secoua la tête.

— Comment le sais-tu.

— J'étais là, tu ne te souviens pas ? J'ai bien vu ta réaction quand j'ai glissé la main sous…

— Gabe !

Il se mit à rire.

— D'accord, d'accord ! dit-il. Appelle-moi quand tu seras prête à venir.

Et il coupa la communication sans plus de manières — mais non sans avoir fait une brèche conséquente dans les défenses d'Hannah. Elle était à la fois soulagée et déçue d'avoir résisté. En outre, elle soupçonnait Gabe de l'avoir appelée dans le seul but de tester sa résistance, de lui dire que sa porte lui était ouverte pour que la tentation continue de faire son œuvre longtemps après qu'il aurait raccroché.

Hannah le jugeait bien arrogant, mais elle était heureuse qu'il ait recouvré — et grâce à elle ! — un peu de son assurance.

Elle sourit en finissant son verre, les yeux sur le T-shirt. Depuis l'accident, elle priait le ciel que Gabe se rétablisse, au moins moralement, et elle n'avait jamais perdu l'espoir que ses prières soient exaucées. Mais elle n'aurait jamais cru qu'elle serait aux premières loges pour assister à sa résurrection.

Hannah en était là de ses réflexions, quand quelqu'un sonna à la porte.

— Oh, non ! murmura-t-elle.

Elle posa son verre sur la table, traversa le salon à pas feutrés et regarda par le judas. Comme elle s'y attendait, il s'agissait de son ex-mari, manifestement éméché. Faisant de son mieux pour conserver son calme, elle ouvrit la porte et demanda immédiatement :

— As-tu oublié quelque chose ?

Russ ignora sa question. Il pointa du doigt le fauteuil que Gabe avait fait.

— Pourquoi est-ce qu'il t'a offert ça ?

— Comment ?

— Ne fais pas semblant de ne pas comprendre, gronda-t-il. Et ces fleurs, d'où est-ce qu'elles viennent ?

Des fleurs ? Hannah se pencha à l'extérieur et vit un pot d'hortensia posé par terre.

— Je l'ignore, répondit-elle.

Mais bien qu'elle n'ait pas vu Gabe le poser là, elle savait que cet hortensia venait de lui. Elle avait vu exactement le même sur son comptoir.

— C'est Gabe, n'est-ce pas ? marmonna Russ. Pourquoi te fait-il tous ces cadeaux ?

— Ce ne sont pas des cadeaux. Enfin…, le fauteuil n'est pas un cadeau. Pour les fleurs, je ne sais pas qui les a mises là.

— Ça ne peut être que lui.

Hannah commençait à s'impatienter.

— Ecoute, dit-elle, fais-moi plaisir et rentre chez toi, d'accord ?

— Nous sommes peut-être divorcés, Hannah, mais tu es toujours la mère de mes enfants, répliqua-t-il. J'ai le droit de savoir ce qui se passe.

— Certainement pas. Et tu n'as pas le droit, non plus, de venir frapper à ma porte au beau milieu de la nuit.

Russ la considéra d'un œil peu amène.

— Tes lumières étaient allumées. Ne me dis pas que je te dérange.

— Mes lumières étaient sur le point de s'éteindre, et tu me déranges vraiment, rétorqua Hannah. Maintenant, si tu veux bien m'excuser…

Elle voulut fermer la porte, mais il la bloqua avec le pied. Puis il dit d'une voix presque suppliante :

— Tu ne sors pas avec lui, n'est-ce pas ? Pas avec Gabe… Qui tu voudras, mais pas Gabe, d'accord ? Est-ce que tu veux bien me le promettre ?

Hannah soupira. Elle savait bien que Russ ne supporterait pas de la voir sortir avec qui que ce soit. Ils avaient beau être divorcés depuis six ans, il était toujours aussi possessif.

— Je n'ai rien à te promettre, répondit-elle.

— Ecoute, insista-t-il, tu ne veux tout de même pas devoir t'occuper d'un invalide pour le restant de tes jours !

— Gabe n'a pas besoin qu'on s'occupe de lui, rétorqua-t-elle. Il s'en sort très bien tout seul.

— Ah ! Donc, tu le vois souvent.

— Non, je… Enfin, fiche-moi la paix, Russ. Va-t'en d'ici.

— Tu ne peux pas me quitter pour un impotent, Hannah !

— Je t'ai déjà quitté, Russ. Et pour d'autres raisons.

Hannah tenta de nouveau de fermer la porte, mais il poussa plus fort de l'autre côté et parvint à se faufiler à moitié dans l'entrebâillement.

— Sors d'ici, dit-elle d'une voix sifflante. Tu vas réveiller les garçons.

— Si tu veux un homme dans ta vie, je suis là, Hannah. J'ai changé. Donne-moi une seconde chance, je t'en prie.

— Il n'en est pas question, Russ. Je ne reviendrai jamais avec toi, tu m'entends ?

— Tu préfères être avec Gabe ?

De guerre lasse, Hannah lâcha la porte, qui s'ouvrit toute grande.

— A ton avis ? fit-elle d'un ton froid.

Russ arrondit les yeux et devint si blême qu'Hannah regretta aussitôt ses paroles.

— Russ, ne va pas croire que…, commença-t-elle.

Mais avant qu'elle ait fini sa phrase, il la frappa du revers de la main au visage. Le coup fut si violent qu'Hannah recula en vacillant de plusieurs pas et dut s'appuyer au mur pour ne pas tomber.

Elle resta là à le contempler bouche bée, tandis qu'il s'effondrait littéralement.

— Oh, Seigneur ! Je suis désolé, Hannah. Je ne voulais pas faire ça, je te le jure. Mais tu me rends fou. Parfois, je… je me dis que je vais mourir si tu ne reviens pas avec moi.

Elle remarqua distraitement qu'il ne cessait de crisper et décrisper les poings. Puis il ajouta :

— Mais aussi, c'est ta faute, tu comprends ? Je ne t'avais jamais frappée, jusqu'ici.

Hannah sortit enfin de sa torpeur. Elle se palpa la joue avec précaution, et tendit le bras, l'index pointé vers la rue.

— Va-t'en immédiatement.

— S'il te plaît, Hannah, gémit Russ, ne sois pas fâchée. Et d'abord, je ne t'ai pas frappée si fort que ça…

Hannah n'en crut pas ses oreilles. Elle avait un goût de sang dans la bouche, ses dents lui faisaient mal et elle ne sentait plus sa joue.

— Ne reviens jamais chez moi, si ce n'est pour prendre les enfants, dit-elle d'un ton cinglant. Ou je ferai en sorte que le juge t'en empêche.

Sur ce, elle lui claqua la porte au nez et la verrouilla. Enfin seule, elle posa le front contre le panneau et laissa libre cours à ses larmes. Pourquoi avait-il fallu qu'elle se marie avec Russ ? Pourquoi avait-elle cédé aux pressions ? S'il n'y avait eu Brent et Kenny, elle aurait maudit le jour où sa mère s'était installée à côté de chez les Price.

Hannah tendit l'oreille, se demandant si Russ allait se manifester de nouveau. Mais il devait être aussi choqué qu'elle par ce qu'il avait fait, car il n'essaya même pas. Quelques instants plus tard, elle entendit la jeep démarrer, et le bruit du moteur s'estompa au loin.

« Il est parti », se dit-elle en séchant ses larmes du dos de la main. Oui, il était parti. Mais la douleur que son coup lui avait causée était toujours bien présente.

Elle alla dans la cuisine se rincer la bouche, mit quelques glaçons dans un sac en plastique qu'elle s'appliqua sur la joue, puis, prenant le T-shirt au passage, elle monta dans sa chambre et se pelotonna dans son lit, faisant le vide dans son esprit pour mieux sentir l'odeur de Gabe qui imprégnait le tissu.

Le matin suivant, dès qu'elle se leva, Hannah alla se regarder dans la glace et constata avec désespoir qu'elle avait une lèvre et une joue enflées. Tout en contemplant son reflet, elle se demanda ce qu'elle devait faire au sujet de Russ. Ainsi qu'il l'avait dit lui-même, il ne l'avait jamais frappée jusqu'ici, et il avait aussitôt regretté son geste. Mais elle devait tout de même faire constater ses blessures, au cas où il lui prendrait l'envie de recommencer. Avec un soupir, elle décida donc de se rendre au poste de police plus tard dans la journée.

Pendant que les enfants dormaient encore, Hannah sortit dans le jardin et brancha l'arrosage automatique. Le soleil se levait à peine, peignant l'horizon de rose pastel, mais, plongée qu'elle était dans ses pensées, c'est à peine si elle le remarqua. Elle se disait que sa vie avait pris un tour imprévu depuis qu'elle avait commencé à voir Gabe. Une part d'elle-même se réjouissait de cette évolution, mais une autre part voulait s'accrocher à la vie sans histoires qu'elle avait réussi à bâtir depuis son divorce. Elle ne pouvait s'empêcher de noter que Russ n'avait jamais eu recours à la violence avant que Gabe entre en scène…

Le passage du livreur de journaux la tira de sa méditation. Elle alla chercher l'exemplaire du quotidien local qu'il avait laissé sur la boîte à lettres, mais au lieu de l'ouvrir, elle s'assit dans son nouveau fauteuil et contempla le pot d'hortensia que Gabe avait dû poser là, hier soir, avant de partir. Elle songeait que cet homme était plein de surprises, quand Kenny apparut sur le seuil.

— Ah, tu es là, dit-il.

— Tu t'es levé bien tôt, s'étonna Hannah.

— Je ne pouvais plus dormir.

Il avança d'un pas… et se figea sur place en regardant son visage.

— Mais, m'man, que t'est-il arrivé ?

— Je me suis battue avec la mère de Sly, répondit-elle.

— *Quoi* ?

Malgré sa lèvre tuméfiée, Hannah réussit à sourire.

— Je plaisantais, mon grand. En fait, je me suis levée pour aller aux toilettes, cette nuit, et, dans l'obscurité, j'ai heurté la porte de plein fouet.

Elle ne se voyait pas dire à son fils que c'était Russ qui l'avait frappée…

— Eh bien, maintenant, tu sais quel effet ça fait, commenta Kenny.

— Hé oui.

— Avec la tête que nous avons, ajouta-t-il, nous avons intérêt à adopter un profil bas, aujourd'hui.

— Je ne te le fais pas dire.

La sonnerie du téléphone vint soudain les interrompre.

— Je me demande qui appelle aussi tôt, s'interrogea Kenny.

Hannah doutait que ce soit Gabe, mais on ne savait jamais.

— J'y vais, dit-elle en se levant d'un bond.

Elle s'empressa de rentrer et décrocha le téléphone.

— Allô ?

— Hannah ?

Elle reconnut la voix de la sœur de Russ, mais son ton sec la déconcerta.

— Bonjour, Patti. Que se passe-t-il ?

— Est-ce que c'est vrai ?

Hannah réfléchit rapidement, mais elle ne voyait pas à quoi Patti faisait allusion.

— De quoi parles-tu ?

— Est-ce que tu couches vraiment avec Gabe Holbrook ?

Chapitre 16

« Est-ce que tu couches vraiment avec Gabe Holbrook ? »

Les paroles de Patti se répercutèrent dans le crâne d'Hannah tandis qu'elle cherchait fébrilement une réponse à la question de son ex-belle-sœur. Mais comment était-elle au courant ? Surtout aussi tôt. Il n'y avait pas vingt-quatre heures qu'Hannah et Gabe avaient fait l'amour !

— Non, finit-elle par répondre par pure révolte.

Que ce soit un mensonge lui importait peu. Elle ne supportait pas cette ingérence dans sa vie privée. Et Russ avait eu un sacré culot d'appeler Patti après ce qu'il lui avait fait cette nuit. Car qui d'autre que lui aurait pu divulguer la nouvelle ? Heureusement, Hannah savait qu'il n'avait pas de preuve, si ce n'est que Gabe était passé chez elle et lui avait laissé un pot de fleurs.

— Gabe est venu hier pour discuter avec Kenny du match de vendredi, expliqua-t-elle. Il m'a offert des fleurs pour me remercier des repas que je lui ai préparés. Je ne sais pas ce que Russ a bien pu te raconter, mais…

— Russ ne m'a rien raconté du tout, coupa Patti. En

revanche, je suis allée marcher avec Deborah Wheeler, ce matin, et elle m'a dit…

Hannah revit soudain la voiture qu'elle avait failli percuter hier soir en sortant de chez Gabe. C'était donc bien Deborah qui était au volant ! Consternée, elle se massa les tempes, tandis que Patti concluait sans surprise :

— … qu'elle t'avait vue chez Gabe hier après-midi.

Hannah se souvint alors de ce qu'avait dit Shirley, la semaine dernière, au salon de coiffure — que Deborah avait des vues sur Gabe. Ce devait être vrai, sinon pourquoi serait-elle venue rôder autour du chalet ?

— Je suis allée récupérer mes plats, déclara-t-elle.

— Mais enfin ! Deborah t'a vue à moitié nue derrière chez Gabe, rétorqua Patti.

« Oh, mon Dieu ! » s'affligea Hannah.

— Elle a dû se tromper, répondit-elle. Je ne vois pas comment elle…

— Elle ne s'est pas trompée, tu le sais très bien.

A ce moment-là, Kenny entra dans le salon, et l'estomac d'Hannah se noua.

— Qui est-ce ? voulut-il savoir.

— Patti, répondit-elle.

— Est-ce que c'est Brent ? demanda Patti au bout du fil.

— Non, c'est Kenny.

— Est-ce qu'il est au courant ?

Hannah serra les paupières. A quoi bon mentir plus longtemps ? Elle laissa fuser un soupir et répondit que non.

— Je présume que tu préfères qu'il ne le sache pas ? dit Patti.

— En effet, admit Hannah.

Elle s'éclaircit la voix et s'adressa à son fils.

— Est-ce que tu veux bien aller couper l'eau, dans le jardin ?

— D'accord, fit Kenny.

Quand il fut ressorti, Hannah baissa la voix, au cas où Brent descendrait sans qu'elle l'entende.

— Gabe et moi sommes adultes, Patti. Ce qui peut se passer entre nous ne regarde personne, et certainement pas Deborah Wheeler.

— Je suis d'accord avec toi, convint son ex-belle-sœur. Ce qu'elle a fait est inadmissible. Je sais que ce n'est pas une excuse, mais elle a vu Gabe acheter des préservatifs, hier, et cela a éveillé sa curiosité.

— Ce n'est pas simplement la curiosité qui l'a attirée chez Gabe, répliqua Hannah. Elle y est allée parce qu'elle s'est amourachée de lui.

— Et alors ? fit Patti. La plupart des femmes de Dundee ont fantasmé sur Gabe à un moment ou à un autre. Ce n'est pas pour Deborah que je m'inquiète, c'est pour toi. Je ne veux pas que tu souffres.

— Tu n'as pas à t'inquiéter pour moi, repartit Hannah d'un ton plus sec qu'elle n'aurait voulu.

— Hannah, je sais que nos rapports se sont un peu tendus, depuis le divorce, dit Patti d'une voix plus douce. Parce que j'ai autant d'affection pour toi que pour mon frère, j'ai souvent l'impression d'être déchirée entre vous deux. Et je ne peux m'empêcher d'espérer que vous résoudrez vos problèmes et que vous vous réconcilierez un jour.

A cette simple idée, Hannah se crispa.

— Ce n'est pas possible, Patti. Je ne suis plus amoureuse de lui.

Elle aurait pu ajouter qu'elle ne l'avait jamais été, que, de surcroît, il l'avait frappée, cette nuit, mais elle se retint. Cela ne servirait à rien : Patti trouverait toujours des excuses à son frère.

Mais son ex-belle-sœur n'insista pas. A l'évidence, l'histoire en cours la préoccupait davantage.

— Gabe n'est pas du genre à se fixer, affirma-t-elle. Il était déjà distant avant l'accident, et c'est encore pire aujourd'hui.

Ces paroles eurent sur Hannah l'effet d'une gifle.

— Tu veux dire : à se fixer avec moi ?

— Non, Hannah, ce n'est pas toi qui es en cause. Tu es une femme merveilleuse et très séduisante. La plupart des célibataires de Dundee seraient heureux de sortir avec toi. Mais c'est de Gabe que nous parlons. As-tu oublié que c'est à cause de toi qu'il est dans cet état ?

— Comment veux-tu que je l'oublie ?

— Exactement. Alors, est-ce que tu penses qu'une relation entre vous aurait la moindre chance de durer ? Le ressentiment reprendrait ses droits à un moment ou à un autre.

« Elle a raison », se dit Hannah. Mais cela ne l'empêchait pas d'avoir envie de tenter sa…

— Hannah ? fit Patti, surprise de son silence.

— Je suis toujours là, répondit-elle.

— Je suis désolée d'être aussi directe, s'excusa Patti, mais, comme je te l'ai dit, je ne veux pas que tu souffres. Et je ne veux pas non plus que Russ ou Brent et Kenny subissent le contrecoup de cette affaire.

— J'entends bien, dit Hannah.

Mais Kenny était de retour. Aussi ajouta-t-elle simplement :

— Je dois te quitter, maintenant.

— C'est tout ? s'étonna Patti.

— Que veux-tu que je te dise de plus ?

Il y eut un silence, puis la sœur de Russ déclara :

— Je te rappellerai.

— D'accord.

— Qu'est-ce qu'elle voulait ? demanda Kenny en regardant Hannah raccrocher.

Elle tourna les yeux vers lui.

— Patti pense que je devrais renouer avec ton père.

— Pourquoi ?

— Sans doute pour que tout le monde soit de nouveau heureux.

A ces mots, Kenny grimaça.

— Tu n'es pas d'accord avec elle ? demanda Hannah.

Elle savait très bien que ses deux enfants avaient longtemps espéré qu'elle et Russ se réconcilieraient.

Mais Kenny la surprit.

— Non, m'man, dit-il d'une voix tendre. Toi aussi tu as le droit d'être heureuse.

*
* *

Quand Gabe entendit frapper, il s'empressa d'arrêter la vidéo de football qu'il était en train de regarder et de suivre Lazare qui se dirigeait déjà vers la porte. Ce devait être Hannah. Elle ne l'avait pas appelé de toute la journée.

Mais il aurait mieux fait de vérifier par la fenêtre. Car en ouvrant, ce ne fut pas Hannah qu'il découvrit, mais sa sœur Reenie.

— Il faut que je te parle, annonça-t-elle sans préambule, tandis que Lazare lui léchait la main.

— Tu aurais pu appeler, avant de venir, marmonna Gabe.

Mais cet accueil ne la démonta pas ; Reenie se démontait rarement.

— Tu veux rire ! fit-elle. Avec ce que j'ai à te dire, tu m'aurais raccroché au nez en moins de deux.

— Arrête, tu me fais trembler d'effroi ! plaisanta Gabe. Encore des mauvaises nouvelles ?

— Rien de plus que la dure vérité.

Reenie caressa Lazare, puis elle entra en coup de vent dès que Gabe eut assez reculé, et, une fois de plus, il se dit que sa sœur lui faisait penser à un chihuahua. Avec son mètre cinquante-cinq, elle était menue et mignonne — et plus jeune que lui de dix ans —, mais rien ne lui faisait peur. Occasionnellement, Gabe reconnaissait avec réticence qu'elle avait un cœur en or et assez d'énergie pour soulever des montagnes, mais la plupart du temps, son caractère autoritaire et ses railleries acérées l'énervaient. Elle était bien résolue à porter toute la misère du monde sur ses épaules — et malheur à qui osait se mettre en travers de son chemin.

Gabe était bien placé pour le savoir. A part Keith, le mari de Reenie, il était l'un des rares à lui opposer quelque résistance. Sans doute parce qu'il était tout aussi têtu que sa sœur. Quoi qu'il en soit, il jugeait de son devoir d'empêcher Reenie de tout écraser sur son passage, y compris les humains.

— Est-ce que je peux faire quelque chose pour te dissuader de parler ? demanda-t-il.

Elle haussa les sourcils et le fixa de ses yeux du même bleu que les siens.

— Non, mais je veux bien commencer par ce qui me paraît le plus positif.

— C'est-à-dire ?

— Le fait que tu cesses de t'accrocher au passé pour te tourner enfin vers l'avenir.

— Mais de quoi parles-tu ?

— D'Hannah Price, bien sûr. Je trouve votre liaison fantastique.

Gabe grimaça. Si Hannah voulait rester discrète, c'était raté.

— Notre liaison !... Tu y vas un peu fort, protesta-t-il.

— N'essaie pas de te défiler, répliqua Reenie. Tu as bien couché avec elle, hier, n'est-ce pas ?

Gabe se redressa dans son fauteuil.

— Quoi ? Mais qui t'a dit ça ?

— Toute la ville en parle, assura sa sœur. Shirley Erman m'a appelée, ce matin, pour me dire que Deborah Wheeler lui avait dit qu'Hannah était à moitié nue devant ton atelier, hier après-midi.

A ces mots, Gabe faillit suffoquer de colère.

— Et comment Deborah Wheeler le saurait-elle ?

— Justement, je lui ai téléphoné pour lui poser la question. Elle m'a répondu qu'elle était dans le coin par hasard.

— Seigneur ! soupira Gabe. Elle est encore pire que ce que je croyais.

— Mais il y a d'autres témoins, poursuivit Reenie. Marge Finley m'a dit que tu avais acheté du champagne, des fraises nappées de chocolat et des fleurs. Elle a ajouté avec un clin d'œil que tu avais aussi acheté des préservatifs et que tu t'étais targué d'utiliser toute la boîte le soir même. Si avec tout ça tu comptais garder secrète ta liaison avec Hannah, tu te faisais des illusions.

Gabe songea qu'il n'avait pas vraiment prévu de faire l'amour avec Hannah quand il avait acheté ces satanés préservatifs. Mais il voyait bien, maintenant, que son subconscient avait pris les devants.

— Bon sang de bon sang ! pesta-t-il sourdement en se passant la main dans les cheveux.

— Alors, est-ce que c'est sérieux entre Hannah et toi ? demanda sa sœur.

Sérieux ? Gabe n'en avait pas la moindre idée. L'attirance qu'il ressentait pour elle l'avait pris par surprise, et ce qu'elle éprouvait pour lui faisait peur à Hannah. Et le fait que leur liaison soit sur toutes les lèvres n'allait rien arranger…

— Si c'est cela le côté positif de ta visite, dit-il pour éviter de répondre à la question de Reenie, je redoute le négatif.

— Je veux te parler de papa.

— Un autre jour, marmonna-t-il.

— Gabe, il y a déjà assez longtemps que ça dure.

— Cette histoire ne te regarde pas, Reenie.

— Bien sûr qu'elle me regarde ! C'est mon père et tu es mon frère. Je vous aime autant l'un que l'autre, et j'en ai assez que la famille soit divisée.

— Papa aurait dû penser qu'il risquait de diviser la famille avant de…

— Mais, Gabe, il y a vingt-quatre ans qu'il a eu cette aventure ! Beaucoup d'eau a coulé sous les ponts. Tu pourrais faire preuve d'un peu de mansuétude.

— De mansuétude ? Alors qu'il nous a fait une demi-sœur dans le dos ?

— Lucy est une femme formidable. Je l'aime beaucoup, et tu l'aimerais tout autant si seulement tu faisais l'effort de la connaître.

Gabe ne sut que répondre. Il aurait voulu oublier le passé, mais chaque fois qu'il imaginait son père avec la mère de Lucy, il avait le sentiment d'avoir été trahi.

Voyant qu'il se taisait, sa sœur remonta au créneau.

— Il y a peut-être des choses auxquelles tu n'as pas réfléchi, Gabe.

— Comme quoi ?

— Comme le fait que la vie de couple n'est pas toujours facile, même pour des gens honnêtes.

Au ton de sa voix, Gabe se dit qu'elle ne parlait pas seulement de leurs parents.

— Que veux-tu dire ? demanda-t-il.

— Rien de plus que ce que j'ai dit, répondit Reenie en détournant les yeux.

— Non, il y a autre chose. Tu n'aurais pas un problème avec Keith, par hasard ?

Elle changea de position sur son siège, manifestement mal à l'aise.

— Oh, rien de très important, répondit-elle. Keith est le meilleur des pères.

— Et le meilleur des maris, c'est bien ça ?

— Je l'aime. Il compte plus, pour moi, que tout au monde.

— Mais… ?

— Il a changé, avoua Reenie.

Elle avait l'air si bouleversée, tout à coup, que Gabe ne ressentit plus la moindre animosité envers elle. En dépit de leur désaccord, elle était toujours sa petite sœur, et il aurait fait n'importe quoi pour la protéger.

— Dans quel sens a-t-il changé ? demanda-t-il.

— Il est souvent… préoccupé.

— Depuis quand ?

— C'est difficile à dire, répondit Reenie. Je pense que c'est arrivé graduellement.

— Le fait qu'il ne soit pas là une semaine par mois ne doit pas faciliter les choses, observa Gabe.

— Il s'absente plus longtemps que ça, lui apprit sa sœur. Softscape a réduit les périodes de télétravail. Depuis un an, Keith déserte la maison quinze jours par mois.

Gabe ne se sentit pas fier. Il était tellement obnubilé par ses propres problèmes qu'il n'avait rien su de cette histoire.

— Il doit te manquer, commenta-t-il plutôt bêtement.

Reenie eut un petit rire sans joie.

— C'est peu de le dire, soupira-t-elle. J'ai parfois l'impression d'être divorcée… ou veuve. Mais ça ne fait rien, dit-elle, se ressaisissant. Nous finirons bien par nous en sortir.

Gabe comprit qu'elle refusait de s'apitoyer sur son propre compte, chose qu'elle lui avait reproché de faire à maintes reprises. Mais il n'allait pas lui tenir rigueur maintenant de ce qu'elle avait dit dans le passé.

— Tu devrais lui demander de changer d'employeur, suggéra-t-il.

— Je l'ai fait. Mais il craint de ne pas trouver de poste équivalent dans la région. Il est vrai qu'il n'y a pas beaucoup d'ouvertures pour un programmeur, par ici.

— Et si tu déménageais à Los Angeles, pour être avec lui ?

— Je le lui ai proposé, mais il ne veut pas en entendre parler. Il dit qu'il ne veut pas nous séparer de nos amis et de la famille, les enfants et moi.

— En tout cas, si c'est un problème d'argent…, commença Gabe.

Mais Reenie l'arrêta d'un geste.

— Il n'est pas question d'accepter que tu nous aides financièrement, Gabe. Nous avons trop d'amour-propre pour cela.

En un clin d'œil, elle était redevenue la Reenie courageuse et coriace qu'elle était habituellement.

— Je tenais juste à dire, reprit-elle en se levant, que la vie de couple avait ses hauts et ses bas, et que nous ignorons quelles épreuves traversait papa à l'époque où il a eu son aventure. Penses-y et essaie d'enterrer le passé, Gabe. Au moins, papa a toujours été là quand nous avions besoin de lui. Pour ma part, je n'ai jamais douté qu'il nous aimait.

Gabe n'en avait jamais douté non plus, mais là n'était pas le problème. C'était son hypocrisie qu'il reprochait à son père. Cela étant, Reenie avait peut-être raison. Gabe n'avait jamais été marié et ne savait rien de la vie de couple.

— J'essaierai, dit-il.

— Et si tu venais dîner, dimanche prochain ? suggéra alors Reenie. Papa serait au comble du bonheur. Hier soir, il a mangé sans dire un mot en regardant ta chaise vide.

Gabe contempla Lazare qui s'était assoupi à ses pieds. Dîner chez ses parents… Entraîner l'équipe du lycée… Faire l'amour avec Hannah… Décidément, sa vie devenait beaucoup trop compliquée.

— Je vais y réfléchir, promit-il.

Sa réponse dut satisfaire Reenie, car elle sourit et posa la main sur son bras. Pendant quelques secondes, il crut même qu'elle allait l'embrasser et eut envie qu'elle le fasse.

Mais au lieu de cela, elle hocha brièvement la tête et sortit.

Escorté de Lazare, Gabe la suivit sous la véranda et la regarda se diriger vers sa voiture. Juste avant qu'elle y monte, il lui lança de ne pas hésiter à l'appeler si elle avait besoin de quoi que ce soit.

— Tout ira très bien, répondit-elle. Tout ce que je te demande, c'est de venir dîner chez les parents dimanche prochain.

Puis elle grimpa dans sa voiture et baissa la vitre, pour ajouter avec un sourire :

— Tu peux amener Hannah, si tu veux.

Gabe se borna à lui adresser un petit signe de la main. Il était à peu près certain qu'Hannah ne tiendrait pas à fournir un sujet supplémentaire de commérages à la population bien-pensante de Dundee.

Au moment où sa sœur démarrait, le téléphone se mit à sonner. C'était peut-être Hannah qui voulait savoir pourquoi il avait acheté des préservatifs chez Finley, se dit-il… Il se hâta d'aller répondre — mais il ne reconnut pas tout de suite la personne qui appelait.

— Bonjour, Gabe. Comment allez-vous ?

— Bien, merci. Mais qui est à l'appareil ?

— Phil Hunt, de Sports Channel.

Le producteur de *Compte à rebours*, l'émission dominicale de la chaîne consacrée au football américain, compléta Gabe *in petto*. Hunt le relançait régulièrement, et, d'habitude, Gabe lui laissait à peine le temps de dire un mot avant de raccrocher. Mais aujourd'hui, cette diversion tombait à point nommé.

— Que se passe-t-il, Phil ? demanda-t-il.

— Il se passe que nous avons besoin d'un commentateur, répondit l'homme. Et le plus tôt sera le mieux.

— Je pensais que vous aviez déjà quelqu'un ?

— Eh bien…, disons que Norm Bolitzer ne nous convient pas vraiment. Il sait de quoi il parle, entendez-moi bien : c'était l'un des meilleurs joueurs de la ligue. Mais il ne parvient pas à surmonter son trac. Il ne laisse pas sa personnalité s'exprimer, si vous voyez ce que je veux dire.

— Est-ce qu'il sait qu'il ne fait pas l'affaire ?

— Par bonheur, il s'en est rendu compte avant que nous lui en parlions. Il est comme vous, Gabe : ce n'est pas l'argent qui le motive. Quand il s'est aperçu qu'il ne prenait aucun plaisir sur le plateau, il a préféré arrêter.

— Qu'est-ce qui vous fait croire que je ferais mieux que lui ?

— Vous plaisantez ? Nous vous avons eu assez souvent en tant qu'invité pour savoir que vous réfléchissez vite et que vous n'avez pas de problème pour vous exprimer devant les caméras. C'est tout ce que nous demandons.

— Phil…

— Attendez un peu, Gabe. Au moins, écoutez-moi. Je vais vous faire une offre que vous ne pourrez pas refuser.

Gabe s'apprêtait à lui dire qu'il n'était pas intéressé, mais il préféra réfléchir d'abord. L'appel de Hunt survenait à un moment de son existence où il commençait à prendre conscience qu'il devait aller de l'avant. Il fallait qu'il recommence à vivre, que ce soit à Dundee ou ailleurs. Mais à Dundee, il y avait Blaine et le complot qu'il fomentait. Hannah, dont il avait fait malgré lui un sujet de commérages. Reenie, qui voulait le faire renouer avec l'auteur de ses jours. Il ne pouvait pas faire patienter sa sœur indéfiniment. S'il restait, il devrait se réconcilier avec son père dans les semaines qui venaient.

Or, il n'était pas prêt à franchir le pas. Il commençait juste à accepter le fait qu'il ne recouvrerait jamais l'usage de ses jambes, que le bref créneau pendant lequel cela aurait été possible faisait déjà partie du passé. New York lui offrirait peut-être une période de transition — une année ou deux pour s'habituer doucement à la réalité nouvelle.

— Gabe ? Vous êtes toujours là ? demanda Hunt quand il eut fini sa tirade.

Il avait détaillé les termes d'un contrat, mais Gabe n'avait pas vraiment écouté.

— Je suis toujours là, répondit-il.

— Alors, qu'est-ce que vous en pensez ? voulut savoir le producteur. C'est impressionnant, non ? Viendrez-vous à New York pour la saison ?

New York, la ville de toutes les opportunités… Par rapport à Dundee, c'était le jour et la nuit, songea Gabe. Mais s'il ne parvenait pas à trouver l'anonymat auquel il aspirait dans sa ville natale, il pouvait aussi bien s'afficher devant le pays tout entier, voir s'il pouvait entamer une carrière à la télévision qui serait aussi épanouissante que celle qu'il avait dû abandonner.

— Je pense que je vais essayer, s'entendit-il répondre.

— Quoi ? Vous acceptez ?

Devant la surprise de Hunt, Gabe comprit que le producteur ne s'était guère fait d'illusions.

— Pourquoi pas ? fit-il.

— Quand pouvez-vous commencer ?

Gabe contempla Lazare. L'amener à New York pourrait poser quelques problèmes. Le chien n'apprécierait pas forcément la grande ville. Mais Gabe devait se retrouver, se demander où était sa place aujourd'hui.

— Quand voudriez-vous que je commence ? demanda-t-il.

— Hier.

Gabe pensa au match de vendredi.

— Je ne peux pas venir avant samedi, dit-il.

— Bien, nous nous arrangerons, j'en suis sûr. Je demanderai à ma secrétaire de s'occuper de votre vol et de vous tenir au courant.

— Et il faudra que je revienne ici pendant la semaine jusqu'à ce que je trouve quelqu'un pour me remplacer au lycée, où j'entraîne l'équipe de football, précisa Gabe.

La perspective de laisser tomber les Spartans le désolait, mais il valait mieux qu'il le fasse en début de saison.

— Ne vous inquiétez pas pour ça, répondit Hunt. Nous vous remplacerons par le meilleur entraîneur que Dundee ait jamais eu. Nous vous l'enverrons par avion, et nous le paierons assez cher pour qu'il ne voie pas d'inconvénient à passer la saison sur place. Ainsi, tout le monde y trouvera son compte.

— Je veux le rencontrer avant qu'il prenne officiellement ses fonctions, exigea Gabe.

— Cela ne pose aucun problème, assura Hunt.

— Parfait. Alors, à samedi.

Il raccrocha en se félicitant que les Deborah Wheeler et les Melvin Blaine n'aient bientôt plus la moindre influence sur sa vie. Il allait de nouveau amasser les dollars à la pelle et faire la couverture des magazines sportifs. Cela ressemblait à ce qu'il avait perdu, n'est-ce pas ?

« Non », répondit une petite voix en lui. Il était capable de faire face à Melvin Blaine et à Deborah Wheeler. Ils ne représentaient que des problèmes mineurs. Quant à la gloire et à la fortune, il ne leur avait jamais accordé d'importance. Seule la réussite avait un sens pour Gabe. Il s'était toujours efforcé d'être le meilleur dans ce qu'il faisait.

Mais, aujourd'hui, il était désorienté. Il ne savait plus ce qui le faisait vivre, ce qui comptait réellement. Alors, écartant le pressentiment qu'il était en train de commettre une erreur, il se dit qu'il était grand temps de forcer le destin.

Chapitre 17

Hannah passa les trois jours qui suivirent dans un état de tension extrême, hantée par la crainte que Kenny ou Brent surprennent les commérages. Cependant, elle vaqua à ses affaires comme si de rien n'était, s'efforçant de ne pas réagir aux murmures qui accompagnaient son passage. En allant au supermarché acheter du lait, elle entendit Marge Finley demander à quelques clientes : « Savez-vous que Deborah a vu… » Là, la voix de Marge baissa d'un ton, mais Hannah savait qu'elle était en train de raconter que Deborah l'avait vue à moitié nue — ou, plutôt, complètement nue, comme on l'affirmait maintenant — dans le jardin de Gabe.

Le sourire entendu que Shirley lui décocha quand elle alla faire le plein d'essence prouvait qu'elle aussi connaissait la nouvelle. Même Lula et Evelyn Bell, qui se présentèrent soudain au studio pour retirer un lot de photos qu'elles avaient laissé en souffrance pendant trois semaines, firent allusion à Gabe. Elles étaient prêtes à parier cent dollars, dirent-elles, qu'invalide ou pas, il était supérieur au lit à leurs maris, et se poussèrent du coude en gloussant quand Hannah s'abstint de tout commentaire.

Bien que les détails de l'affaire soient de plus en plus exagérés, Hannah se disait que le scandale s'éteindrait de lui-même si elle ne réagissait pas. Elle souhaitait de tout son cœur que la vie reprenne son cours normal avant que les rumeurs ne poussent Russ à revenir la voir, et avant que les garçons ne s'aperçoivent de ce qui se passait autour d'eux. Par bonheur, l'école avait repris, et Kenny ne semblait se préoccuper que de lui-même.

Le jeudi, Hannah commençait à penser que le tumulte s'estompait, à l'image de l'ecchymose sur sa joue qui avait viré au jaune pâle. Mais elle commençait aussi à redouter que le désir qui la poussait vers Gabe ne s'apaise jamais. Il l'avait appelée en début de semaine pour lui dire ce qu'elle savait déjà, à savoir que leur petit secret n'était plus un secret, mais ils n'avaient échangé que quelques mots embarrassés. Ils avaient eu le temps, toutefois, de décider d'un commun accord qu'elle ne préparerait plus ses dîners pour le moment.

Dans l'ensemble, Hannah avait l'impression d'avoir marché sur une corde raide depuis lundi. Heureusement, pour autant qu'elle le sache, tout n'allait pas si mal que ça. D'abord, ses garçons paraissaient ignorer le scandale. Ensuite, à cause sans nul doute du fait que Russ ne l'avait jamais frappée auparavant, tout le monde semblait accepter son explication comme quoi elle avait heurté la porte des toilettes. Elle avait pris soin de rapporter les faits à la police, mais elle n'avait pas porté plainte. Et, enfin, malgré l'envie qu'elle en avait, elle avait réussi à ne pas appeler Gabe.

Mais si le ciel ne l'avait pas encore tout à fait abandonnée, Hannah craignait fort que ce qu'elle avait à faire ce matin n'arrange pas les choses. L'homme qui était chargé de l'album du lycée l'avait contactée deux fois, cette semaine, pour lui réclamer les photos qu'elle aurait dû lui apporter lundi. Hannah devait s'en occuper tout de suite, ce qui voulait dire qu'elle devait se rendre au chalet de Gabe pour photographier l'homme qu'elle déshabillait en esprit chaque fois qu'elle fermait les yeux.

— Ce devrait être très amusant, marmonna-t-elle d'un ton sarcastique, tout en se demandant comment le plan qu'elle avait échafaudé pour forcer Gabe à sortir de chez lui avait pu l'entraîner dans une telle dégringolade.

— Tu as dit quelque chose, m'man ?

Hannah tourna vivement la tête. Elle ne s'était pas aperçue que Kenny était à portée de voix.

— Non, rien d'important, répondit-elle en prenant son appareil photo.

Voyant qu'elle était prête, Kenny mit son sac à dos. Elle devait les déposer à l'école, lui et Brent, au passage.

— Est-ce qu'on est obligés d'aller chez papa, ce week-end ? demanda-t-il.

— Tu n'en as pas envie ?

Kenny secoua la tête.

— Je n'ai pas eu de nouvelles de ton père depuis quelques jours, dit Hannah, mais je l'appellerai dans l'après-midi pour savoir ce qu'il projette.

Sur ce, elle cria à Brent de se dépêcher et se dirigea vers la porte.

— Ça te va très bien d'être en jupe, observa Kenny qui la suivait.

— Merci.

C'est vrai qu'elle n'en mettait pas souvent, songea-t-elle.

— Tu sors prendre des photos, aujourd'hui ? demanda son fils.

Le fracas des pas de Brent dans l'escalier retarda la réponse d'Hannah. Le petit diable s'était mouillé les cheveux, mais n'avait pas pris la peine de les coiffer. Elle essaya tant bien que mal de réparer la situation avec les doigts, mais Brent s'échappa avant qu'elle finisse.

— J'ai encore quelques photos à prendre pour l'album du lycée, dit-elle à Kenny en verrouillant la porte.

— Je croyais que tu avais terminé ?

Les talons d'Hannah cliquetèrent sur le ciment de l'allée qu'elle parcourait d'un pas pressé.

— Non, il me reste Gabe Holbrook, répondit-elle. Je vais monter chez lui dès que je vous aurai déposés.

Du coin de l'œil, elle surprit le sourire de Brent, qui attendait qu'elle ouvre la portière.

— Est-ce que tu vas l'embrasser, m'man ? demanda-t-il.

Hannah eut l'impression que son cœur s'arrêtait de battre, pendant que Kenny la fixait des yeux avant de se tourner vers son frère.

— Qu'est-ce que tu racontes ? maugréa-t-il.

Refusant de se laisser intimider, Brent soutint son regard.

— Gabe Holbrook est le petit ami de maman, déclara-t-il.

Hannah se figea sur place.

— Qui est-ce qui t'a dit ça, Brent ?

— J'ai entendu mon maître et la mère de Lindsay en parler. Elle disait que tu avais de la chance d'être avec Gabe.

Avant qu'Hannah ait pu répondre, Kenny intervint.

— C'est vrai, m'man ? Tu sors avec mon entraîneur ?

Comment cacher la vérité à ses enfants ? soupira-t-elle à part soi.

— Il me plaît, avoua-t-elle. Il me plaît beaucoup.

Kenny la considéra d'un air circonspect.

— Ce T-shirt, l'autre soir…

— Il est à lui, admit Hannah. Il… Il me l'a prêté pour que je ne salisse pas ma chemise en jouant avec son chien.

— Mais vous n'êtes pas… un couple, ou quelque chose dans ce genre ?

— Non. Je… Nous sommes allés au restaurant, samedi soir, et nous avons passé le dimanche après-midi ensemble, voilà tout.

— Alors, c'est pour ça qu'il t'a apporté ce fauteuil et ces fleurs, dit Kenny en désignant le perron du menton. Toi aussi, tu lui plais.

— Je ne crois pas que je lui plaise tant que ça, répliqua Hannah en ouvrant la voiture.

Pendant qu'elle posait son appareil sur le siège arrière, à côté de Brent, Kenny parut se plonger dans ses pensées. Puis il dit :

— Mais alors, s'il pensait que j'étais impliqué dans une sale affaire…

Hannah se tourna brusquement vers lui.

— De quoi parles-tu ? demanda-t-elle d'une voix inquiète.

— Je voulais juste dire que ça ne serait pas bon pour toi si Gabe Holbrook avait des reproches à me faire.

Hannah jeta un coup d'œil à sa montre. Ils allaient être en retard, mais elle voulait savoir ce qui tarabustait son fils.

— Je ne vois pas pourquoi il aurait des reproches à te faire, dit-elle. Tu n'as rien fait de mal, n'est-ce pas ?

— Non, mais…

— Dans ce cas, tu n'as pas de souci à te faire. D'autant que Gabe et moi sommes seulement amis. Je ne suis pas vraiment son type.

— Pourquoi dis-tu ça ? demanda Kenny en montant dans la voiture.

Hannah s'installa au volant avec un petit rire gêné.

— Parce que Gabe est un célibataire endurci. Et, surtout, il est tellement célèbre qu'il est hors de ma portée, tu ne crois pas ?

— Non, m'man, protesta Kenny. *Personne* n'est hors de ta portée.

Touchée par sa conviction, Hannah lui pressa le bras avec tendresse.

— Merci, mon chéri.

— Si tu te maries avec lui, intervint alors Brent, il voudra peut-être partager Lazare avec moi.

En mettant le contact, Hannah ne put retenir un sourire.

Elle s'était dit que ses enfants accepteraient mal de voir leur mère avec un autre homme que leur père, mais Brent ne semblait guère s'en soucier. Avec Kenny, c'était une autre histoire. Elle ne savait pas ce qu'il avait en tête. En ce moment, il avait l'air de ruminer de sombres pensées…

— Je t'ai dit que Gabe et moi étions seulement amis, répondit-elle en reculant dans la rue. Donc, ne va pas t'imaginer que tu pourras prendre son chien.

— Je partagerai ma chambre avec Lazare, continua Brent comme s'il n'avait pas entendu. Il pourra même dormir avec moi. Dans ta chambre à toi, il n'y aura plus assez de place avec Gabe, son fauteuil roulant et tous ses habits.

Il se frotta les mains d'excitation et reprit :

— Quand je vais dire à mes copains que Gabe Holbrook va habiter chez moi avec son chien…

Kenny pivota brusquement sur son siège.

— Tu n'as pas intérêt à parler de ça à qui que ce soit, menaça-t-il.

— Et pourquoi ?

— Il faut que tu laisses le temps à maman et à Gabe Holbrook d'en discuter entre eux, répondit-il d'un ton plus calme.

— Je crois que l'éternité ne suffirait pas, dit Hannah d'un air désinvolte. Il n'y a rien à discuter.

— Ne sous-estime pas Gabe Holbrook, m'man. C'est un homme assez intelligent pour t'apprécier à ta juste valeur, affirma Kenny.

Mais il ne souriait pas, et Hannah n'aurait su dire ce que son fils pensait vraiment.

***

Quand Gabe vint lui ouvrir, Hannah vit aussitôt qu'il sortait de sa salle de musculation. Il portait des gants sans doigts, un débardeur, un short, et la sueur faisait briller sa peau. Et, comme d'habitude, Lazare était à ses côtés.

— Je suis désolée de te déranger, s'excusa-t-elle, mais James Deerborn…

— Qui ça ? coupa-t-il avec une mimique de surprise.

Hannah en profita pour prendre une bonne inspiration, parce que le fait de se retrouver devant Gabe lui coupait le souffle.

— C'est l'homme qui s'occupe de l'album du lycée, expliqua-t-elle. Il veut la photo de toi que j'étais censée lui remettre en début de semaine. Et, donc, euh…, je suis venue voir si ça ne te faisait rien que je la prenne.

Gabe l'observa longuement sans faire mine de la laisser entrer.

— Qu'est-il arrivé à ta joue ? demanda-t-il enfin.

— Oh, fit-elle d'un ton enjoué, j'ai heurté la porte des toilettes dans le noir.

Hannah espérait qu'il n'insisterait pas, mais elle n'eut pas cette chance.

— Quand cela ? voulut-il savoir.

— Dans la nuit de dimanche à lundi.

— Fais-moi voir ça.

Hannah eut une seconde d'hésitation, puis se pencha vers lui. Après avoir examiné soigneusement sa joue tuméfiée, il conclut :

— Désolé, mais ce n'est pas en heurtant une porte que tu t'es fait cela.

Elle ne sut que dire. Jusqu'à présent, tout le monde l'avait crue.

— Eh bien…, commença-t-elle.

— Eh bien ? la poussa-t-il.

Hannah déglutit péniblement et entreprit de caresser la tête de Lazare.

— Il faut que je te prenne en photo, Gabe.

— Est-ce que c'est Russ ?

— Cela n'a pas d'importance, répondit-elle. Ça ne se reproduira pas.

Elle vit que Gabe crispait les poings.

— Pourquoi ne m'en as-tu rien dit ? demanda-t-il.

— Parce que j'ai la situation bien en main.

— Est-ce que tes enfants sont au courant ?

— Bien sûr que non, dit Hannah. Personne ne le sait. De toute façon, je pourrais le crier sur les toits que ça ne changerait rien. Tout ce qui intéresse les gens, actuellement, ce sont nos galipettes de dimanche.

A ces mots, Gabe la parcourut lentement du regard, et elle comprit qu'elle n'était pas la seule à ressentir une certaine émotion. Pour autant, il n'était manifestement pas prêt à changer de sujet.

— C'est pour cette raison que Russ t'a frappée ? Parce qu'il a appris ce qui s'était passé entre nous ?

Comme elle ne voulait pas entrer dans les détails, Hannah répondit :

— Il est jaloux, un point c'est tout.

— Je crois qu'il faut que je lui parle, marmonna Gabe.

— Oh, c'est inutile, s'empressa-t-elle d'affirmer. Je suis allée rapporter les faits à la police.

— Bien. Et je suppose que tu as déposé plainte ?

— Non. Cela n'aurait servi qu'à lui attirer la sympathie de tous. Je sais très bien ce qu'il aurait dit : « C'est à peine si je l'ai touchée. Je n'avais jamais porté la main sur elle, mais quand elle m'a jeté son aventure avec Gabe au visage, j'ai eu un instant de folie. »

— Il n'empêche, tu aurais dû porter plainte, persista Gabe. Le fait que tu ne l'aies pas fait peut l'encourager à recommencer.

— Sincèrement, cela m'étonnerait. Il a tout de suite regretté son geste, et je t'assure qu'il était vraiment consterné.

Gabe se frotta pensivement le menton, puis il se décida enfin à reculer.

— Tu veux entrer ?

Hannah hocha la tête et passa devant lui pour pénétrer dans le chalet. Lazare la suivit ; il pencha la tête d'un air curieux en la regardant ouvrir l'étui de son appareil.

— Tu ne vas pas me prendre en photo dans cet état ? s'inquiéta Gabe.

— Pourquoi pas ?

— Il vaudrait mieux que je me douche d'abord, tu ne crois pas ?

— Oh, bien sûr ! fit Hannah, confuse.

Mais, à ses yeux, il était parfait comme il était.

— Veux-tu que j'attende ici ? ajouta-t-elle.

— Eh bien, franchement…

Hannah prit alors conscience, mais un peu tard, de l'ambiguïté de sa question. Leurs regards se rivèrent l'un à l'autre, et elle comprit que leurs rapports ne seraient plus jamais ce qu'ils avaient été. Elle le connaissait trop, maintenant. Elle connaissait le goût salé de sa peau, l'odeur sylvestre de son corps, la douceur impatiente de ses mains… Elle savait même les soupirs qu'il poussait quand il abandonnait toute retenue et la serrait fort contre lui.

— Hannah ?

Elle sortit brusquement de sa rêverie, hésita à lui céder encore une fois. Mais l'attirance qu'elle éprouvait pour lui la dépassait, était plus forte que sa volonté. Au plus profond d'elle, elle savait qu'il était inutile de résister : elle avait déjà perdu la bataille.

Alors, après avoir posé son appareil photo, Hannah s'agenouilla devant lui, souleva son T-shirt et pressa les lèvres sur son ventre musclé.

Ecartant Lazare qui voulait jouer, Gabe la prit par les bras et la souleva assez pour atteindre sa bouche, l'embrassa avec une passion qui la laissa toute pantelante.

Puis il murmura en passant le pouce sur ses lèvres humides :

— Je suis heureux que nous nous retrouvions, Hannah.

Etendu sur le lit, Hannah, comblée, reposant sur lui, Gabe ressentait un certain malaise. Il savait qu'il aurait dû lui dire que ses jours à Dundee étaient comptés, mais la passion qui les avait emportés avait pris le pas sur tout le reste. Ils avaient commencé sous la douche et avaient poursuivi sur le lit. Une demi-heure exaltante, une expérience presque meilleure que la précédente à cause du soulagement qu'il avait éprouvé à l'avoir de nouveau dans ses bras, à la sentir si pleine de passion et de tendresse.

Mais il allait lui parler maintenant. Il fallait qu'elle sache qu'il partait pour New York, même si cela lui faisait mal.

Malheureusement, le téléphone se mit à sonner juste au moment où il venait de se décider. Contrarié autant que fourbu, Gabe ne réagit pas immédiatement.

Quand elle vit qu'il ne bougeait pas, Hannah redressa la tête et demanda :

— Tu ne réponds pas ?

Il lui décocha un sourire de défi.

— Pourquoi ne le fais-tu pas à ma place ?

Le regard d'Hannah se porta sur le téléphone. Elle pensait sans doute à l'ampleur du scandale qu'ils avaient déjà provoqué, se dit-il. Répondre à son téléphone équivaudrait à afficher leur liaison.

— Tu crois que je n'oserais pas ? demanda-t-elle.

— Je crois surtout que tu devrais, répliqua-t-il. Si l'on se moque de l'opinion des gens, ils perdent leur pouvoir. S'ils disent que nous couchons ensemble, nous n'avons qu'à répondre : « Oui, bon sang ! Et aussi souvent que possible ! » Que veux-tu qu'ils fassent, après ça ?

Hannah sourit.

— Tu n'as pas tort, convint-elle.

Et, tendant le bras, elle décrocha.

— Allô ?

Si la personne au bout du fil ne percevait pas la lascivité qui subsistait dans sa voix, se dit Gabe, amusé, c'est qu'elle était sourde.

— Non, c'est Hannah, répondit-elle.

En même temps, elle fit une grimace pour lui indiquer qu'elle n'aimait pas son interlocuteur, ce qui éveilla la curiosité de Gabe.

— Comment ?... Si, il est là. Je te le passe.

Elle lui tendit le téléphone sans fil en disant :

— Deborah Wheeler veut te parler.

Puis elle l'embrassa dans le cou pour le distraire tandis qu'il tentait de répondre.

Eclatant de rire, Gabe l'entraîna sur lui pour qu'elle puisse le torturer tout à son aise, s'excitant de nouveau au contact de ses seins.

— Allô ?

Deborah ne répondit pas tout de suite. Il allait raccrocher quand elle se décida enfin.

— Si tu peux t'extraire des bras de ta maîtresse un instant, ce que j'ai à te dire t'intéressera sans doute.

— Je ne suis pas certain de vouloir l'entendre, rétorqua-t-il.

— Je suis sûre que si.

Gabe passa les doigts dans la chevelure soyeuse d'Hannah en fronçant les sourcils.

— Bien. De quoi s'agit-il ?

Deborah hésita, mais quand elle reprit la parole, le ton de sa voix avait changé.

— Ça ne fait rien, dit-elle d'un ton abrupt.

Et elle raccrocha.

— Que voulait-elle ? demanda Hannah.

Gabe contempla songeusement le combiné, avant de le reposer sur sa base.

— Je ne sais pas, répondit-il. Elle a raccroché sans me le dire.

— Je présume qu'elle n'est pas très heureuse de me trouver chez toi.

— C'est certain, convint-il. Mais parlons d'autre chose, d'accord ? Est-ce que tu as faim ?

— Un peu. Que me proposes-tu ?

— Sandwichs et champagne.

Comme il picorait son visage de baisers, Hannah sourit.

— C'est une bonne combinaison.

— D'autant que si tu bois trop, je pourrai profiter de toi.

— Oui, fit-elle d'une voix sarcastique. Comme si je t'avais tellement résisté, la dernière fois.

— Peut-être pas, mais tu n'avais pas prévu de faire l'amour avec moi, en venant ici. Et tu ne m'as pas appelé de toute la semaine, ajouta-t-il d'un ton boudeur.

— J'avais encore l'espoir de me sauver.

— Que veux-tu dire, exactement ?

— Rien.

— En tout cas, dit Gabe en lui embrassant le bout du nez, c'est une bonne chose que tu aies besoin de cette photo, sinon j'aurais dû recourir à des mesures draconiennes pour t'attirer ici.

— Comme quoi, par exemple ?

— T'offrir un autre de mes meubles.

— Tes meubles me plaisent.

— Je n'en doute pas.

— Toi aussi, tu me plais, déclara-t-elle alors. Tu me plais vraiment.

Gabe comprit à son expression que ces mots avaient échappé à Hannah, qu'elle n'était pas sûre d'avoir bien fait de lui faire cet aveu.

— Mais pour ce qui est des pots-de-vin, s'empressa-t-elle d'ajouter, tes meubles marcheront toujours.

Une bouffée de mauvaise conscience submergea Gabe. Mal à l'aise, il s'écarta d'elle pour pouvoir se rhabiller.

— Je te laisserai en choisir un avant de partir à New York, d'accord ?

— Avant de partir à New York ? répéta-t-elle en se redressant brusquement sur les coudes.

— Oui. Je dois prendre l'avion samedi, avoua-t-il.

Hannah s'adossa à l'oreiller et tira le drap sur son corps.

— Pour quoi faire ? voulut-elle savoir.

— Le producteur de *Compte à rebours* m'a proposé d'animer son émission, lui apprit Gabe.

— *Quoi ?*

Hannah le fixa pendant quelques secondes bouche bée, avant de se ressaisir.

— Mais c'est formidable ! s'exclama-t-elle. Tu ne pouvais pas rêver mieux.

Elle faisait beaucoup d'efforts pour avoir l'air ravie de la nouvelle, se dit Gabe tout honteux.

— Alors, tu vas aller t'installer à New York pour de bon ? demanda-t-elle.

— Pour de bon…, c'est une façon de parler, répondit-il. Un an ou deux, pas davantage.

Hannah ne fit pas de commentaire. Elle le fixa encore un instant, puis elle se leva et commença à se rhabiller à son tour.

Gêné par son silence, Gabe s'éclaircit la voix.

— Je vais faire les sandwichs, annonça-t-il.

— Réflexion faite, ce n'est pas la peine, dit Hannah. Il faut que j'y aille.

Gabe grimaça.

— Quoi, tu n'as pas envie de manger avec moi ?

— Non, ce n'est pas ça, répondit-elle les yeux baissés sur ses vêtements. Mais cette photo ne peut vraiment pas attendre. Je vais la prendre et l'apporter directement à M. Deerborn. Et j'ai plusieurs rendez-vous, cet après-midi.

Gabe avait fini de se rhabiller. Il se glissa dans son fauteuil, tandis qu'Hannah lui tournait le dos. Il devina qu'elle ne voulait pas qu'il voie l'expression de son visage.

— Et l'équipe de football ? demanda-t-elle en arrangeant sa coiffure de la main.

— Le gars qui doit me remplacer est arrivé hier, et il a assisté à l'entraînement. Il s'appelle Buzz Smith. C'est un type très sympa, qui a déjà pas mal d'expérience.

— Si je comprends bien, les joueurs sont au courant ?

— Pas encore, non. Je leur ai dit que Buzz était un consultant. A vrai dire, je n'ai pas encore décidé si j'allais accepter cette proposition.

Hannah se tourna enfin vers lui, mais un sourire crispé avait pris la place de tout le bonheur qu'avait exprimé son visage voilà quelques minutes seulement.

— Mais tu dois l'accepter, assura-t-elle. J'y tiens absolument. Tu ne peux pas laisser passer une telle occasion.

— Ce n'est pas une question d'occasion, Hannah. C'est plutôt que…

Gabe poussa un lourd soupir tout en cherchant ses mots.

— J'essaie avant tout de trouver ma place, maintenant que… mon existence a changé.

Il aurait aimé pouvoir mieux s'expliquer, mais il ne savait pas comment lui dire qu'il avait perdu une part de lui-même avec l'accident, et le reste quand il avait enfin admis qu'il ne remarcherait pas. Hannah éprouvait déjà assez de remords comme ça.

— J'espère que tu comprends, conclut-il.

— Bien sûr. Et je savais bien que cela se produirait tôt ou tard, soupira-t-elle. C'est juste que, aujourd'hui, je m'étais laissée aller à croire… que cela arriverait plus tard.

— Je peux très bien remettre l'entretien de samedi, affirma-t-il.

— Non, il n'en est pas question, dit-elle avec force. Je veux avant tout que tu sois heureux.

Gabe la croyait. Hannah était l'une des rares personnes qu'il connaisse qui ne voulait rien pour elle-même.

— Veux-tu dîner avec moi, demain, après le match ? lui proposa-t-il.

— Si je peux, répondit-elle évasivement. Je ne sais pas ce que Russ a prévu pour les garçons.

— Très bien. Mais j'aimerais que tu me permettes d'avoir une petite discussion avec lui.

Qu'elle le lui permette ou pas, Gabe avait déjà décidé de parler à Russ. Il ne pouvait pas partir à New York sans l'avoir prévenu de ce qu'il risquait s'il s'avisait de porter de nouveau la main sur Hannah.

Elle ouvrit la porte de la chambre, et Lazare, qui avait attendu patiemment sur le seuil, se précipita vers Gabe comme s'il ne l'avait pas vu depuis des semaines.

— Tu as déjà assez à faire d'ici à samedi, répondit-elle. Et, comme je te l'ai déjà dit, j'ai la situation bien en main.

Gabe la suivit dans le salon, où Hannah saisit son sac et se prépara à partir.

— Et la photo ? lui rappela-t-il.

— Ah oui !

Elle prit l'appareil qu'elle avait failli oublier et accomplit la tâche qui l'avait amenée ici. Gabe n'était pas sûr d'être présentable : ses cheveux devaient être en bataille, après qu'ils avaient fait l'amour. Mais cela lui importait peu ; Hannah s'était de nouveau éloignée de lui, elle avait remis son armure. Mais il ne pouvait pas le lui reprocher.

— Je te passerai un coup de fil, promit-il.

Elle opina et lui adressa un faible sourire, puis elle rangea son appareil photo et partit sans se retourner.

Chapitre 18

Dès qu'elle fut hors de portée de vue du chalet, Hannah s'arrêta au bord du chemin. Ses mains tremblaient trop pour qu'elle puisse conduire. Elle devait être folle : d'abord elle se mariait avec Russ alors qu'elle ne l'aimait pas, ensuite elle tombait amoureuse d'un homme dont elle savait dès le départ qu'il la quitterait.

Quel était donc son problème ? Faisait-elle partie de ces personnes qui sabotaient intentionnellement leur bonheur ?

Son regard se posa sur l'appareil photo, et elle revit Gabe, à travers l'objectif, avec les cheveux en bataille et ce sourire qui faisait toujours palpiter son cœur. Jamais elle ne pourrait regarder cette photo sans se souvenir d'aujourd'hui.

Mais, encore une fois, Hannah ne pouvait s'en prendre qu'à elle-même. Et il faudrait bien qu'elle continue à vivre en supportant les conséquences de son acte. Elle avait survécu à Russ, elle survivrait à Gabe. Il le fallait. Elle ne pouvait pas se laisser abattre, parce que ses garçons comptaient sur la mère qui avait toujours était là pour eux.

Se forçant à respirer profondément, elle attendit de retrouver tous ses moyens, puis reprit la route.

Le vendredi matin, Kenny souhaita de tout son cœur être malade. Il voulait qu'une bonne grippe, par exemple, le terrasse pour ne pas avoir à jouer. Mais il savait au fond de lui que déclarer forfait ne réglerait rien à long terme. Il devait une bonne fois pour toutes montrer à son père et à Melvin Blaine qu'il n'était pas celui qu'ils croyaient.

Il se retourna dans son lit pour regarder l'heure. Il était temps de se lever. Il entendait sa mère, dans la cuisine, préparer le petit déjeuner. Le vendredi, elle faisait toujours des crêpes, et il adorait ça.

La sonnerie du téléphone le fit sursauter. Kenny décrocha avant que sa mère le fasse, sûr et certain que c'était Tuck. Son ami venait le chercher en voiture, le vendredi, parce que c'était le seul jour où il disposait du véhicule familial.

— Je passe te prendre, tout à l'heure ? demanda Tuck.

— Ouais.

— Est-ce que tu as décidé ce que tu allais faire, à propos de Blaine et de ton père et de tout ça ?

Kenny pensa à sa mère et à la façon dont elle avait dit : « Il me plaît beaucoup » en parlant de Gabe Holbrook.

— Je vais faire tout mon possible pour que nous gagnions, répondit-il.

— C'est bien ce que je craignais, soupira Tuck.

Surpris, Kenny repoussa le drap et s'assit au bord de son lit.

— Qu'est-ce qui te prend ? C'était bien ce que tu voulais, non ?

— Oui, mais j'ai réfléchi. Je ne veux pas que tu mettes en jeu ta carrière de footballeur à cause de moi, et, donc, tu devrais peut-être faire ce que t'a dit ton père. Après tout, c'est à cause de lui et de Blaine que tu es dans cette situation. C'est leur *moment déterminant*, pas le tien.

— Je le sais bien.

— Bon. Je passerai d'ici à une demi-heure.

— Est-ce que tu pourras aussi prendre Brent ? demanda Kenny.

Sa mère avait été curieusement silencieuse, hier soir. Elle avait dit qu'elle allait très bien, mais il s'inquiétait pour elle et voulait la soulager au maximum de ses fardeaux.

— Bien sûr, répondit Tuck.

Au moment où Kenny raccrochait, sa mère s'impatienta.

— Kenny, est-ce que tu descends ? cria-t-elle.

— Dans une minute, m'man.

— Est-ce que tu es prêt pour le match de ce soir ?

— Oui, répondit-il.

Mais il ne savait plus du tout ce qu'il devait faire.

L'orchestre du lycée jouait un air martial au moment où Hannah pénétrait dans le parking. Elle se gara puis se dirigea vers l'entrée du stade en tenant Brent par la main. La population de Dundee tout entière assistait à ce genre d'événement, si bien que son fils et elle furent obligés de faire la queue. Mais cela ne lui faisait rien, car elle adorait cette ambiance. Des effluves de hot-dog flottaient dans l'air, et les pom-pom girls étaient en train d'exécuter leur ballet au milieu du terrain dans leurs uniformes scintillants rouge et or. Tiffany Wheeler menait l'équipe, et Hannah comprit pourquoi elle plaisait à Kenny, avec son teint mat et ses longs cheveux blonds.

Parvenue au guichet, elle sortit son porte-monnaie et paya l'entrée. Puis elle reprit Brent par la main et se fraya un chemin à travers la foule, souriant aux gens qu'elle connaissait. Elle arrivait au pied des gradins, quand elle entendit une voix qui lui fit l'effet d'un grincement de craie sur un tableau noir.

— Hannah ! Brent ! Venez par ici !

Hannah leva les yeux et vit son ex-mari qui agitait le bras. Il était avec Patti et ses deux filles.

— Est-ce qu'on peut aller s'asseoir avec papa ? demanda Brent.

Hannah avait du mal à y croire. Russ se comportait comme si rien ne s'était passé. Il s'était sans doute convaincu qu'elle avait mérité qu'il la frappe.

— M'man ! insista Brent en la tirant par la main.

— D'accord, mon chéri.

Elle commença à monter les marches, mais l'idée d'affronter Patti et Russ en se doutant qu'ils venaient juste de lui casser du sucre sur le dos l'arrêta. Elle avait besoin d'un petit remontant. Elle se pencha donc vers Brent et lui dit :

— Va rejoindre ton père. Je vais acheter une cannette de soda.

— Pour moi aussi ?

— Bien sûr.

Tout heureux, Brent se faufila entre les gens qui les précédaient, et Hannah attendit d'être sûre que son père l'avait vu pour redescendre et se diriger vers le terrain.

Les rires et l'enthousiasme de la foule lui remontèrent le moral — mais ne firent rien pour calmer sa nervosité. C'était le premier match de Kenny en équipe première. Elle espérait qu'il serait satisfait de son jeu. Elle souhaitait aussi qu'il joue bien dans l'intérêt de Gabe. Une victoire des Spartans réduirait en effet au silence les gens qui le critiquaient.

Evidemment, se dit Hannah, Gabe n'aurait plus à se soucier des critiques s'il quittait Dundee. Il passerait à la télévision, gagnerait des millions et entamerait une nouvelle carrière. Tandis qu'elle retrouverait sa routine quotidienne, entourée de l'affection de la famille Price tout entière.

Heureusement qu'elle avait ses garçons, songea-t-elle. Ils étaient sa raison de vivre, la seule raison pour laquelle elle ne quittait pas elle-même Dundee.

En approchant de la pelouse, Hannah aperçut enfin l'objet véritable de sa quête : Gabe, assis dans son fauteuil roulant et plus beau que jamais dans son jogging noir. Manifestement, il avait laissé Lazare chez lui. Le chien qui l'accompagnait presque toujours n'était nulle part autour de lui.

Elle le contempla pendant un long moment, le vit

parler avec un inconnu qu'elle devina être son remplaçant, puis le speaker fit son annonce. Il était temps qu'elle retourne dans les gradins avant que Brent ne se lance à sa recherche.

Chapitre 19

Après la mi-temps, l'ambiance du match changea radicalement, mais Kenny eut tout de même fort à faire. La plupart des gars de l'équipe semblaient avoir compris ce qu'avait dit Gabe et s'engageaient à fond. Mais il en restait quelques-uns, comme Sly, par exemple, qui se moquaient comme de leur première chemise de leur « boussole interne » — ce qui obligeait ceux qui ne s'en moquaient pas à se battre deux fois plus dur.

Cinq minutes après la reprise, les Spartans eurent enfin l'occasion d'ouvrir le score. Une série de passes donna le ballon à Kenny, qui parvint à s'infiltrer dans la défense adverse et à marquer le premier essai. Une bouffée d'adrénaline l'envahit quand il vit l'arbitre lever le bras. Mais alors qu'il se relevait, un ailier des Wildcats le percuta de plein fouet. Il retomba sur son bras gauche, et la douleur qui s'ensuivit le paralysa momentanément.

— Kenny, est-ce que ça va ? demanda Moose tout en écartant rudement le joueur qui l'avait heurté.

En voyant la carrure de Moose, le gars n'insista pas.

Kenny parvint à opiner du chef, mais il pouvait à peine respirer.

— Tu es blessé ? s'alarma Moose.

Kenny n'avait jamais eu aussi mal de sa vie, mais il ne pouvait pas le montrer. Il fallait absolument qu'il continue à jouer. La situation commençait à se renverser, et il n'était pas question qu'il sorte maintenant.

— Non, ça va, réussit-il à marmonner.

Mais il ne protesta pas quand Moose le saisit par le maillot pour l'aider à se relever.

— Merci, fit-il, essayant de ne pas grimacer de douleur.

Moose paraissait très inquiet.

— Tu as pris un sale coup, observa-t-il. Pour toi, le match est terminé.

— Certainement pas, protesta Kenny. Je me sens tout à fait bien.

— Ne me raconte pas de bêtises.

Ce n'est que quand il vit Moose fixer son bras gauche que Kenny s'aperçut qu'il ne pouvait pas le bouger.

— Je lance avec mon droit, fit-il valoir. Ne dis rien aux entraîneurs.

Mais il parlait en pure perte, car les spectateurs suspendaient leur souffle, et Owens et Blaine s'étaient levés.

— Viens avec moi, chuchota Kenny entre ses dents serrées.

Et Moose et lui partirent vers la ligne de touche.

Quand ils arrivèrent devant les entraîneurs, Kenny essuya la sueur de son front d'un geste volontaire.

— Je n'ai rien, affirma-t-il. Le match peut reprendre.

Owens ne parut pas convaincu.

— Tu es blanc comme un linge, maugréa-t-il. Tu es blessé, je le vois bien.

— Pas du tout ! s'insurgea Kenny.

Mais Owens l'ignora.

— Par qui voulez-vous le remplacer ? demanda-t-il en se tournant vers Gabe.

— Par Greer, répondit ce dernier.

— Mais je veux jouer ! insista Kenny.

Gabe le contempla d'un air surpris.

— Kenny, si tu t'en sens la force, assieds-toi sur le banc de touche et regarde le match. Si tu as trop mal, nous allons prévenir ta mère pour qu'elle te conduise chez le médecin.

— Je vous dis que je peux jouer !

— Et si tu as quelque chose de cassé ?

Kenny se dit que c'était sans doute le cas.

— Nous aurons toujours le temps de faire une radio après le match, répliqua-t-il. Une heure de plus ou de moins, ça ne changera rien.

— Kenny…

— Je vous en prie, m'sieur. C'est très important pour moi, plaida-t-il.

Il fallait qu'il se prouve à lui-même qu'il n'était pas comme son père, qui choisissait toujours la solution de facilité et qui blâmait les autres de ses échecs.

— Tu pourrais recevoir un autre coup, observa Gabe.

Kenny grimaça. A la simple idée de se cogner le bras,

il faillit se sentir mal. Mais il devait aller au bout de ce qu'il avait commencé.

— Si tel est le cas, répondit-il, vous pourrez me remplacer.

— Est-ce que tu souffres beaucoup ?

— Mon bras est un peu engourdi, c'est tout, mentit-il.

A ce moment-là, Blaine jugea bon d'intervenir dans la conversation.

— Price essaie de jouer les héros, grogna-t-il. Ne l'écoutez pas. Il est évident qu'il ne peut plus jouer dans cet état.

Kenny s'apprêtait à se défendre encore, mais il n'eut pas à le faire. L'intervention de Blaine était visiblement tout ce dont Gabe avait besoin pour prendre sa décision.

— Tu peux jouer, dit-il. Mais je ne veux pas que tu t'exposes, tu m'entends ? Si tu te faisais plaquer…

— Vous faites une grosse erreur, Holbrook, coupa Blaine, les poings crispés.

Mais Gabe ne tint pas compte de son intervention.

— Et ne cours pas, ordonna-t-il.

— Très bien, fit Kenny en remettant son casque avec sa main valide.

Il entendit Blaine avertir Gabe :

— Cette faute va vous coûter votre poste.

— C'est une possibilité, répliqua Gabe. Mais ce qui est sûr, c'est que vous ne serez plus là la semaine prochaine.

Kenny ne savait pas lequel des deux disait vrai. De toute façon, il avait autre chose en tête. Tuck le regardait, ainsi que sa mère et son petit frère. Il allait leur montrer quel genre d'homme il voulait être.

Une vague de détermination le submergea, telle la crue d'un fleuve s'engouffrant dans un canyon.

Ce fut la seule chose qui lui permit de résister au trou noir qui menaçait de l'engloutir.

— Il est blessé, assura Hannah en regardant Kenny tenter une autre passe.

— Mais non, marmonna Russ.

Hannah observa la façon dont son fils tenait son bras gauche. Cela n'avait pas l'air naturel. En outre, il se déplaçait nettement moins vite que d'habitude.

— Tu vois : il vient de réussir sa passe, dit Patti. Je pense qu'il n'a rien.

— Peux-tu garder un œil sur Brent un moment ? demanda Hannah à son ex-mari.

— Tu n'as qu'à le prendre avec toi, maugréa Russ.

Depuis qu'elle avait déclaré au grand jour qu'elle était amoureuse de Gabe, il ne lui parlait pratiquement plus.

— Russ ! s'indigna Patti. C'est ton fils, tout de même ! Bien sûr que tu peux garder un œil sur lui.

— Pour qu'elle se serve de Kenny comme prétexte pour aller voir si Holbrook veut l'inviter chez lui ?

— Mais quand est-ce que tu vas devenir adulte, bon sang ? s'exclama Hannah. Je me fais du souci pour Kenny, voilà tout.

Et, sans plus attendre, elle quitta les gradins et s'approcha de la barrière pour mieux voir.

Son fils se préparait à lancer le ballon, mais un défenseur leva les bras pour l'en empêcher. Kenny partit sur la gauche pour éviter d'être plaqué ; puis, en une incroyable démonstration de puissance, Moose Blaine écarta deux autres adversaires et parvint à protéger Kenny assez longtemps pour que ce dernier se débarrasse du ballon. Après cette action, Hannah crut voir Moose vérifier que Kenny allait bien, et son fils opina du chef.

Se trompait-elle ? Son instinct de mère lui disait que non, mais…

— Bonsoir, Hannah.

Au son de cette voix, elle tourna la tête et vit que Mike Hill se tenait derrière elle.

— Kenny fait un très bon match, estima-t-il. Ce gamin a quelque chose de spécial.

— Oui, je suis fière de lui, répondit-elle distraitement.

— Quelque chose te tracasse ?

— Kenny est blessé. Je me demande pourquoi Gabe ne le remplace pas.

— Je l'ignore, mais il doit avoir ses raisons, tu ne crois pas ?

Hannah ne sut que répondre. Non pas qu'elle n'ait pas confiance en Gabe, mais elle n'avait pas l'habitude de compter sur autrui pour veiller sur la santé de ses enfants.

— Je suis sûr que Kenny s'en sortira très bien, reprit Mike d'une voix douce.

Elle hocha la tête, et il la prit affectueusement par l'épaule en disant :

— Veux-tu venir t'asseoir avec Lucy et moi ?

Hannah réfléchit rapidement. Elle connaissait peu la femme de Mike. Lucy étant plus jeune qu'elle, elles n'étaient pas allées à l'école ensemble, et elle avait quitté Dundee pendant plusieurs années. Depuis qu'elle était revenue, elles s'étaient croisées à maintes reprises, sans toutefois échanger plus que quelques mots. Mais Lucy était la demi-sœur de Gabe, et Hannah ne pouvait s'empêcher d'être attirée par toute personne qui était reliée de près ou de loin à l'homme qu'elle aimait. Et, bien sûr, elle préférait regarder le match en compagnie de Mike et de Lucy plutôt que retourner s'asseoir avec Russ.

— D'accord, répondit-elle donc. Je te suis.

Une heure plus tard, Gabe était encore dans le stade désert, le regard fixé sur le tableau des scores dont les chiffres indiquaient 21 à 20, quand la voix de Brent le ramena soudain au présent.

— Quand est-ce qu'on s'en va ?

Visiblement, le gamin commençait à s'ennuyer de jouer seul sur la pelouse, se dit Gabe.

— Dans une minute, répondit-il.

Gabe était tombé sur Hannah devant les vestiaires, où elle venait voir comment allait Kenny. Comme elle devait l'emmener chez le Dr Hatcher pour faire une radio de son bras et que Russ était indisponible, Gabe s'était proposé pour garder Brent. Il voulait ainsi lui venir en aide, bien entendu, mais le fait que cela lui permettrait aussi de la revoir plus tard ne lui déplaisait pas.

Mais Brent, à l'évidence, ne comprenait pas pourquoi

Gabe s'obstinait à fixer ce tableau, alors que tout le monde était rentré chez soi.

— On a gagné, non ? fit le bambin d'un air perplexe.

— Nous avons gagné, oui. Grâce à Kenny.

Trente secondes avant la fin, les Wildcats menaient toujours au score, quand Kenny avait lancé une action qui s'était terminée par un essai. L'équipe adverse avait eu beau faire, il restait trop peu de temps pour qu'elle puisse les remonter.

— Comment a fait Kenny pour gagner le match ? s'enquit Brent.

— Il a joué avec son cœur, répondit Gabe.

Puis il ajouta un ton plus bas, plus pour lui-même :

— Il est resté fidèle à sa boussole interne.

Avant que Brent ait pu l'interroger davantage, Gabe entendit quelqu'un l'appeler. Surpris que d'autres que lui se soient attardés dans le stade, il fit pivoter son fauteuil et vit Mike et Lucy venir vers lui.

— C'était un bon match, félicitations.

— Merci, dit Gabe.

Il tourna le regard vers Lucy. Elle avait un visage aux traits délicats et un corps magnifique, mais il avait déjà noté par le passé que sa demi-sœur était d'une beauté peu commune. Mais, surtout, il savait que Mike était fou amoureux d'elle, et qu'elle le rendait très heureux.

Pour ce simple fait, peut-être devrait-il accepter Lucy…

« Je l'apprécie beaucoup, avait dit Reenie. Tu l'apprécierais aussi, si seulement tu t'en donnais la peine. »

— Tu dois être fier de Kenny, dit-elle alors.

Gabe se retint de hausser les sourcils. Pour autant qu'il s'en souvienne, c'était la première fois que Lucy s'adressait à lui directement. Et à son sourire hésitant, à la façon, aussi, dont elle serrait le bras de Mike, il était clair qu'elle n'était pas sûre d'obtenir une réponse. Mais Gabe ne pouvait pas l'ignorer. Avoir une demi-sœur lui déplaisait fort, mais son père ne lui avait pas laissé le choix. Et comme le disait sa mère, Lucy n'était coupable de rien.

— Je suis très fier de lui, en effet, répondit-il.

Elle jeta un coup d'œil à Mike, comme si le fait d'avoir tiré ces quelques mots à Gabe était une véritable victoire — et elle relâcha sa pression sur le bras de son mari.

— Tu penses qu'il n'a rien de grave ? demanda celui-ci.

— Nous le saurons bientôt. Hannah l'a emmené chez le médecin.

— J'espère qu'il n'a rien de cassé, dit Lucy.

— Moi aussi.

Gabe était inquiet pour Kenny, mais, d'un autre côté, il était sûr que le garçon ne lui aurait pas pardonné, s'il l'avait forcé à sortir du terrain.

— Et, donc, Blaine faisait exactement ce que je craignais, n'est-ce pas ? avança Mike.

Gabe acquiesça d'un signe de tête.

— Que comptes-tu faire à son sujet ?

— M'assurer qu'il n'entraînera plus aucune équipe, dit Gabe. Cela ne devrait pas être très difficile, puisque Moose est d'accord pour témoigner.

— Vraiment ? Son propre neveu ?

— Ce que son oncle l'a forcé à faire le dégoûte. Il est prêt à dire toute la vérité.

— C'est un bon point pour lui ! Et Kenny, est-ce qu'il t'a dit quoi que ce soit à propos de Blaine ?

— Je n'ai pas eu l'occasion de lui parler, après le match.

Mike ajusta son chapeau d'un geste machinal.

— D'après ce que j'ai vu ce soir, je ne crois pas qu'il soit impliqué, dit-il.

— Il ne l'est pas, assura Gabe.

Mais bien qu'il ne veuille pas mêler Kenny à cette histoire, Gabe se doutait que la situation n'avait pas été simple pour le garçon. Il ne s'était pas battu avec Sly sans raison. Et ce n'était pas sans raison qu'il avait joué, ce soir, comme si le diable était à ses trousses.

— Est-ce que cela te plaît d'être entraîneur ? demanda Lucy à brûle-pourpoint.

— Beaucoup, avoua Gabe. Et aujourd'hui plus que jamais.

— Mais pas suffisamment pour continuer d'entraîner les Spartans, n'est-ce pas ? glissa Mike.

A voir son sourire entendu, Mike comprit que son ami était au courant, pour New York.

— Qui t'a parlé de ça ?

— Hannah. Elle a regardé une partie du match avec nous.

— Je vois, murmura Gabe en se frottant le menton. Mais, ajouta-t-il à voix haute, je n'ai pas encore pris de décision définitive. Et si je pars, je ne laisserai pas l'équipe sans entraîneur : Sports Channel a déjà envoyé un gars pour assurer la relève. Un vrai pro, cette fois.

— Il ne sera pas meilleur que toi.

A ce moment-là, Brent tira Gabe par la manche.

— Dis, quand est-ce qu'on y va ?

— On ne va pas tarder, promit Gabe.

— Tu fais du baby-sitting, maintenant ? plaisanta Mike.

— Il faut bien que j'arrondisse mes fins de mois, répondit Gabe sur le même ton.

Mais le gamin paraissait de plus en plus impatient de filer.

— Est-ce qu'on peut partir Gabe ? insista-t-il. S'il te plaît.

— Pourquoi es-tu donc si pressé ?

— Je veux jouer avec Lazare.

C'était donc ça ! se dit Gabe.

— Mais nous n'allons pas chez moi, remarqua-t-il. Nous allons chez toi.

— Mais on peut passer prendre ton chien, non ?

Gabe allait lui dire que c'était un trop long trajet, mais il se ravisa. Ils avaient encore sans doute pas mal de temps à attendre ; ils pouvaient très bien faire l'aller-retour entre Dundee et le chalet. Et l'empressement de Brent lui donnait une idée.

— Hé, Brent, fit-il avec un sourire. Tu sais, je dois partir pendant quelques jours. Est-ce que ça te dirait de garder Lazare jusqu'à mon retour ?

Le petit garçon ouvrit de grands yeux.

— C'est vrai ? Tu voudrais bien me le laisser ?

Gabe avait prévu d'emmener son chien à New York. Mais laisser quelque chose de lui chez Hannah le… réconfortait.

— A condition que ta maman n'y voie pas d'inconvénient, précisa-t-il.

— Si elle dit non, je pleurerai jusqu'à ce qu'elle change d'avis.

A cette repartie, les trois adultes éclatèrent de rire. Puis Mike jeta un coup d'œil à sa montre et adressa à Gabe un clin d'œil complice.

— Je regarderai *Compte à rebours*, dimanche, promit-il. Je suis sûr que tu seras parfait.

Sur ce, il prit sa femme par la taille et partit.

Brent s'adressa aussitôt à Gabe.

— Est-ce que je peux te pousser ?

L'expression du gamin reflétait un tel espoir que, pour une fois, Gabe n'eut pas le cœur de dire qu'il s'en sortait très bien tout seul.

— Bien sûr, acquiesça-t-il.

Brent bondit littéralement de joie.

— Cool ! s'exclama-t-il. Je ne connais personne d'autre qui a un fauteuil comme le tien.

Le petit garçon parvint à pousser Gabe jusqu'à la zone goudronnée, avant que ses forces ne le lâchent.

— Je n'en peux plus ! avoua-t-il. Est-ce que je peux monter avec toi ?

Gabe le regarda avec surprise.

Est ce que tu n'es pas un peu grand pour t'asseoir sur mes genoux ?

— Je n'ai que sept ans, répliqua Brent.

Il y avait longtemps que Gabe n'avait pas tenu d'enfant. Tout à coup, sa nièce et ses deux neveux lui manquaient. Il se demanda comment il avait pu laisser passer tout ce temps sans aller les voir.

— Je ne suis pas très lourd, ajouta Brent pour le convaincre.

Gabe trouva qu'il ressemblait beaucoup à Hannah.

— Très bien, céda-t-il. Monte.

Quand le bambin grimpa sur ses genoux, une bonne vieille odeur de crasse juvénile emplit les narines de Gabe. Pour la première fois depuis l'accident, il se demanda quel effet cela lui ferait d'avoir un fils.

Juste au moment où ils arrivaient à son break, les lumières du stade s'éteignirent. Gabe songea alors que, en temps normal, il serait encore en train de penser au match fantastique qui venait de se dérouler. Mais, ce soir, quelque chose qui avait sans doute à voir avec le petit garçon assis sur ses genoux semblait le pousser vers un nouveau défi.

Après tout, le football n'était peut-être pas la seule chose au monde…

En revenant de chez le médecin, Kenny se sentait plus fourbu qu'il ne l'avait jamais été. Le match l'avait vidé, il n'avait plus aucune force. Mais les Spartans avaient gagné. Même avec un bras cassé, il avait marqué deux essais.

— Je te trouve bien calme, dit sa mère en le regardant d'un air inquiet. Est-ce que ton bras te fait très mal ?

Kenny baissa les yeux sur son plâtre. Parce que la fracture

était propre, le Dr Hatcher avait pu s'en charger lui-même, mais entre les radios et le reste, ils avaient bien passé deux heures dans son cabinet. Maintenant, il était minuit, et les rues de Dundee étaient désertes.

— Non, répondit-il. Les comprimés font leur effet.

— Tu dois être épuisé ?

— Je suis mort de fatigue.

Kenny aurait aimé que son cerveau se calme, comme sa douleur, mais il ne pouvait s'empêcher de penser. A la fierté qu'il avait lue sur le visage de Tuck quand l'équipe le portait en triomphe. A Tiffany, qui s'était précipitée vers lui dès que ses camarades l'avaient reposé par terre pour s'assurer qu'il allait bien. Il sentait encore l'empreinte des lèvres de la jeune fille sur sa joue, et la façon dont son cœur s'était emballé quand elle lui avait dit : « Appelle-moi demain. »

Il le ferait, c'était sûr et certain.

Et puis, il y avait eu Blaine, qui l'avait fixé avec tellement de haine quand ils s'étaient croisés devant les vestiaires. Si ce type devenait entraîneur principal, Kenny pouvait dire adieu à sa carrière de footballeur professionnel. Mais, curieusement, cela n'avait plus tellement d'importance, car Kenny avait réussi le test.

— Je me demande où est passé papa, murmura-t-il.

Après le match, son père était venu voir s'il n'allait pas trop mal, puis s'était esquivé. Sa mère l'avait appelé de chez le médecin pour lui dire que Kenny avait le bras cassé, mais elle était tombée sur son répondeur

— Qui sait ? répondit-elle. Il est de nouveau fâché contre moi, et tu sais bien que, quand cela arrive, on ne le voit plus pendant quelque temps. Mais je suis sûre qu'il t'appellera demain matin pour prendre de tes nouvelles, ajouta-t-elle. Il doit être très fier de toi, après ta performance de ce soir.

Kenny fit la moue. Son père n'était pas fier de lui du tout, bien au contraire. Il était déçu que Kenny n'ait pas suivi ses instructions. Mais de là à en vouloir à sa mère...

— Pourquoi est-il fâché contre toi ? demanda-t-il.

Il vit qu'elle cherchait ses mots.

— Eh bien, parce que, euh..., commença-t-elle.

— Maman, je t'en prie, coupa-t-il d'une voix douce. Pour une fois, est-ce que tu pourrais me parler franchement ? Je ne suis plus un enfant, tu sais.

— C'est vrai, reconnut-elle.

Elle poussa un soupir et avoua :

— Il n'est pas content que je voie Gabe.

Kenny la regarda pensivement.

— Papa a eu sa chance, et il l'a gâchée, dit-il. Il n'a pas le droit de t'en vouloir parce que tu sors avec un autre homme.

— On ne parvient pas toujours à juguler ses émotions, Kenny. En tout cas, rassure-toi : il n'est pas fâché contre toi.

Sa mère se trompait, Kenny le savait bien. Au moins une partie de la colère de son père était dirigée contre lui. Mais il avait fait ce qu'il devait faire, et son père serait bien forcé de finir par l'accepter. Lui avait dû accepter tellement de choses de la part de son père ! Enfin..., pour l'instant, Kenny était plus intéressé par un autre sujet.

— En définitive, qu'est-ce que tu crois que Gabe éprouve pour toi ?

Ils arrivaient chez eux. Sa mère prit le temps de se garer dans leur allée et de couper le contact avant de répondre :

— Je crois qu'il m'aime bien, reconnut-elle. Mais je ne pense pas que nous nous verrons beaucoup, dans l'avenir.

Kenny s'apprêtait à ouvrir sa portière, mais il stoppa son geste en voyant le break de Gabe garé dans la rue.

— Pour quelle raison ? demanda-t-il.

— Parce qu'on lui a proposé un travail à New York, répondit-elle d'un ton léger. Il va animer *Compte à rebours.*

— Vraiment ? fit Kenny, impressionné.

Compte à rebours était une émission prestigieuse.

— C'est une très belle occasion pour lui, souligna sa mère.

Mais Kenny voyait bien que son sourire était contraint. A l'évidence, elle aurait préféré que Gabe reste.

— Et l'équipe ? s'exclama-t-il, prenant soudain conscience du plein impact de la nouvelle.

— Buzz Smith va prendre sa place.

Super ! Un nouvel entraîneur, marmonna Kenny à part soi. Gabe les laissait tomber tous les deux.

Abattu, il sortit de la voiture et attendit sa mère pour se diriger vers le perron. Quand ils entrèrent, la télévision était allumée, et Kenny haussa les sourcils. C'était la première fois qu'il voyait un autre homme que son père installé dans le canapé.

A leur entrée, Gabe tourna les yeux vers eux.

— Comment cela s'est-il passé ? demanda-t-il.

— J'ai un plâtre, répondit Kenny en levant son bras.

— Mais la fracture est propre, précisa Hannah. On devrait le lui enlever d'ici à trois semaines.

— Très bien, fit Gabe.

— Ma mère m'a appris que vous aviez de bonnes nouvelles, vous aussi, dit Kenny. Vous partez à New York pour travailler sur Sports Channel ?

— Eh bien, euh…, oui, en effet, répondit-il, comme s'il n'y attachait que peu d'importance.

— C'est super ! fit Kenny.

Mais, en réalité, il aurait voulu dire : « Ne partez pas. Ma mère et moi avons trop besoin de vous, à Dundee. »

Chapitre 20

Assise sur un bras du canapé, Hannah contemplait Gabe tout en suivant distraitement les bruits de pas de Kenny dans sa chambre. Elle ne doutait pas que son fils allait s'endormir comme une masse. Mais elle aussi se sentait fatiguée. Trop fatiguée pour affronter le fait que Gabe partait demain.

Soudain, elle entendit un mouvement dans son dos et, se retournant, eut la surprise de voir Lazare venir vers elle.

— Bonsoir, mon bon chien, fit-elle en le caressant entre les oreilles. D'où est-ce que tu sors ?

— Brent voulait jouer aller lui, expliqua Gabe. Nous sommes donc allés le chercher chez moi.

— C'est très gentil de ta part.

— En fait, je ne l'ai pas fait sans arrière-pensée…

— Tu n'es pas un homme pour rien, le taquina-t-elle. Et peut-on savoir ce que tu avais derrière la tête ?

— Eh bien, j'espérais qu'il pourrait rester ici pendant mon absence.

Hannah s'étonna que Gabe veuille lui confier son chien. Ils étaient quasiment inséparables !

— Tu ne veux pas le prendre à New York ?

— Je ne crois pas qu'il aimerait la grande ville et ses gaz d'échappement, répondit-il.

— Alors, c'est entendu, je le garde, dit Hannah.

D'autant que si Lazare restait chez elle, son maître devrait bien revenir le chercher, n'est-ce pas ?

— Je t'en sais gré, la remercia-t-il.

— A quelle heure est ton vol, demain ?

— A 7 heures du matin.

— Si tôt que ça ? s'exclama-t-elle. Mais cela va t'obliger à partir de chez toi avant l'aube pour être à Boise à temps !

— Je le sais bien. C'est pourquoi je me suis permis de prendre mes bagages en allant chercher Lazare avec Brent.

Hannah suivit son regard. Dans un angle obscur du salon, elle vit une valise noire qu'elle n'avait pas remarquée jusqu'à présent.

Donc, se dit-elle, il allait passer la nuit ici. Cette perspective la réjouit tant qu'elle envisagea de sourire, avant d'opter, en fin de compte, pour une moue.

— Tu ne vas pas dormir beaucoup, observa-t-elle innocemment.

Le regard de Gabe glissa vers la poitrine d'Hannah, s'y attarda, et elle sut alors qu'il ne pensait plus à son vol.

— Est-ce que tu comptes rester assise là où tu es toute la nuit ? demanda-t-il enfin.

Hannah regarda instinctivement l'escalier.

— Les garçons pourraient se lever, hésita-t-elle.

— Et alors ? Le fait de te voir couchée avec moi sur

le canapé ne les surprendrait pas. Ils savent déjà que tu m'aimes.

— *Quoi ?* fit Hannah, éberluée.

— Enfin, il y en a au moins un des deux qui le sait, rectifia-t-il. Brent m'en a parlé en long et en large, ce soir.

— Brent ne sait rien du tout, déclara-t-elle.

A ces mots, Gabe tira une boule de tissu de sous le coussin où il l'avait fourrée. Quand il la déplia, Hannah constata qu'il s'agissait du T-shirt qu'elle avait pris chez lui.

— Ton fils est allé me chercher cela, dit-il avec son sourire démoniaque. Et il a précisé que tu le mettais sous ton oreiller pour dormir.

Hannah se sentit rougir.

— Décidément, marmonna-t-elle, on ne peut rien cacher à personne, dans ce patelin.

— Ce n'est pas grave, répliqua Gabe. Je savais déjà que notre relation n'avait rien d'ordinaire.

— Et comment ? le défia-t-elle en croisant les bras.

— Quelle drôle de question ! fit-il. Je le sens, voilà tout.

Hannah ne voulait pas gâcher les quelques heures qui restaient en dormant. C'était peut-être la dernière fois que Gabe la tenait dans ses bras, et elle voulait profiter jusqu'au dernier moment de son étreinte. Lorsqu'il serait à New York, repris dans une spirale d'argent et de célébrité, il lui serait facile d'oublier la femme qu'il avait laissée derrière lui.

Mais demain était un autre jour, et seul le présent importait. Et le présent, c'était le cœur qu'Hannah entendait battre contre son oreille et la chaleur du corps de Gabe contre le sien.

« Ils savent déjà que tu m'aimes. » Elle n'avait pas protesté trop fort quand Gabe avait dit cela. Ce n'était pas la peine, puisqu'il avait raison. En fait, elle l'aimait tant qu'elle se sentait fondre chaque fois qu'elle le regardait. Comment aurait-elle pu cacher un sentiment aussi fort ? Un sentiment qu'elle s'était efforcée en vain d'éprouver pour Russ, et dont elle pensait maintenant que toute femme devrait faire l'expérience une fois dans sa vie. Même si cette femme vivait dans une petite ville, était affublée d'un ex-mari minable et ne nourrissait guère d'espoir quant à l'avenir.

— Pourquoi ne dors-tu pas ? murmura Gabe en effleurant la tempe d'Hannah de ses lèvres.

— J'ai trop de choses en tête.

— Est-ce que tu m'en veux de partir à New York ?

— Non. Je suis heureuse pour toi.

— C'est bien vrai ? demanda-t-il d'une voix ensommeillée.

— Oui, dit Hannah.

Puis elle serra les paupières en espérant de tout son cœur que son oiseau rare finirait par revenir au nid.

Le mercredi suivant, Hannah était dans son bureau, en train d'encadrer des photos, quand le téléphone sonna.

Abandonnant sa tâche, elle décrocha et reconnut le « allô » de Patti.

— Bonjour, dit Hannah. Tu vas bien ?

— Très bien, oui, répondit son ex-belle-sœur. J'ai entendu dire que Gabe était à New York.

— En effet.

— Kenny a dit à Russ qu'il animait *Compte à rebours*.

Et avec quel brio ! se dit Hannah. Elle l'avait regardé dimanche en compagnie de ses deux garçons et l'avait trouvé parfait pour le job. Il s'exprimait bien, connaissait son affaire et était même spirituel.

— J'ignorais que Kenny avait vu son père, s'étonna-t-elle.

— Russ lui a apporté un sandwich lundi, à l'heure du déjeuner. Il en a profité pour s'excuser de sa conduite.

— C'est un bon point pour lui, approuva Hannah.

Kenny ne lui en avait rien dit, mais cela n'avait rien d'étonnant. Ces jours-ci, il ne pensait qu'à Tiffany. Quand ce n'était pas lui qui lui téléphonait, c'était elle. Et ils parlaient pendant des heures et des heures.

— Russ n'est pas aussi méchant que tu le crois, dit Patti.

Hannah fit pivoter son fauteuil pour regarder le reflet de sa joue dans l'abat-jour chromé de sa lampe. Ce n'était pas un très bon miroir, mais elle savait déjà que l'ecchymose avait disparu.

— Et il n'est pas aussi gentil que tu le crois, répliqua-t-elle.

Il y eut un instant de silence. Patti n'était pas encore habituée à son franc-parler.

— Alors, que vas-tu faire ? demanda son ex-belle-sœur. Essayer de t'accrocher à Gabe malgré tout ?

— Non, répondit Hannah en caressant Lazare qui venait de se lever. Gabe est parti, et je ne m'attends pas à ce qu'il revienne. En tout cas, pas avant un laps de temps indéterminé.

— Est-ce qu'il t'a appelée ?

— Deux ou trois fois, oui.

Mais ils n'avaient pas parlé très longtemps. Hannah lui avait assuré que Lazare se portait bien, appris que Blaine avait démissionné avant d'être congédié… Elle lui avait dit, aussi, qu'elle était heureuse et très occupée, et que Russ ne lui posait pas de problèmes. En fait, elle en était revenue à des rapports courtois avec son ex-mari. La seule chose qu'elle n'avait pas dite à Gabe, c'est qu'il avait laissé un grand vide dans sa vie, et qu'elle avait enregistré son émission pour se la repasser encore et encore, la nuit, quand ses enfants dormaient.

— Et tu es toujours amoureuse de lui ? demanda Patti.

— Et oui, que veux-tu. Ce n'est pas comme une lampe que je pourrais allumer et éteindre à volonté, répondit Hannah.

Son ex-belle-sœur soupira.

— En tout cas, j'espère que tu continueras à assister aux fêtes familiales, même si Russ est présent.

— Bien entendu. Vous êtes toujours ma famille, autant que celle de mes garçons

— Justement, dit Patti, nous allons fêter l'anniversaire de papa.

L'anniversaire de Pug ? Hannah regarda son calendrier. Pour la première fois depuis vingt ans, elle avait oublié de noter l'événement.

— Quand ça ? demanda-t-elle.

— Dimanche. Est-ce que tu peux venir ?

— Bien sûr. Et je ferai ces pâtes aux lardons que Pug aime tant.

— Très bien. Alors, à bientôt.

Après avoir raccroché, Hannah continua à caresser Lazare, l'esprit ailleurs. Quand elle sortit enfin de ses pensées, elle demanda :

— Que fait Gabe en ce moment à ton avis ?

Le chien gémit et lui lécha la main, et Hannah pouffa de rire.

— Il doit bien s'amuser, dit-elle rêveusement. On doit le traiter comme une star… Toutes les femmes de New York doivent être à ses pieds…

Sans plus songer à rire, elle prit une bonne inspiration et balaya la pièce du regard.

— Mais nous aussi, nous nous amusons bien, n'est-ce pas ? Nous avons un travail stimulant, et un joyeux anniversaire en perspective.

Mais Lazare, visiblement, se moquait comme de son premier collier de la fête familiale. Et, pour être honnête, Hannah devait bien admettre qu'elle n'était pas non plus très enthousiaste à l'idée d'y participer.

— Mon Dieu ! Quelle vie passionnante, dit-elle tristement.

Et elle se remit à la tâche.

*
* *

Le vendredi soir, Gabe alla dîner dans un restaurant ultrachic avec Phil Hunt, sa femme Tonya, le patron de Phil, Harvey Fischer et l'amie de ce dernier, Gigi, qui avait la moitié de son âge et était couverte de diamants. Il y avait une troisième femme, à leur table, censée être une amie de Gigi, mais qui avait plutôt l'air d'une call-girl, dans ses vêtements moulants, et dont la jambe effleurait celle de Gabe à la moindre occasion. Elle se prénommait Barbara, mais préférait qu'on l'appelle Barbie.

Ah, qu'il faisait bon être riche et célèbre ! se dit Gabe avec ironie. Il était de retour dans ce monde où l'on pouvait tout se permettre. Si l'envie lui en prenait, il pourrait faire une orgie de sexe et de drogue qui durerait indéfiniment — mais la drogue ne l'intéressait pas, et le sexe non plus, du moins, avec cette Barbie…

— Comment trouvez-vous New York, Gabe, demanda à ce moment-là la femme de Phil.

Gabe posa son verre de vin et dit ce qu'il pensait :

— J'ai toujours aimé cette ville.

Il aimait, en effet, le rythme de New York, son art, ses habitants et ses monuments. Mais seulement en tant que touriste. Il ne se voyait pas vivre ici très longtemps ; il n'y avait pas d'endroits pour respirer, pas de pins, pas assez d'espace pour Lazare.

« Et surtout, pas d'Hannah », ajouta la petite voix sous son crâne. Mais il s'empressa de la réduire au silence.

— Vous savez, j'ai toujours été l'une de vos admiratrices, reprit la femme de Phil dans l'espoir évident de lui faire aligner plus de quelques mots à la suite. Je suis ravie que vous ayez pu vous joindre à nous, ce soir.

— J'en suis tout aussi heureux, mentit Gabe.

Car son bonheur était resté très loin d'ici. S'il avait accepté l'invitation de Phil, c'était uniquement comme dérivatif. Il n'avait pas voulu rester dans sa suite et se tourner les pouces pendant que les Spartans jouaient. Il se les était suffisamment tournés cette semaine en pensant à Lucy, à Reenie, à son père, à Kenny, à Brent, à l'équipe et, avant tout, à Hannah.

— Je crois que ce restaurant est le meilleur de New York, observa Phil.

— Et le plus cher ! ajouta fièrement Harvey.

Harvey se plaisait à souligner toutes les grandes choses que Sports Channel faisait pour Gabe. La chaîne lui mettait la pression pour qu'il signe un contrat d'un an, mais Gabe tenait à ce qu'on lui donne quelques semaines de réflexion. Il voulait voir s'il s'adaptait — raison pour laquelle il n'était pas encore retourné chez lui. S'il rentrait après chaque émission, en effet, il craignait fort que son cœur demeure à Dundee.

Oubliant de sourire au trait d'esprit d'Harvey, il jeta un coup d'œil à sa montre. Cette semaine, les Spartans rencontraient les Rams. Ce devait être la mi-temps. Gabe se demandait…

— Mon Dieu, Gabe, avez-vous donc un autre rendez-vous ? intervint alors Barbie d'une voix un peu boudeuse.

Gabe s'écarta vers la gauche pour que le serveur puisse déposer une assiette de bisque de homard devant lui.

— Pas du tout, répondit-il. Pourquoi cette question ?

— Parce que vous ne cessez de regarder l'heure…

Gabe n'allait pas lui dire que c'était à cause du match, ni qu'il se demandait si Hannah était en train d'y assister. A présent, il regrettait d'être venu ici. L'équipe lui manquait. Hannah lui manquait…

Mais que lui prenait-il ? Il fallait au moins qu'il donne sa chance à New York ! Animer *Compte à rebours* était un cadeau du ciel pour un ex-joueur de football privé de l'usage de ses jambes. Maintenant qu'il savait qu'il ne rejouerait plus, que pouvait-il souhaiter de mieux qu'une carrière nouvelle à la télévision ?

En même temps, Gabe revoyait Brent sur ses genoux, se sentait une âme de père. Il se revoyait s'attarder dans le stade après la victoire des Spartans, tellement fier de Kenny et de l'équipe qu'il en avait la gorge nouée. Il se revoyait se perdre en Hannah…

— Est-ce que vous vous sentez bien, Gabe ? relança Phil.

— Très bien, oui, répondit-il.

— New York est une vraie foire d'empoigne. Vous devez être fatigué.

— Il ne faudra pas se coucher trop tard, ajouta Barbie avec un sourire suggestif.

A ces mots, Harvey jeta un regard libidineux vers sa compagne aux diamants, qui joua un instant avec son bracelet avant de s'adresser à Gabe.

— Alors, qu'avez-vous ressenti sur le plateau, dimanche dernier ?

— Un grand plaisir, dit-il.

Et c'était vrai. Il adorait parler de football.

— Je dois vous dire que notre taux d'audience a crevé le plafond, lui apprit Phil. Et cela grâce à vous. Vous pourriez aller très loin avec nous, Gabe.

— A ce sujet, intervint Harvey, nous aimerions que vous signiez pour deux années, au lieu d'une seule. Qu'en pensez-vous ?

— Je vais y réfléchir.

Harvey grimaça. Manifestement, cette réponse ne le satisfaisait pas.

— Ne tardez pas trop, dit-il. Je vous accorde une semaine au grand maximum. Notre direction s'impatiente déjà, et je suis sur un siège éjectable. Vous savez, il y a beaucoup de types qui tueraient père et mère pour avoir ce boulot.

Cette affirmation fit tiquer Gabe.

— J'essaierai de m'en souvenir, répliqua-t-il.

— Bon, si une semaine ne vous suffit pas, prenez quelques jours de plus, marmonna Harvey, que le ton de Gabe obligeait sans doute à faire preuve de plus de souplesse.

Gabe acquiesça poliment.

— Merci, Harvey. Quelle que soit ma décision, vous aurez bientôt ma réponse, promit-il.

La sonnerie du téléphone réveilla Hannah en sursaut. Elle tâtonna pour trouver l'appareil sur la table de chevet et dit « allô ? » d'une voix ensommeillée.

— Hannah ?

C'était Gabe ! Elle s'assit dans le lit et sentit son cœur s'emballer.

— Est-ce que tu es rentré ? demanda-t-elle, pleine d'espoir.

— Non, je suis toujours à New York. Je reviens juste du restaurant. Je suis désolé de te réveiller, mais, même avec le décalage horaire, je ne pensais pas que tu serais déjà au lit.

Hannah regarda l'heure à son réveil. Il n'était que 22 h 30 ! Si elle avait eu ne serait-ce qu'une ébauche de vie sociale, elle ne serait pas encore couchée.

— Kenny dort chez Tuck cette nuit, sinon je serais en train de l'attendre, dit-elle un peu bêtement.

— Est-ce que les Spartans ont gagné, ce soir ?

— Non. Ils ont perdu 24 à 20.

— Et comment va Kenny ?

— Il va très bien. Il passe beaucoup de temps avec une certaine pom-pom girl.

Au bout du fil, Gabe eut un petit rire.

— Tu aimes bien Tiffany ? demanda-t-il.

Hannah se blottit contre l'oreiller, appréciant le contact du T-shirt de Gabe sur sa peau. Depuis son départ, elle le mettait carrément pour dormir.

— Elle paraît très douce, répondit-elle. Mais cela me fait drôle de voir Kenny sortir sérieusement avec une fille. J'ai l'impression qu'il a grandi trop vite.

Un bâillement incoercible la fit pouffer de rire.

— Et comment trouves-tu New York ? demanda-t-elle.

— La ville me plaît, mais…

— Mais ?

— Tu me manques.

Hannah retint son souffle. C'était la première fois que Gabe s'avançait autant.

— Ce n'est sans doute que le mal du pays qui te fait dire cela, rétorqua-t-elle d'un ton léger.

— Lazare me manque, lui aussi.

— Je suis heureuse que tu m'aies fait passer avant ton chien.

— Ce n'est pas n'importe quel chien ! dit-il en riant de nouveau.

— C'est vrai, reconnut-elle. Brent s'occupe très bien de lui. Ils sont devenus inséparables.

— En fait, mon chalet me manque aussi, ajouta Gabe.

— C'est un très bel endroit.

— Mais ce qui me manque surtout, avoua-t-il alors, c'est de te toucher, de goûter ta peau, de te sentir nue contre moi quand nous faisons l'amour.

A ces mots, une douce chaleur envahit Hannah.

— Si c'est ce qu'on appelle le téléphone rose, je comprends pourquoi les gens l'apprécient tant, plaisanta-t-elle.

— Veux-tu que je continue ?

— Mmm… En fait, quand il s'agit de toi, je préfère de loin le contact direct.

— Est-ce que Brent dort ?

— Oui, comme un ange.

— Bon sang ! Et dire que je ne suis pas chez toi, pesta Gabe. Je sais ce que je perds.

— Il y a une clé sous le paillasson. Tu pourrais rentrer à Dundee cette nuit, suggéra Hannah.

Mais elle regretta aussitôt ses paroles. Elle s'était promis de ne pas s'accrocher à lui.

— Je plaisante, s'empressa-t-elle de déclarer. Je sais que tu es là où tu dois être. Tu as fait une prestation fantastique, dimanche dernier, et je suis sûre que tu seras tout aussi bon après-demain.

— Ils me demandent une réponse, dit-il. Ils veulent savoir si je suis prêt à signer un contrat de deux ans.

Deux ans ! Hannah se retint de gémir.

— Eh bien, c'est super ! mentit-elle. Si tu signes ce contrat, ton avenir est assuré.

— C'est vraiment ce que tu penses ? demanda-t-il.

— Bien sûr. Tu dois le signer.

— Je dois le signer…, répéta-t-il.

Hannah n'ajouta rien, parce qu'elle avait un nœud dans la gorge.

— Est-ce que tu me regarderas, dimanche ? voulut-il savoir après un instant de silence.

— Evidemment. J'ai enregistré ta dernière émission, et je sais par cœur tout ce que tu as dit. Je changerai de cassette, je ne veux pas t'effacer.

Gabe éclata de rire.

— Tu es vraiment quelqu'un de spécial, Hannah Price.

— Il faut que je le sois, en effet, pour être amoureuse de toi.

— Tu fais aussi très bien l'amour, ajouta-t-il.

— Vraiment ? Eh bien, il faudra que je m'en souvienne, dit-elle avec un sourire.

— N'oublie pas de laisser la clé sous le paillasson, fit Gabe. Je finirai bien par revenir.

Sur ce, il raccrocha, et Hannah se rendormit en rêvant qu'il revenait cette nuit même.

Chapitre 21

Hannah regarda sa montre. Il était l'heure de partir, mais elle n'avait aucune envie d'aller à l'anniversaire de son ex-beau-père. Non seulement elle allait se sentir gênée de se retrouver avec les Price, mais elle ne savait pas à quoi elle devait s'attendre de la part de Russ. Il avait invité Kenny au restaurant, la veille, sous le prétexte de s'excuser de l'avoir négligé le soir du match, mais, en réalité, il avait passé deux heures à la dénigrer et à dénigrer Gabe. D'après ce que Kenny avait répété à Hannah, Russ avait tenu des propos qu'il n'aurait jamais dû tenir, surtout à leur fils de seize ans.

A cause de cela, elle détestait Russ plus que jamais. Mais elle aimait ses garçons, et elle voulait qu'ils puissent aller à l'anniversaire de leur grand-père sans se soucier des querelles des adultes. Ce qui voulait dire qu'elle devait les y emmener.

Elle resterait une heure ou deux, puis elle s'éclipserait, décida Hannah. Si les enfants voulaient rester plus longtemps, Patti ou Russ pourraient toujours les ramener.

Elle sourit à Kenny, qui entrait dans la cuisine.

— Ouah ! Comme tu es belle, m'man ! s'exclama-t-il.

— Merci, mon grand.

Hannah avait une telle envie de vêtements qu'elle avait fait une folie. Elle avait acheté un pull vert tendre en solde à quarante dollars, et il faisait juste assez frais pour qu'elle le porte.

A ce moment-là, Brent se décida enfin à rentrer du jardin, où il jouait avec Lazare. Elle l'avait déjà appelé deux fois.

— Est-ce qu'on y va, m'man ? demanda-t-il.

Hannah remarqua les taches d'herbe sur ses genoux, envisagea de le changer, puis se dit que c'était inutile : il se salirait de plus belle chez Patti. Elle régla son magnétoscope pour enregistrer *Compte à rebours*, prit les pâtes aux lardons qu'elle avait préparées et sortit, sans oublier le cadeau de Pug — une photo des garçons qu'elle avait encadrée.

Le trajet ne prit pas plus de dix minutes. Hannah se gara devant chez les Price, mais à la vue d'une berline blanche, elle faillit faire demi-tour. Patti avait invité Deborah Wheeler !

— Tu viens, m'man ? dit Kenny quand il vit qu'elle restait dans la voiture.

Hannah prit une bonne inspiration et se força à sourire.

— Bien sûr.

— Est-ce que tu es sûre que Patti est d'accord pour que nous amenions Lazare ? demanda son fils aîné tandis qu'ils se dirigeaient vers l'entrée.

— Je le lui ai demandé, répondit Hannah. Elle m'a dit qu'il pouvait venir s'il se tenait tranquille.

— Je resterai avec lui, déclara Brent. Comme ça, il ne fera pas de bêtises.

Hannah allait lui dire que Lazare ne faisait jamais de bêtises, mais Patti avait dû les voir arriver, car elle ouvrit avant qu'ils aient frappé.

— Bonjour, Hannah, fit-elle.

Mais, contrairement à son habitude, elle ne l'embrassa pas.

— Salut, répondit Hannah, adoptant la même attitude.

— Tout le monde regarde la fin du match entre les Raiders et les Barracudas, lui apprit son ex-belle-sœur. Tu sais que papa est un fan des Raiders.

— C'est formidable, se borna-t-elle à répondre.

Patti embrassa les garçons, prit les pâtes et les précéda à l'intérieur.

— Ça va, m'man ? demanda Kenny à voix basse alors qu'ils franchissaient le seuil.

— Très bien.

— Ne les laisse pas te saper le moral, dit-il tendrement. Je sais que Gabe t'aime beaucoup.

Voyant Violet sortir de la cuisine, Hannah se contenta de hocher la tête.

— Bonjour, Hannah, la salua la mère de Russ. C'est très gentil d'être venue.

Polie… Distante… Ils la traitaient comme si elles les avaient trahis.

— Voici le cadeau de Pug, dit-elle. J'espère qu'il lui plaira.

— Je n'en doute pas.

— Je vais te dire ce qui me plairait, rétorqua Pug.

Hannah ne s'était pas aperçue qu'il était à portée de voix, et elle s'attendit au pire. Pug croyait qu'il avait tous les droits, et pouvait être le plus grossier des hommes. Mais, au moins, ses remarques bourrues n'épargnaient personne, même pas ses propres enfants.

— Je vous écoute, dit Hannah.

— J'aimerais que ma belle-fille préférée redescende sur terre et se satisfasse de l'homme qui l'aime.

— Mais je suis tout à fait satisfaite de Gabe, répliqua Hannah.

— Ne fais pas semblant de ne pas comprendre, marmonna Pug. Gabe est à New York, et il va y rester. J'ai lu dans le journal que Sports Channel lui proposait un contrat de deux ans.

— Et j'espère qu'il va le signer, dit Hannah. Ce serait bien, pour lui.

— Je me fiche de ce qui est bien pour lui. C'est de ce qui serait bien pour toi que je te parle.

— De toute façon, intervint Russ d'un ton sec, elle ne m'intéresse plus.

— Alors, c'est que tu es stupide, répondit son père sur le même ton.

Réprimant un sourire, Hannah passa dans le salon, juste au moment où Gabe apparaissait à l'écran.

Deborah Wheeler était assise dans un fauteuil. Elle jeta un regard hostile à Hannah, avant de déclarer :

— Gabe n'a pas l'air en forme, aujourd'hui.

Hannah s'assit sur le canapé en haussant les épaules. Elle savait très bien que Deborah ne cherchait qu'à la provoquer.

— Il est comme d'habitude, dit-elle.

Un silence pesant s'ensuivit. Russ regardait tour à tour la télévision et Hannah avec une moue de dégoût. Et Pug ne cessait de secouer la tête comme si c'était une honte que tout le monde ne suive pas ses conseils.

Finalement, Hannah se leva pour voir si Patti avait besoin d'aide. Mais elle n'avait pas fait trois pas dans la cuisine que Kenny la rappela.

— M'man ! Viens vite !

— Qu'est-ce qu'il y a ? demanda-t-elle en revenant dans le salon.

Personne ne lui répondit. Ils semblaient tous stupéfiés par ce qui se passait sur le téléviseur.

Hannah tourna alors son attention vers l'écran et, pour la première fois depuis qu'elle était arrivée chez Patti, écouta vraiment ce que Gabe était en train de dire.

— … de ne pas signer ce contrat ? lui demandait Steve Young.

— C'est exact, Steve, répondit Gabe.

— C'est dommage. Je me faisais une joie de faire équipe avec vous.

— Le boulot me plaît, mais j'ai d'autres projets dans la ville d'où je viens.

— Comme quoi, par exemple, si ce n'est pas indiscret ?

Gabe sembla d'abord hésiter à répondre, mais quand la

caméra fit un plan plus serré, un grand sourire s'épanouit sur son visage et il dit :

— J'ai rencontré quelqu'un que j'espère épouser.

Steve Young était visiblement surpris par cette réponse. Mais, en bon professionnel, il posa la question qu'attendaient les millions d'amateurs de football qui regardaient cette émission.

— Et pouvez-vous nous dire qui est l'heureuse élue ?

Le temps parut suspendre son vol. Hannah remarqua les bouches bées de Pug et de Violet, les yeux exorbités de son ex-mari… Elle entendait même son propre cœur qui battait la chamade.

Gabe fixait la caméra, ses cils noirs faisant ressortir le bleu de ses iris. Pour Hannah, c'était comme s'il la regardait les yeux dans les yeux.

— Elle s'appelle Hannah Price, dit-il enfin.

— Mon Dieu ! murmura-t-elle.

— Où l'avez-vous rencontrée ? demanda Steve Young.

— Nous habitons dans la même petite ville de l'Idaho.

— Eh bien, je vous souhaite d'être heureux, Gabe.

Gabe fit une drôle de mimique, qui trahissait un espoir incertain.

— Je le serai si elle dit oui, déclara-t-il.

Et son visage fit place à une page de publicité.

Pendant quelques secondes, nul ne bougea. Puis Deborah se tourna vers Hannah, manifestement atterrée.

— Tu as réussi à lui mettre le grappin dessus ! dit-elle d'une voix blanche. Je n'en reviens pas.

Hannah pouvait à peine respirer. Gabe revenait à Dundee, se répéta-t-elle. Il revenait pour elle ! Et il voulait l'épouser. Il l'avait dit devant des millions de téléspectateurs, y compris Russ et toute sa famille. Sur une chaîne nationale !

Elle avait du mal à assimiler la nouvelle, surtout avec ces regards sidérés braqués sur elle.

— M'man, finit par demander Kenny d'une voix que l'émotion faisait trembler, est-ce que tu vas dire oui ? Est-ce que tu vas l'épouser ?

Hannah hésita. Ce mariage avait-il quelque chance de durer ? Gabe pouvait-il réellement lui pardonner pour l'accident ?

— Je lui ai dit que je n'envisageais pas de me remarier, dit-elle, plus pour elle-même que pour son fils.

— Et alors ? Tout le monde a le droit de changer d'avis, fit valoir Pug.

— De toute façon, Gabe ne m'a encore rien demandé, répondit-elle. Du moins, pas officiellement.

Kenny haussa les sourcils. Il s'approcha d'Hannah et la prit par l'épaule en disant :

— Il vient d'annoncer devant le pays tout entier qu'il voulait t'épouser. Je ne vois pas ce qui pourrait être plus officiel. Mais tout ce qui compte, c'est que tu veux te marier avec lui, n'est-ce pas ?

Hannah le regarda pensivement. Elle n'avait pas oublié les paroles de Patti : « Il est naturel que Gabe t'en veuille… » Et si son ex-belle-sœur avait raison ?

— Je ne sais pas, avoua-t-elle.

— Ne laisse pas passer ta chance, Hannah, marmonna Pug.

Tandis que Russ fusillait son père du regard, Hannah contempla le vieux tyran d'un œil nouveau. Il disait vrai : c'était sa chance. Elle avait l'occasion de vivre avec l'homme qu'elle aimait, de dormir avec lui, de partager — si Dieu le voulait — le reste de son existence avec lui. Et cette occasion, elle allait la saisir, ça, oui ! Sans se soucier des risques.

Elle poussa un bref soupir et sourit à son ex-beau-père.

— Je vais suivre votre conseil, Pug.

— Est-ce que ça veut dire que tu vas te marier avec Gabe ? demanda Brent en lui saisissant la main.

Quand Hannah acquiesça, son petit garçon exulta.

— Je vais garder Lazare !

Sa réaction amusa Hannah, mais elle ne rit pas : elle était encore trop bouleversée.

— Hannah Holbrook, murmura-t-elle pour essayer de se faire à l'idée.

Bien entendu, tout le monde, dans cette pièce, n'appréciait pas de l'entendre s'entraîner ainsi. Mais Hannah s'en moquait. Tout à coup, elle se sentait légère comme l'air. Peut-être même aurait-elle un autre bébé…

Au volant de sa voiture, alors qu'il approchait de Dundee, Gabe sentit croître son excitation. Il allait demander sa main à Hannah ! Il comptait s'installer à Dundee définitivement — et il voulait reprendre l'entraînement des Spartans.

Curieusement, cette série de décisions s'était imposée à lui au cours de ce dîner auquel Phil Hunt l'avait invité, avant-hier soir, pendant que Barbie lui faisait du pied et qu'Harvey insistait pour qu'il signe un contrat de plusieurs millions de dollars. Animer *Compte à rebours* était sans nul doute une occasion en or — mais pas pour lui.

La réponse à ses questions était si simple qu'il avait failli ne pas la voir. Sa place était à Dundee, avec Hannah, Kenny, Brent, Lazare, ses parents et sa sœur. Il devait renouer avec son père, et Reenie avait besoin de son soutien.

Cela étant, Gabe avait encore du mal à y croire. Voilà à peine quelques semaines, il n'aurait jamais imaginé qu'il tomberait amoureux aussi vite et qu'il voudrait se marier. Il était trop obnubilé par l'idée de recouvrer l'usage de ses jambes et de rejouer au football.

Mais s'il s'était accroché à cet espoir avec une détermination aussi farouche, c'est qu'il redoutait d'affronter le vide de son existence. Entre-temps, Hannah était apparue dans sa vie, et elle était devenue plus vitale pour lui que tout ce qu'il avait connu avant elle.

Tenant le volant d'une main, Gabe vérifia que l'écrin de velours qu'il avait posé sur le siège voisin était toujours bien là. C'était la bague de fiançailles d'Hannah, qu'il avait achetée chez Tiffany's juste avant de quitter New York. Il avait voulu quelque chose de spécial, une bague qui l'éblouirait — et il pensait l'avoir trouvée. Il espérait seulement parvenir à la convaincre que le fait de l'épouser n'irait pas à l'encontre de l'intérêt de ses garçons. Hannah l'aimait, Gabe le savait. Mais elle s'inquiétait tellement pour ses fils qu'elle en avait oublié de vivre.

Pour la centième fois, il se répéta ce qu'il allait lui dire quand elle lui opposerait qu'elle était mère de famille. Sa présence serait positive pour Kenny et Brent. Ils avaient besoin d'un meilleur modèle que celui que leur père leur offrait. Il pouvait leur apprendre tout un tas de choses sur le football, le travail du bois, les aider à faire leurs devoirs, leur apprendre à surmonter l'adversité… Qui plus est, il était assez riche pour leur acheter ce qu'ils désiraient — sans pour autant sombrer dans l'excessif. Et, enfin, son meilleur argument : il aimait ses garçons et ferait tout pour leur bonheur.

Si avec ça Hannah ne cédait pas, c'est qu'il n'y comprenait plus rien. Mais, à tout hasard, il garderait la bague en réserve, ne la sortirait qu'à la fin. Il n'y connaissait pas grand-chose en diamants, mais la vendeuse de chez Tiffany's avait failli s'évanouir quand il avait choisi ce bijou. « C'est notre plus belle bague », avait-elle assuré.

Elle était donc parfaite pour Hannah, se dit Gabe. Car c'était la plus belle femme qu'il ait jamais connue, surtout à l'intérieur, là où ça comptait vraiment.

Le panneau « Bienvenue à Dundee » apparut à sa droite, et il ébaucha un sourire. Pour lui, ce panneau semblait dire : « Bienvenue chez toi, Gabe. »

Hannah était assise devant chez elle, dans le fauteuil de Gabe, contemplant sa pelouse que la lune éclairait. Les garçons étaient couchés. Les grillons, cachés dans l'herbe couverte de rosée, la charmaient de leur musique. Elle aimait ce moment de la nuit, calme et paisible. Pourtant, elle n'arrivait pas à se détendre. Gabe l'avait appelée de l'aéroport de New York, il y avait des heures de cela, pour lui dire qu'il rentrait à Dundee. Il avait précisé qu'il passerait la voir, mais il était tellement pressé de prendre son avion qu'il avait aussitôt raccroché. Dommage… Hannah aurait voulu lui demander s'il pensait vraiment ce qu'il avait dit à la télévision, s'il voulait réellement l'épouser — parce qu'elle avait encore du mal à y croire.

Pourtant, ses fils, eux, semblaient en avoir accepté l'idée. Ils étaient purement et simplement aux anges. Tout l'après-midi, Kenny avait affiché un sourire radieux, et Brent n'avait cessé de dire à Lazare qu'ils avaient enfin une vraie famille.

Une vraie famille… Hannah ne put s'empêcher de sourire en resserrant le plaid qu'elle avait mis sur ses épaules. Un père, une mère, deux enfants et un chien vivant sous le même toit. Alors même qu'elle en avait perdu l'espoir.

Soudain, les phares d'une voiture apparurent au bout de la rue, et le cœur d'Hannah s'emballa quand elle reconnut le break de Gabe.

Elle attendit qu'il s'engage dans son allée pour se lever et aller à sa rencontre.

— Bonsoir, fit-elle en arrivant à sa hauteur.

Il la regarda par la vitre ouverte, laissant tourner le moteur. Pour la première fois depuis qu'elle le connaissait, il semblait manquer d'assurance.

— Bonsoir, Hannah.

Elle resserra de nouveau son plaid en disant :

— J'ai regardé ton émission, aujourd'hui.

— Alors, qu'en penses-tu ?

— Que tu es fou.

Il la fixa d'un air perplexe.

— Pourquoi ?

— As-tu oublié l'accident, Gabe ? répondit-elle. Tu as perdu tellement de choses, à cause de moi. Crois-tu vraiment que tu pourras jamais me pardonner ?

— Hannah…, dit-il avec une telle intensité dans le regard qu'elle suspendit son souffle. L'accident m'a beaucoup coûté, c'est vrai. Mais je ne vois pas pourquoi il devrait me coûter encore plus maintenant.

Elle sentit une bouffée d'espoir l'envahir.

— Donc, tu étais sérieux quand tu as dit que tu voulais m'épouser ?

A la vue du sourire nonchalant qui s'épanouissait sur le visage de Gabe, le cœur d'Hannah faillit éclater de bonheur. Il était on ne peut plus sérieux ! Elle fut sûre, alors, que son rêve était bel et bien en train de se réaliser.

— Qu'en pensent les garçons ?

— Ils sont ravis, répondit-elle.

A ces mots, Gabe se sentit tout à fait détendu. Il coupa le contact, ouvrit sa portière, et Hannah s'approcha de lui.

— Je suis heureux. Je n'ai plus à me soucier de tous ces arguments que j'avais préparés.

— Quel genre d'arguments ?

— Des arguments pour te convaincre que je ferais un excellent beau-père.

— Tu pensais que j'en douterais ?

Gabe haussa les sourcils.

— Sachant tout l'amour que tu leur portes ? Oui, je l'avoue.

Hannah pouffa de rire.

— Alors ? dit Gabe.

— Alors, quoi ?

— Quelle est ta réponse ?

Elle allait parler, mais il l'arrêta d'un geste.

— Attends. Je crois que j'aurai davantage de chances si je te montre ta bague. La vendeuse m'a affirmé qu'il n'y avait pas une seule femme au monde qui dirait non, en voyant cette bague-là.

La vendeuse avait sans doute voulu dire qu'il n'y avait pas une seule femme au monde qui dirait non *à Gabe*, mais Hannah ne lui fit pas part de cette réflexion. L'énorme diamant qu'elle avait maintenant sous les yeux la fascinait trop.

— C'est une pure merveille ! s'extasia-t-elle.

— Est-ce que je dois prendre cela pour un « oui » ?

Hannah avait du mal à trouver ses mots. Hier encore, elle s'imaginait seule pour le reste de ses jours, et voilà que, maintenant, elle allait épouser l'homme qu'elle adorait et mourait d'impatience de fixer la date de la cérémonie.

Néanmoins, la taille du diamant la gênait un peu.

— Je sais que tu as beaucoup d'argent, Gabe, murmura-t-elle. Mais… est-ce bien raisonnable de m'offrir un si beau bijou ?

Gabe éclata de rire et secoua la tête.

— Tu n'as pas à t'inquiéter, Hannah, répondit-il. Je peux t'offrir tout ce que tu désires. Et ceci n'est pas simplement une bague : c'est aussi un serment.

— Un serment ? répéta-t-elle.

Gabe prit alors la bague et, la glissant au doigt d'Hannah, répondit :

— Oui. Le serment de ne jamais te reprocher l'accident. Et de t'aimer jusqu'à la fin des temps.

Puis il lui prit tendrement le visage entre ses mains et scella sa promesse d'un baiser.

PRÉLUD'

Le 1er mars

Prélud' n°71

Quelqu'un comme toi - Kay Stockham

Si Melissa osait rêver, elle choisirait Bryan pour passer le reste de sa vie. Pour elle, il incarne l'homme parfait : beau, brillant, attentif et sensuel... Mais Melissa s'interdit de rêver depuis la maladie qui l'a atteinte dans sa chair...

Prélud' n°72

La fleur de la vengeance - Margaret Way

Quand l'héritière Cecile Moreland tombe sous le charme latin du sombre Montalvan, elle ignore quelle secrète vengeance le pousse à la séduire...

Prélud' n°73

La passion et rien d'autre - Ellen James

Hallie hésite à céder à Gabe Miller. En dépit de leur attirance physique, elle craint de ne lui inspirer que des sentiments protecteurs un peu tièdes. Or, idéaliste et romantique, Hallie ne veut pas d'un amour au rabais. Elle rêve d'une vraie, d'une belle passion...

Prélud' n°74

Le baiser de la mariée - Abby Gaines

Certains baisers ont de très troublantes conséquences. Celui que le millionnaire Adam Carmichael vole, en public, à Casey Greene, va les entraîner très loin...

Prélud' n°75

La promesse d'une rose - Sherryl Woods

A bientôt quarante ans, Helen donnerait tout pour avoir un bébé – une petite fille toute rose. Seulement, voilà, sa vie amoureuse est un désert. A moins qu'un certain Erik... ?

Le 1er mars

Rédemption - M.J. Rose • N°318

Psychothérapeute à Manhattan, Morgan Snow est confrontée à la disparition de Cleo Thane, une call-girl de luxe qui comptait parmi ses patientes. Une disparition d'autant plus inquiétante qu'elle survient au moment où un tueur en série s'en prend aux prostituées de la ville dans le but de sauver leur âme...

Noire révélation - Brenda Novak • N°319

Madeline n'avait que 16 ans lorsque son père, le respectable Révérend Barker, a mystérieusement disparu. Vingt ans plus tard, au moment où la voiture de son père est retrouvée, Madeline espère découvrir la vérité sur la nuit du drame. Mais de sulfureux indices sont retrouvés dans la voiture, qui laissent Madeline perplexe, et réveillent de douloureux souvenirs.

Noces de sang - Carla Neggers • N°320

Abigail Browning est veuve. Car l'homme qu'elle aimait a été assassiné pendant leur lune de miel, sur une île du Maine... Sept ans plus tard, elle est devenue flic et ne parvient pas à oublier ce crime, resté impuni. Jusqu'au jour où un appel anonyme la pousse à retourner sur l'île et à affronter le passé de son mari défunt...

Intention mortelle - Karen Harper • N°321

Lauren Taylor se fige lorsqu'elle découvre dans un journal le portrait-robot d'un pyromane recherché par toute la police du pays : elle connaît cet homme. C'est elle qui l'a introduit dans son village isolé du Montana, grâce à son avion de tourisme. Un homme responsable de dix incendies criminels. Un homme qui aime s'attaquer aux femmes seules et les voir brûler vives...

Un printemps à Blossom Street - Debbie Macomber • N°322

Lorsque Lydia Hoffman ouvre sa boutique sur Blossom Street, elle réalise son rêve de toujours. Car à travers la laine qu'elle y vend et les ateliers de tricot qu'elle anime, c'est son goût de la vie qu'elle transmet. L'envie d'avancer envers et contre tout qui guide son existence depuis qu'elle a vaincu la maladie. La boutique devient le rendez-vous privilégié de trois femmes — Jacqueline la bourgeoise, Carol, la jeune mariée en mal d'enfant et Alix la rebelle — qui, par delà leurs différences, vont se découvrir bien plus proches qu'elles ne le croyaient...

La dame au fleuret - Elaine Coffman • N°323

Ecosse et France, 1746

Lady Kenna Lennox doit fuir ses Highlands natales pour échapper à l'ennemi juré de sa famille, lord Ramsay, qui a assassiné son père et ses trois frères. Résolue à venger les siens, elle décide de se rendre à Paris pour apprendre à y manier l'épée avec le meilleur maître d'armes d'Europe, et de rentrer en Ecosse afin d'y affronter lord Ramsay en duel. Forte de cette résolution, elle se rend au port d'Edimbourg par un jour de neige, et use de son charme pour persuader un ombrageux capitaine corsaire, cloué à quai par la tempête, de l'embarquer à son bord...

Neige de sang - Rachel Lee • N°324 *(réédition)*

Quand l'avion où se trouvaient son mari et ses deux enfants explose, Jennifer ne songe plus qu'à mourir à son tour. Suicide ? Il n'en est pas question : ses parents en nourriraient une terrible culpabilité. Elle fait donc appel à un tueur à gages, avant d'apprendre que l'enquête sur la mort de sa famille a conclu à un attentat. Qui se cache derrière ce plan diabolique ? Jennifer va devoir faire vite pour le découvrir, avec l'aide de l'homme qui lui a révélé l'existence du mystérieux tueur. Un tueur embusqué déjà lancé à ses trousses, et que rien ni personne ne peut plus arrêter...

Le venin - Erica Spindler • N°325 *(réédition)*

Enceinte d'un ancien amant de sa mère, un homme pervers et violent, Julianna prend la fuite et décide de faire adopter l'enfant. Mais pas par n'importe qui. Par Richard et Kate Ryan, un couple parfait à ses yeux, à travers lequel elle vit par procuration. Jusqu'au jour où elle décide de s'immiscer réellement dans leur vie. En épiant Kate, elle s'efforce alors de lui ressembler au point de lui voler son identité et sa place dans le cœur de son mari...

L'ennemi sans visage - Heather Graham • N°326 *(réédition)*

Le soir du meurtre de sa mère, la petite Madison a douze ans. Avant de s'évanouir, elle sent l'étreinte glacée de la mort dans le cœur de sa mère, elle voit le sang couler... Douze ans plus tard, elle est de nouveau la proie de visions au moment où des meurtres se produisent. Mais jamais elle ne voit le visage de l'assassin. Les visions enferment Madison dans le cercle de la terreur, tandis que le serial killer se rapproche d'elle. Car ce n'est pas par hasard qu'il choisit chaque fois des femmes rousses, belles, et tatouées d'une rose. Comme elle...

Titres non disponibles au Québec.

Composé et édité par les
éditions Harlequin
Achevé d'imprimer en janvier 2008

par

LIBERDÚPLEX

Dépôt légal : février 2008
N° d'éditeur : 13367

Imprimé en Espagne